马铃薯百科全书

马铃薯营养与安全

曾凡逵　刘刚　著

丛书主编　金黎平

内蒙古人民出版社

图书在版编目（CIP）数据

马铃薯营养与安全 / 曾凡逵, 刘刚著 . -- 呼和浩特：
内蒙古人民出版社 , 2021.8
（马铃薯百科全书 / 金黎平主编）
ISBN 978-7-204-16752-4

Ⅰ . ①马… Ⅱ . ①曾… ②刘… Ⅲ . ①马铃薯 - 食品
营养②马铃薯 - 食品安全 Ⅳ . ① R151.3 ② TS201.6

中国版本图书馆 CIP 数据核字 (2021) 第 093759 号

马铃薯营养与安全

作　　者	曾凡逵　刘刚	
责任编辑	侯海燕　石煜	
封面设计	刘那日苏	
责任校对	李向东	
责任监印	王丽燕	
出版发行	内蒙古人民出版社	
地　　址	呼和浩特市新城区中山东路 8 号波士名人国际 B 座五层	
网　　址	http://www.impph.com	
印　　刷	内蒙古爱信达教育印务有限责任公司	
开　　本	787mm × 1092mm　1/16	
印　　张	12.75	
字　　数	260 千	
版　　次	2021 年 8 月第 1 版	
印　　次	2022 年 5 月第 1 次印刷	
印　　数	1 - 2000 册	
标准书号	ISBN 978-7-204-16752-4	
定　　价	106.00 元	

如发现印装质量问题，请与我社联系。
联系电话：（0471）3946120

《马铃薯百科全书》丛书编委会

主　编　金黎平

编　委（按姓氏拼音为序）

郭华春　金黎平　刘刚　吕金庆

罗其友　蒙美莲　单卫星　盛万民

隋启君　宋波涛　田世龙　杨延辰

《马铃薯营养与安全》卷

曾凡逵　刘刚　著

金黎平，1963年4月出生，浙江东阳人。国务院政府特殊津贴专家和全国农业科研杰出人才。中国农业科学院蔬菜花卉研究所二级研究员，硕士生、博士生导师。现任国家马铃薯产业技术体系首席科学家，农业农村部薯类作物生物学与遗传育种重点实验室主任、薯类专家指导组组长，中国作物学会理事和马铃薯专业委员会会长，中国农村专业技术协会常务理事和薯类专业委员会主任委员，中国种子协会常务理事。从事马铃薯种质资源发掘与利用、重要性状遗传解析、高效育种技术、块茎形成和发育以及种薯繁育技术等研究。长期组织协调全国马铃薯科研工作，积极助力产业科技扶贫。获国家科技进步二等奖和中华农业科技奖一等奖各一项（第一完成人）。荣获全国创新争先奖章、全国三八红旗手、全国脱贫攻坚奖创新奖、全国巾帼建功标兵、全国农业先进工作者和国际块根块茎类作物学会终身成就奖等荣誉和奖项。2021年所率领团队被中共中央、国务院授予"全国脱贫攻坚先进集体"称号，《以马铃薯综合高效育种技术助力产业科技扶贫》成果获统战部"各民主党派、工商联、无党派人士为全面建成小康社会作贡献"表彰。

总　序

马铃薯是世界第四大粮食作物，在 160 多个国家和地区种植，并成为许多地方人民日常膳食结构中的主要食物和传奇美食。有人说它创造了历史、影响了人类的文明进程。

马铃薯起源于拉丁美洲秘鲁和玻利维亚等国交界的安第斯山脉高原地区，以及中美洲和墨西哥中部。考古学家发现早在 8000 年前，生活在秘鲁和玻利维亚交界处提提卡卡湖边的古印第安人就开始驯化栽培马铃薯，马铃薯被南美洲古印第安人尊奉为"丰收之神"。16 世纪时，西班牙和英国的探险家分别从拉丁美洲将马铃薯带回本国种植，随后传入意大利及欧洲其他各地。18 世纪后，马铃薯在全世界广泛种植。

据考证，马铃薯可能于 17 世纪中叶传入我国。1993 年，我国成了世界上最大的马铃薯生产国，因其生长周期短，单位面积产量高，种植遍及全国各省、自治区、直辖市。我国常年种植马铃薯 7300 万亩、总产量 9500 万吨左右。马铃薯块茎营养丰富，用途广泛，既是重要的主食，又是蔬菜和加工原料。马铃薯产业发展在保障我国粮食安全、支持绿色现代化农业发展、满足人们健康营养食物需求、发展区域经济、巩固脱贫成果和乡村振兴等方面具有其他作物不可替代的作用。

马铃薯的产业链长、马铃薯的作用大、马铃薯的营养全、马铃薯的故事多、马铃薯的文化美……2017 年，内蒙古人民出版社策划了丛书《马铃薯百科全书》，计划出版十分卷，近 300 万字。这套丛书的编写人员聚集

1

了全国知名马铃薯专家，他们查阅了大量的文献、资料和档案，考察调研各地马铃薯产业发展以及与马铃薯相关的资讯、文化和美谈，搜集了大量与马铃薯相关的科学文化知识，以百科全书的形式，全面客观地描述马铃薯相关知识，涉及马铃薯的起源与传播、营养与安全、生物学特性、种质资源利用与改良、品种选育与种薯繁育、栽培与机械化、病虫草害防控、储藏与加工、产业经济和马铃薯文化等，既汇集了最全面的马铃薯科学研究成果，又荟萃了最丰富的马铃薯相关科普知识。

本书的出版，既弥补了系统全面介绍马铃薯专业和科普知识图书的不足，又为从事马铃薯科研、种植、生产加工和市场营销等相关人员以及消费者提供了一部权威的参考书。有幸作为这套《马铃薯百科全书》的主编，衷心感谢内蒙古人民出版社的精心策划，也感谢各分卷编写人员的辛勤付出，相信这套书的出版终将不负众望！

国家马铃薯产业技术体系首席科学家　金黎平

2022 年 4 月 22 日于北京

前　言

　　《马铃薯百科全书》之《马铃薯营养与安全》一书由马铃薯营养和安全两部分组成，马铃薯营养方面重点介绍马铃薯淀粉、马铃薯蛋白质、维生素和矿物质等内容，马铃薯食品安全重点介绍糖苷生物碱、打碗花精、农药残留以及马铃薯加工产品中的丙烯酰胺问题。

　　马铃薯淀粉的营养特性方面，通过快速消化淀粉、慢速消化淀粉和抗性淀粉等概念介绍马铃薯淀粉的消化特性，对不同加工方式对马铃薯三种淀粉含量的影响进行归纳总结。通过马铃薯淀粉的理化性质、消化性、消费与血糖反应的关系，探讨有关马铃薯对血糖影响的原因和变化。介绍马铃薯块茎总淀粉含量、直链淀粉与支链淀粉的分离和组成分析方法以及 X-射线、核磁共振、红外光谱、高效空间排阻色谱、差示扫描量热仪、布拉班德黏度仪等现代仪器在马铃薯淀粉理化性质分析中的应用。

　　马铃薯蛋白的营养特性方面包括马铃薯蛋白对人类饮食的贡献、马铃薯块茎蛋白质组成、马铃薯蛋白的分离回收技术、马铃薯蛋白的理化性质、马铃薯蛋白的改性及水解、马铃薯蛋白的应用及其安全性等。在马铃薯蛋白分离回收技术方面，重点阐述了传统酸热絮凝法、膜分离技术和扩张床吸附色谱分离技术等。

　　维生素、矿物质和植物营养素这一章节，介绍的维生素有维生素 C、叶酸、维生素 B6 等，矿物质包含钾、磷、钙、镁、锰、铁、锌、铜，植物营养素方面包含酚类物质、黄酮醇类、花色苷、地骨皮胺、类胡萝卜素等。

1

丙烯酰胺方面介绍马铃薯加工产品（主要是油炸产品）中的打碗花精含量、丙烯酰胺的形成机理、丙烯酰胺的健康风险及评估、影响马铃薯产品丙烯酰胺含量的因素、丙烯酰胺的抑制技术、工业化加工过程中如何控制丙烯酰胺的生成以及丙烯酰胺的分析检测方法等内容。

糖苷生物碱方面介绍马铃薯糖苷生物碱的毒性和组成、新鲜块茎糖苷生物碱的含量、加工产品中糖苷生物碱的含量、糖苷生物碱的水解及水解产物分析、影响糖苷生物碱含量的因素、加工对去除糖苷生物碱的作用、糖苷生物碱的分析检测方法等。

打碗花精方面介绍马铃薯块茎中打碗花精的种类、毒性机理，不同马铃薯品种中打碗花精的含量以及打碗花精的分析检测方法等。

农药残留方面介绍了农药的分类与毒性、农药残留的相关概念、农药残留降解、农药残留分析测试样品预处理以及各种常用的检测方法。重金属方面介绍了砷、镉、汞、铅、铝、铁、钴、锰、镍、铬、锌、铜。

目 录

马铃薯淀粉

1

马铃薯蛋白质

马铃薯块茎蛋白质组成

马铃薯蛋白质的理化性质

马铃薯蛋白质的分离回收技术

维生素、矿物质和植物营养素

维生素

矿物质

目录

彩色马铃薯加工

丙烯酰胺

食品中的丙烯酰胺含量

丙烯酰胺含量的影响因素

糖苷生物碱和打碗花精

打碗花精

农药残留与食品安全

农药的分类与毒性

农药残留相关概念

农药残留的降解

目录

农药残留的分析测试方法

农药残留检测方法

马铃薯农药残留安全性分析

马铃薯淀粉

马铃薯淀粉的消化特性

淀粉的分类

淀粉是人类膳食中主要的碳水化合物，按不同标准可分为不同的类别。根据淀粉在小肠内的生物利用度将其分为三类：快速消化淀粉（RDS）、慢速消化淀粉（SDS）和抗性淀粉（RS）。快速消化淀粉通常是指在小肠中 20 分钟内能够被消化吸收的淀粉。慢速消化淀粉通常是指在小肠中 20~120 分钟内才能够被完全消化吸收的淀粉，如天然玉米淀粉。抗性淀粉通常是指不能在小肠中被消化吸收，但 120 分钟后能原封不动地到达结肠并被其中的微生物菌群发酵，继而发挥有益的生理作用，因此曾被看作是膳食纤维（Dietary Fiber, DF）的组成成分之一。

抗性淀粉主要存在于种子、谷物和冷却的淀粉类食物中，生马铃薯的抗性淀粉含量最高，占总淀粉含量的 75%，绿香蕉也是富含抗性淀粉的天然食品，抗性淀粉含量约 17.5%。抗性淀粉在小肠内不能被消化吸收的原因可能有以下四个：

（1）天然淀粉颗粒中致密的分子结构使消化酶无法接近。

（2）淀粉颗粒被细胞壁和蛋白质包裹，这种物理结构阻碍了消化酶的分解。

（3）淀粉颗粒在大量水中加热膨胀最终崩解的过程被称为糊化，此时淀粉可以充分接触消化酶，但淀粉糊化后冷却回生形成的淀粉结晶却不易与淀粉酶结合。

（4）某些淀粉被化学修饰，不能够被消化酶分解。

抗性淀粉的分析测定方法

目前被普遍接受的抗性淀粉的定义来源于 1992 年联合国粮食及农业组织（FAO）根据 Englyst（1992）和 "欧洲抗性淀粉研究协作网（European Flair Concerted Action on Resistant Stach，EURES-TA）" 的研究得出的结论，即在正常健康者小肠中不吸收的淀粉及其降解产物。其实影响淀粉在小肠内消化吸收的因素很多，如食物淀粉的结构、其他膳食成分、制备方式等。最近的研究还发现人体本身的年龄、生理状况及生活环境也会造成淀粉消化能力的差异。

在某一个体身上的作用类似于抗性淀粉的特性，在其他人体内可能不被看作是抗性淀粉的特性，所以对抗性淀粉的定义还需进一步研究。

目前，AOAC 2002.02《Resistant Starch in Starch and Plant Materials》及农业行业标准 NY/T 2638-2014《稻米及制品中抗性淀粉的测定——分光光度法》采用的抗性淀粉含量测定方法均为将样品用 α- 胰腺淀粉酶和淀粉葡萄糖苷酶于 37 ℃进行酶解 16 小时，16 小时内能酶解的淀粉为非抗性淀粉，16 小时不能酶解的淀粉为抗性淀粉。

学术界较为常用的快速消化淀粉、慢速消化淀粉和抗性淀粉含量测定方法为：

准确称取淀粉样品 0.20 g，加入 0.2 mol/L、pH = 5.2 的醋酸 - 醋酸钠缓冲液 15 mL，使用漩涡分散器分散混匀后，于 37 ℃水浴平衡 15 分钟，加入 5mL 混合酶（其中含猪胰 α- 淀粉酶 290 U/mL、淀粉葡萄糖苷酶 15 U/mL）置于 37 ℃恒温水浴孵育，振荡转速 170 r/min。在时间间隔为 20 分钟和 120 分钟时，分别取 0.5 mL 溶液各加入 4mL 80% 的无水乙醇终止反应，混匀后于 2000 r/min 下离心 10 分钟。取 0.5 mL 上清液转移至圆底玻璃试管中，加入 1.5 mL 蒸馏水、1.5 mL DNS 显色剂，沸水浴加热 5 分钟显色，之后流水冷却至室温，补加蒸馏水至 10 mL 充分混匀，于 540 nm 下比色测定吸光度，以蒸馏水和葡萄糖标准液进行相同处理作为对照。

公式如下：

$$RDS(\%)=[(G_{20}-FG) \times 0.9/TS] \times 100$$
$$SDS(\%)=[(G_{120}-G_{20}) \times 0.9/TS] \times 100$$
$$RS(\%)=100-RDS-SDS$$

其中，RDS 为快速消化淀粉，SDS 为慢速消化淀粉，RS 为抗性淀粉，FG 为游离葡萄糖含量，TS 为淀粉样品质量（g），G_{20} 和 G_{120} 分别为混合酶添加反应 20 分钟和 120 分钟时葡萄糖的释放量。

抗性淀粉的分类

抗性淀粉（RS）目前尚无化学上的精确分类，多数学者根据淀粉来源和人体实验结果（抗酶解性）的不同将抗性淀粉分为五类。抗性淀粉的分类、在小肠中的消化以及食物来源如表 1-1 所示。

RSI 称为物理包埋淀粉（Physically Trapped Starch），是指由于物理屏蔽作用被封闭在植物细胞壁上，不能为淀粉酶所作用的淀粉颗粒，常见于轻度碾磨的谷类、种子、豆类等食品中。加工时的粉碎、碾磨及饮食时的咀嚼等物理动作可改变其含量，常见于轻度碾磨的谷类、豆类等食品中。用整粒或粗粒谷物制成的面包，以及用硬粒小麦通过挤压制成的意大利面中含有典型的 RSI。RSI 具有抗酶性是由于酶分子很难与淀粉颗粒接近，并不是由于淀粉本身具有抗酶性。

RSII 称为抗性淀粉颗粒（Resistant Starch Granules），是指天然具有抗消化性的淀粉，因其物质结构如结晶结构、

表 1-1　抗性淀粉的分类、在小肠中的消化以及食物来源

分类	描述	在小肠内消化	抗性减小方法	食物来源
RSI	由于物理屏蔽作用被包埋在细胞壁上	速度慢，部分被消化，若磨碎可全部被消化	粉碎、碾磨、咀嚼	全部或部分碾磨的谷物、种子、根茎和豆类
RSII	未经糊化的淀粉颗粒，具有B型结晶，可被α-淀粉酶缓慢水解	速度非常慢，极少部分被消化，煮熟后可完全被消化	食品加工和蒸煮	生马铃薯、绿香蕉、生豌豆、高直链淀粉
RSIII	淀粉类食物经蒸煮后冷却形成的回生淀粉	速度慢，部分被消化，消化可逆，重新加热可提高其消化性	食品加工	冷米饭、冷面包、玉米片以及经湿热处理的食品
RSIV	经化学修饰形成的抗性淀粉和工业加工的食品原料	抗水解	在体内不易消化	具有变性纤维的功能性食品
RSV	直链淀粉和支链淀粉长的分支与脂质形成的复合物和麦芽糊精	速度慢，部分被消化	食品加工	含有淀粉和脂质的谷物和食品

密度大等特点而产生抗消化性，通常存在于生的薯类、豌豆和青香蕉中。物理和化学分析方法认为，RSII 具有特殊的构象或结晶结构（B 型或 C 型 X- 衍射图谱），对酶具有高度抗性。

RSI 和 RSII 经过适当加工后仍可被淀粉酶消化。大多数食品在食用前都要经过加热处理（如加热杀菌、煎、炒、烩、蒸等），RSI 和 RSII 大部分会受到破坏，使抗性消失，其生理功能所存甚微，所以商业价值不高。

RSIII 称为回生淀粉（Retrograded Starch），是凝沉的淀粉聚合物，主要由糊化淀粉经冷却后形成。RSIII 溶解于 KOH 溶液或 DMSO（二甲基亚砜）后，能被淀粉酶水解，是一种物理变性淀粉。这类抗性淀粉分为 RSIIIa 和 RSIIIb 两部分，其中 RSIIIa 为凝沉的支链淀粉，RSIIIb 为凝沉的直链淀粉。RSIIIb 的抗酶解性更强，而 RSIIIa 可经过再加热而被淀粉酶降解。RSIII 是最重要也是最主要的抗性淀粉，具有很高的商业价值，国内外对其研究最多。

目前对于 RSIII 的抗酶解机理存在两种不同的解释：一种认为是由于直链淀粉晶体的形成阻止淀粉酶靠近结晶区域的葡萄糖苷键，并阻止淀粉酶活性基团中的结合部位与淀粉分子结合，因而使得 RSIII 产生抗酶解特性；另一种认为 RSIII 之所以能抵抗酶的水解，是由于形成直链淀粉晶体的双螺旋之间存在较强的氢键及范德华力，使得 RSIII 的分子结构非常牢固，热稳定性强，因而在人体的胃肠道内不能被消化吸收。

RSIV 称为化学改性淀粉（Chemically Modified Starch），主要由植物基因改造或用化学方法改变淀粉分子结构所产生，通过交联或添加化学衍生物形成的，如

乙酰化淀粉、羟丙基淀粉、热变性淀粉以及淀粉磷酸酯、淀粉柠檬酸酯等。在淀粉中添加化学衍生物，如辛烯基琥珀酸或酰基，会改变淀粉的结构，部分限制淀粉分子的酶解，从而产生抗性淀粉。不同的改性方法对淀粉分子结构有不同的影响，但实验显示，同时使用多种改性方法比单一改性更能提高抗性淀粉的产量。RSIV 是抗性淀粉商品的另一重要来源，也是抗性淀粉研究的新的生长点。

RSV 称为淀粉–脂质复合物（Starch-lipid complex）。当淀粉与脂质之间发生相互作用时，直链淀粉和支链淀粉的长链部分与脂肪醇或脂肪酸结合形成的复合物即为抗性淀粉。当线性的淀粉链与脂质复合物形成螺旋结构时，脂质存在于双螺旋的大沟和小沟中，使得直链淀粉的结构发生改变，由平面螺旋变成了三维螺旋，这种复合物不溶于水，且具有热稳定特性，不易与淀粉酶结合。淀粉–脂质复合物具有消化酶抗性，主要有两个原因：

（1）淀粉–脂类复合物的结构与支链淀粉分子缠绕在一起，阻碍了淀粉颗粒的膨胀，淀粉酶不能进入淀粉颗粒内部，不易将其水解。

（2）淀粉–脂质复合物比直链淀粉具有更强的消化酶抗性。

其中直链淀粉–硬脂酸复合物是一种典型的 RSV，研究证实淀粉颗粒中直链淀粉–硬脂酸复合物的形成限制了淀粉的膨胀，并且硬脂酸包裹在淀粉颗粒表面进一步增强了 RSV 的酶抗性。

这种抗性淀粉糊化温度更高，热稳定更强，也更容易发生回生作用，而且在 95~100℃条件下酶解依然保持半晶体结构。用脱分支的高直链玉米淀粉和自由脂肪酸形成的单螺旋复合物来制备 RSV，抗性淀粉的含量最高可达 75%。Frohberg 等（2008）将 RSV 定义为由不溶于水的线性聚 α-1、4-D 葡萄糖形成的多糖，这种多糖不能被 α- 淀粉酶降解，并且聚 α-1、4-D 葡萄糖可以促进结肠内短链脂肪酸的形成。因此，RSV 可以被作为预防结肠癌的营养补充剂。Mermelstein（2009）将 RSV 定义为具有抗性的麦芽糊精，在加工过程中有目的地对淀粉分子进行重排，使麦芽糊精具有水溶性和消化酶抗性。

血糖指数

血糖指数（GI）是用来衡量碳水化合物的消化吸收对血糖水平的影响。血糖指数最早是由 Jenkins 等提出的，依据碳水化合物进食后对血糖的影响共分为 0~100 等级。血糖指数的定义为：与参照食物（葡萄糖或白面包）摄入后血糖浓度的变化程度相比，含糖食物有使血糖水平相对升高的能力。

世界卫生组织为血糖指数提供了指导方针。原则和建议如下：用于测定的食物应该包含 50 克能够消化吸收的碳水化合物，进食后 0、15、30、45、60、90 和 120 分钟时测定毛细血管中血糖的含量。将各时间点的血糖值连成一条曲线，曲线下的面积（AUC）可以通过梯形法则来进行计算（积分）。白面包或蔗糖可用作标准品。以白面包为标准品的 GI 值是以葡萄糖为标准的 GI 值的 1.4 倍。不同的食物导致血糖的变动差异很大，所以为了准确测定食品的 GI 值，标准品需重复测 3 次，样品需重复测 6 次。

GI 率（%）的计算是将待测样品的 AUC 除以参照食物（相同质量的葡萄糖）的 AUC 再乘以 100。

马铃薯淀粉的血糖指数

马铃薯块茎是地下茎膨大演变成为一个越冬能量贮存器官。在马铃薯内部，能量储存形式几乎完全为淀粉，新鲜烹饪的马铃薯，其淀粉几乎完全可被人体消化，所以被称为"可利用的碳水化合物（Available Carbohydrate）"，因此马铃薯是一种易被吸收的碳水化合物。

近些年，人类体型伴随着肥胖现象的加重，与流行病相关的一系列代谢综合症和 II 型糖尿病已成为全球危机，而马铃薯易消化这一特点也成为一把双刃剑，再加之在营养学中用血糖指数（Glycemic Index, GI）作为对有关食物血糖高低的衡量标准，而几项研究也得出结论说马铃薯通常具有引起高血糖指数的特点，这也致使食用马铃薯受到争议。

马铃薯的血糖指数测定结果让其在食物中处于不利地位，与面包一起被列为高血糖指数食品，甚至有不少西方营养学家建议降低马铃薯的消费量，用低血糖指数的食物来代替，如面食和粗粮。其实，食用马铃薯引起肥胖的原因不仅仅是由于马铃薯淀粉含量高，也与马铃薯的加工方式关系很大。马铃薯几乎不含油脂，而是否使用油脂烹饪和食物的口感关系非常大，法式炸薯条、油炸薯片都属马铃薯加工产品，口感佳的同时脂肪含量也大大增加，尤其是油炸薯片。

目前，国外很多实验室对马铃薯以及单纯的马铃薯淀粉的血糖指数进行了测定，测定方法包括体内法和体外法。体内法检测结果偏差比较大，体外法重现性好，偏差也小。影响马铃薯淀粉血糖指数测定结果的因素很多，既有内在因素又有外在因素。

影响马铃薯淀粉血糖指数的内在因素

1. 淀粉结构

研究结果表明在含有玉米淀粉的饼干和水稻中，直链淀粉的血糖反应小于支链淀粉。直链淀粉／支链淀粉的比例，还有支链淀粉侧链的长短、分支程度都可能影响马铃薯的消化特性，尤其是当马铃薯淀粉在烹饪过程中其糊化过程是可逆的。淀粉链长度和消化率之间的关系并非想象当中那么简单，近期的一些研究结果表明，具有高度分支的支链淀粉比具有较长内部链的支链淀粉消化速度要慢，但是链长增加又会降低消化速度。

2. 淀粉颗粒结构

天然马铃薯淀粉颗粒高度有序和紧

密排列的结构赋予了它们对淀粉酶的高度抗性。生马铃薯淀粉实质上是抗酶活性的，但只要糊化后就能迅速被消化。在天然马铃薯淀粉未糊化的状态下，对血糖含量几乎没有影响，然而只要糊化以后就具有很高的 GI 值，见图 1-1。抗性淀粉也被归为膳食纤维的一种形式，未糊化的马铃薯淀粉可用于增加产品中膳食纤维的含量。

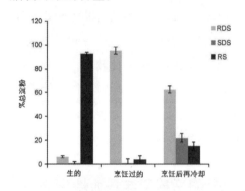

图 1-1　蒸、煮和蒸煮后冷却对马铃薯淀粉体外消化的影响

3. 淀粉粒磷酸盐

马铃薯淀粉的理化性质及营养特性不同于一些谷物淀粉，是因为它的磷酸盐含量高。淀粉颗粒中的磷酸盐含量被认为影响颗粒大小，增加其糊化的易感性，这一点对马铃薯淀粉流变学性质非常重要。有研究结果表明：糊化赋予了消化的易感性，磷酸盐在淀粉糊化过程中，对增加马铃薯淀粉的血糖效力发挥了作用。

4. 组织结构

组织结构对马铃薯淀粉血糖的影响还未进行深入研究。Henry 等（2006）发现粉状马铃薯比蜡状马铃薯具有更高的 GI 值，可能是因为粉末中涉及组织分解。烘烤的马铃薯其质地一般为粉状，所以在吞咽时可能与马铃薯泥的形式较为相似，然而煮熟和罐装的马铃薯都在湿润的烹饪条件下保持了相对较好的组织完整性，所以消化过程中分解起来比较困难。

表 1-2 显示组织破坏（或者说被捣碎）对 GI 值的影响并不显著。Mishra 等（2008）对粗略剁碎和精细捣碎的新鲜烹调的马铃薯进行了比较，其结果显示精细捣碎的马铃薯中的快速消化淀粉的含量比粗略剁碎的马铃薯要略高，但

表 1-2　不同烹饪方式对马铃薯血糖指数的影响

煮	马铃薯泥	烤	油炸	微波	灌装	烘焙
96*	99*	95*	88*	96*	-	
88±9*	91±9*	93±11*	-	79±9*	65±9	
99.6*	107.5*	67.8*	56.6*	-	-	
89.4±7.2	87.7±8.0	72.8±4.5	63.6±5.5	-	-	72.3±8.2
104±39*	106±42*	-	-	-	-	-
111±14*	77±10*	-	-	-	-	-

注：表中"*"表示同一行是同一个马铃薯品种。

马铃薯百科全书　马铃薯营养与安全

不是很明显。

5. 其他内在因素

据报道，农艺因素影响马铃薯淀粉的流变学特性，但是这些作用是否对血糖影响有相关性还没有进行研究。成熟度对马铃薯血糖影响的作用如果有的话，可能是通过改变淀粉结构引起的，马铃薯成熟度、淀粉结构和血糖影响之间的关系需要进一步研究。储藏对马铃薯血糖效力的影响尚未详细研究，但在马铃薯的储藏中，众所周知，冷冻诱发的甜化现象非常棘手，但它是否对血糖影响有相关性仍然是不确定的，进一步研究这方面非常有意义。有研究发现，品种和栽培条件对马铃薯淀粉的血糖指数有影响，研究品种和栽培条件对马铃薯淀粉血糖指数的影响，对开发降低血糖影响新品种具有很重要的作用。

影响马铃薯淀粉血糖指数的外在因素

1. 烹调方式

用不同的方式烹调马铃薯会产生不同的 GI 值，可以采用不同的体外测定方法对各种不同烹调方式加工马铃薯的 GI 值进行测定。有研究结果表明，油炸马铃薯的 GI 值较低，也许是因为脂肪降低了淀粉类食物的血糖反应。

2. 烹调后冷却

从营养学角度来看，马铃薯烹调后的冷却可导致血糖效力大幅度降低。马铃薯在煮熟后的冷却处理不仅可降低其血糖效力，且抗性淀粉（Resistant Starch, RS）含量的增加将会引发膳食纤维含量的增加，因为 RS 被归类为膳食纤维的一个组成部分。

3. 食物组合

即使马铃薯具有很高的 GI 值，但马铃薯通常只是作为食物的一部分与其他食物一起被消耗，其 GI 值会受到其他食物影响。因此，马铃薯淀粉的血糖效应可能远低于人们所预期的，即马铃薯有很高的 GI 值的想法。一些食物会降低碳水化合物食品血糖效力已被多次证明，并且有研究结果表明一些食物对降低马铃薯淀粉血糖效力的效果是明显的。在淀粉类食物中添加有机酸可有效抑制血糖反应。有一项研究将醋加入到煮熟的马铃薯后，对其餐后血糖进行测定，结果显示：马铃薯的 GI 值降低了 31%。似乎可以得出这样的结论：即使马铃薯具有很高的 GI 值，但它不太可能威胁到健康，马铃薯在混合饮食中是一种健康平衡的营养物质。

马铃薯在人们的饮食中并非是一种不健康的食物，尽管普遍不确切的推断认为马铃薯具有高的 GI 值，因而有了马铃薯为高血糖指数食品的说法。如果马铃薯被认为不适合现代人群，错误不是马铃薯本身，而是人们的马铃薯加工方式、饮食习惯和生活方式。我们相信在饮食搭配合理，同时加强身体锻炼的人群中，马铃薯作为一种有利于健康的中密度碳水化合物能量来源会起到重要作用，且在平衡膳食的情况下马铃薯是一种非常好的食物。

马铃薯淀粉

马铃薯淀粉的结构特性

淀粉的磷含量和磷酸酯

马铃薯淀粉通常含有 0.01%~0.6% 的磷，尽管磷的含量很低，但对淀粉的物理、化学性质却有显著的影响。磷含量对马铃薯淀粉的吸水膨胀性、糊稳定性以及抵抗酶的水解能力都有影响。

马铃薯淀粉含有大量的磷酸酯，以共价键和淀粉结合。据报道，马铃薯淀粉中葡萄糖的 C2、C3 和 C6 羟基的磷酸单酯含量分别为 1%、38% 和 61%。它们通过异淀粉酶和 β- 脱支酶对马铃薯淀粉进行处理，发现磷酸基团主要存在于长支链中（B 链的平均聚合度为 41）。

由于磷酸单酯带有电荷，增加了分子间的静电排斥力，淀粉的糊化温度以及褙糊性能也发生了改变。在马铃薯淀粉中，不同的品种和栽培环境导致磷含量不同。通过控制在淀粉分子中插入磷酸基团的酶就可以控制马铃薯淀粉中磷酸基团的含量，从而生产出不同磷含量的马铃薯淀粉以满足不同的需求。

淀粉中磷含量可以通过含硫的（或含氮的）酸和过氧化氢进行湿法氧化，随后通过比色法测定钼磷酸盐复合物的含量来进行测定。具体的质量百分数含量可以参照美国谷物化学师协会标准（AACC 40-57）。不过，这个方法需要的样品量较大（2~5g）。

淀粉的颗粒结构

淀粉在自然状态下是不溶于水的颗粒，淀粉颗粒的结构是复杂的，具体决定于淀粉来源的植物品种。水是淀粉颗粒中的一种重要组分，对淀粉颗粒糊化、膨胀和溶解等重要的水合过程都非常重要。淀粉的颗粒结构也与直链淀粉和支链淀粉分子内部的氢键连接有很大的关系。支链淀粉中的 α-(1→6) 糖苷键与淀粉无定形态和晶体态之间的转变有关。直链淀粉和支链淀粉分子分布在淀粉的整个颗粒中。直链淀粉和支链淀粉之间以及大部分支链淀粉分子之间的氢键相互结合的程度影响着淀粉颗粒的异质性。当这些键很强、很多、很规整时，就构成淀粉晶体的网络结构。其结晶区主要由支链淀粉分子以双螺旋结构形成，结构较为致密，不易被外力和化学试剂作用；相反，在无定形区，氢键很弱，直链淀粉和部分支链淀粉分子以松散的结构形成，这部分高聚物的分子在空间上就更自由，容易受到外力和化学试剂作用。

研究表明，淀粉颗粒的无定型区约占 70%，大部分的直链淀粉包含在无定型区内，许多支链淀粉（或至少一个分子的大部分）也在无定形区。图1-2是淀粉颗粒结构模型图：淀粉有一个交替排列的无定形和结晶区组合外壳，形成结晶的支链淀粉的螺旋链排列垂直于外壳。淀粉颗粒是椭圆形而非球形颗粒，淀粉链螺旋线的延长线并不指向中心焦点，这意味着淀粉粒在开始形成过程中是呈拉长型结构增长。很多先进的物理技术可用于探测淀粉颗粒结构和晶体结构，如光学显微镜、电子显微镜、广角X-射线衍射、窄角X-射线衍射、固体核磁13C-NMR和傅氏转换红外线光谱分析（FTIR）都非常广泛地被使用。

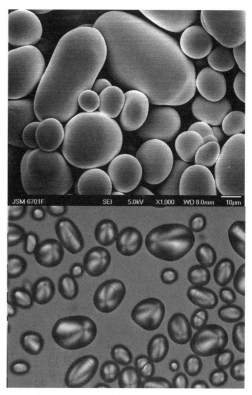

图1-3 马铃薯淀粉的扫描电镜图（上）和偏光显微图（下）

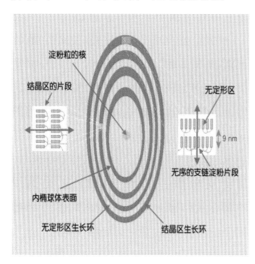

图1-2 淀粉颗粒结构模型图

淀粉的微观结构

通常，马铃薯淀粉颗粒较大，外型丰满，呈椭球形，还带有一个偏心脐。在偏振光下观察，颗粒具有双折射性，说明分子内部呈高度有序状态（图1-3）。研究淀粉颗粒的形态和内部结构的方法多种多样，光学显微镜能看出颗粒的各种结构分布，也能看出一些细节。其他一些互补性的方法包括扫描电镜（SEM）、原子力显微镜（AFM）、投射电镜（TEM）近年来被广泛用于淀粉观察。

前面提到的每一种现代分析技术都有其各自的优势，光学显微镜是用来识别淀粉颗粒的大小、形状、类型和脐点位置。用光源照射样品，然后通过一系列的聚焦和放大来观察。使用偏光显微镜，所有马铃薯淀粉呈现出一个黑暗的"马耳他十字"双折射形式。使用配有起偏器和加热台的显微镜，在加热过程中根据双折射的变化可以确定淀粉的糊化温度。扫描电镜使用电子束来照射样品，而不是用传统的光束，它能观察到淀粉颗粒的三维形貌。淀粉颗粒需要放在载网膜上，并镀上薄层金属（如金：钯＝60:40），然后用电子束照射。与扫描电镜相比，原子力显微镜只需要对样品进行简单处理或者不处理，也不需要在高真空条件下进行（扫描电镜需要）。原子力显微镜对生物样品进行检测的一个最大优势就是样品可以是新鲜含水的。原子力显微镜可以对各种材料和样品进行纳米区域的物理性质包括形貌进行探测，原子力显微镜对于表面粗糙的颗粒结构样品的成像非常有优势。投射电镜在观察小范围的物体时是一个强有力的工具，样品可以比扫描电镜和原子力显微镜的样品小很多。然而，投射电镜需要复杂的样品前期处理工作，包括前期金属投影或染色。扫描电镜、原子力显微镜、投射电镜与光学显微镜相比能提供关于颗粒内部结构的更加详细的信息。

淀粉的晶体结构

淀粉颗粒由无定形区和结晶区组成，结晶区或者晶体是由具有短的支链的支链淀粉形成的。分支点的区域被认为是无定形区，半结晶淀粉可以通过各种技术，如广角X-射线散射和衍射、小角X-射线散射、固态13C-NMR和傅里叶变换红外光谱（FTIR）分析。Waigh等（2000）发现9~10纳米片层半结晶淀粉由手性带

侧链的液晶聚合物（SCLCP）组成。

支链淀粉的精细结构

在研究中，可以根据链条长度和分支点将支链淀粉的支链分成三类。A链最短，没有分支点；B链上含有A链或其他B链；C链上含有其他的B链和唯一一个用于减少末端的残基。淀粉的支链可以通过酶解去支链以后采用空间排阻色谱或离子交换色谱来进行测定，支链淀粉中A链和B链的比例也可以通过脱支链酶去支链以后检测出来。脱支链酶、异淀粉酶和支链淀粉酶都可以特异性地将支链水解下来形成直链。

为了去支链，将淀粉在搅拌条件下溶解在2 mL 90%的DMSO（二甲基亚砜）中（5 mg/mL），沸水浴加热20分钟。冷却后，加入6ml甲醇，通过涡流混匀器快速混匀，将样品置于冰浴中30分钟，离心12分钟（1 000 g）。将沉淀分散在2 mL 50 mM乙酸钠缓冲溶液中（pH＝3.5），在沸水浴中搅拌20分钟，然后冷却到37℃，加入5 μL异淀粉酶（EN 102, 68 000 U/mg蛋白质，Hayashibara Biochemical Laboratories, Inc.,Okayama, Japan），将样品在37℃条件下缓慢搅拌酶解22小时，煮沸十分钟使酶失活，取200 μL冷却的样品用2 mL 150 mM的NaOH稀释，在进样到色谱系统前过滤（0.45 μm尼龙针头过滤器）。

淀粉的糊化特性

将植物淀粉加水后加热至60～75 ℃,大量淀粉粒急剧吸水膨胀,淀粉粒的形状被破坏,呈半透明胶体状的糊浆,这一过程称为淀粉的糊化。常温下,水分子不能进入淀粉分子内部,淀粉在水中是稳定的。淀粉加热后,分子运动加剧,淀粉吸水膨胀,进一步加热,淀粉粒被破坏,实现糊化。所谓的糊浆就是在热水溶解的直链淀粉和支链淀粉溶液中,未完全被破坏的淀粉粒和被破坏的淀粉粒的不均匀的混合状态。糊化的淀粉容易消化,被称为α淀粉。马铃薯淀粉具有区别于其他淀粉的优良的糊化特性:

1. 糊化温度低

淀粉能实现糊化的温度即糊化温度。马铃薯淀粉的糊化温度平均为56 ℃,比谷物淀粉中的玉米淀粉(64 ℃)、小麦淀粉(69 ℃)以及薯类淀粉中的木薯淀粉(59 ℃)和甘薯淀粉(79 ℃)的糊化温度都低。这是由马铃薯淀粉本身的分子结构决定的。马铃薯淀粉的分子结构具有弱的、均一的结合力,给予50～62 ℃的温度,淀粉粒一齐吸水膨胀,糊化产生黏性。而玉米及谷物等淀粉的分子结构是弱力和强力两种力结合,具有二段膨胀的性质,并且属强力结合,需比马铃薯淀粉高10 ℃以上的高温才能实现糊化。

2. 糊化时吸水力、保水力大

淀粉在冷水中不溶解,水分子简单地进入淀粉粒与亲水基结合或吸附,随着温度不断升高,淀粉粒吸水越来越多,水分可在淀粉粒中充分保存,当完成糊化时,能吸收比自身的重量多400～600倍的水分,比玉米淀粉吸水量多25倍。

3. 糊浆最高黏度高

马铃薯淀粉的糊浆黏度峰值平均达3 000 BU,比玉米淀粉(600 BU)、木薯淀粉(1 000 BU)、小麦淀粉(300 BU)的糊浆黏度峰值都高。并且,不同马铃薯品种或同一品种不同成熟度的原料加工的淀粉的糊浆黏度也有较大差异,大小范围为1 000～5 000 BU。

4. 糊浆透明度高

马铃薯淀粉本身结构松散,在热水中能完全膨胀、糊化,糊浆中几乎不存在能引起光线折射的未膨胀、糊化的颗粒状淀粉。玉米、小麦等淀粉的糊浆一般呈白色混浊,这种白色混浊的产生是由于淀粉的分子结构中含有脂肪酸。同样是薯类淀粉的甘薯,其淀粉分子结构中也有少量的脂肪酸分子。马铃薯淀粉分子结构中结合的磷酸基以及不含有脂肪酸是其糊浆呈透明度的重要原因。

淀粉的回生特性

淀粉回生是用来描述淀粉糊化之后的一种物理现象,它是淀粉分子解聚形成有序的结构,在适当的条件下,可以出现晶型和相分离状态。

淀粉回生的各种性质可以用DSC差

示量热扫描法、X-射线衍射、核磁共振（NMR）、傅里叶红外转换光谱（FTIR）、拉曼光谱和显微镜来进行分析检测。半结晶性回生淀粉的螺旋结构及其变化可由X-衍射测定结晶度和晶体结构得出，NMR可以得到双螺旋的含量，DSC可以测定回生淀粉在加热过程中结构发生变化时的热熔。

Mita（1992）测定了12.5%（w/w）马铃薯淀粉糊的动态黏弹性，研究了储能模量（G'）、损耗模量（G"）和损耗角正切（Tan θ）的变化。作者观察到初期G'迅速增加，在后期G"有缓慢的增长。这两种现象分别是由于可溶淀粉之间形成网状结构和棒状晶体结构造成的。

Bulkin等（1987）使用拉曼光谱研究了淀粉（52%淀粉的水溶液）在90℃的条件下糊化后冷却到室温时的回生过程，在冷却过程中作者观察到480 cm^{-1}半频带宽度缩小。6小时以后，光谱和初始样品相似，50小时以后，在拉曼光谱中看不到区别。将480 cm^{-1}波段一半带宽对贮藏时间作图，回生过程可分为四个阶段（Ⅰ-Ⅳ）：（Ⅰ）初始快速阶段（单个聚合物分子内支链淀粉中的双螺旋构像的形成）。（Ⅱ）停滞期（支链淀粉螺旋结构聚合物和晶体生长所需的时间）。（Ⅲ）一个缓慢的过程（即初级支链淀粉的聚合和结晶）。（Ⅳ）一个非常缓慢的过程（即晶相的增长和成型）。

差示扫描量热仪（DSC）也能用来研究淀粉的回生，加热马铃薯淀粉（30%，w/w）到180℃，然后将样品冷却到5℃，当样品达到5℃时，把样品立即取出DSC仪中，并在低温下储存，在一定的时间后，样品放在DSC样品容器中，以10℃/min的速度从5℃加热到180℃，该仪器通过铟和空盘来进行校准，基于干物质质量的DSC热分析图的相变热熔（ΔH）就会被检测出来。转化温度比如说起始、峰值和完成温度也可同时得到。

马铃薯淀粉及变性淀粉的应用

马铃薯淀粉与变性淀粉

马铃薯淀粉及其变性淀粉具有较低的糊化温度和较高的糊化稠度等特性。马铃薯淀粉是食品工业的首选淀粉，因为马铃薯淀粉糊有很好的透明度（由于含少量的脂质和蛋白质）和比较淡的气味，因此我国每年有大量马铃薯淀粉被用于三粉（粉丝、粉条和粉皮）加工。在造纸工业中，人们也偏爱使用马铃薯淀粉。其原因是直链淀粉分子量大，溶解性好。

马铃薯变性淀粉是变性淀粉中的一类，相对其他变性淀粉（如玉米、小麦、木薯等制取的变性淀粉），其支链和直链分子量及聚合度都较大，因而表现出

表 1-3　不同来源淀粉在应用中的性能

应用	不同来源淀粉				
	马铃薯	玉米	小麦	木薯	糯玉米
食品	+++	+	+	++	++
造纸	+++	++	+	+++	+++
黏合剂	+++	++	+	++	++
纺织	++	++	++	+++	++

很强的黏结性（支链分子）和较强的成膜性、膜强度（直链分子）及其他特殊的性能。在应用上与其他品种的变性淀粉相比，有其独特的使用价值和应用领域。

表 1-3 概述了各种商用淀粉及其变性淀粉在不同行业中应用的性能。淀粉对这些用途的适宜性由"+++"（特别合适）到"++"（合适）再到"+"（不合适）。由此可见，不同生物来源的淀粉及变性淀粉在性能上存在差异。究竟应当采用什么来源的淀粉主要由两个因素决定：经济因素和性能因素。在大多数应用中，不同种类的淀粉之间有一定程度的互换性。但是，在某些特殊应用中，不管价格如何，通常需要选择一种特殊的淀粉。

淀粉与食品和饲料工业

淀粉在食品工业应用中通常作为膨化剂、增稠剂、填充剂等。在方便食品、休闲食品、膨化食品、火腿肠、婴儿食品、低糖食品、果冻布丁等产品的生产过程中，由于马铃薯淀粉的高白度、高透明度、高黏度、低糊化温度等特殊性能而

被大量使用，有的应用甚至是其他淀粉无法替代和望尘莫及的。例如，在方便面中添加马铃薯淀粉会比玉米淀粉韧性好、复水性好，更爽滑、耐煮且色泽鲜亮。利用马铃薯淀粉的高黏结性和优良的成膜性能，可用在糖果加工中的压模成型、面包的防粘、水果的上光等许多方面，其优势远远大于玉米淀粉等其他淀粉品种。

马铃薯预糊化淀粉作为最初级的马铃薯变性淀粉，与其他预糊化淀粉如甘薯、小麦、玉米等预糊化淀粉相比较，由于其支链分子量比较大，因而具有很强的黏结性。布拉班德黏度仪的峰值测定结果为：马铃薯 2 500 > 木薯 1 400 > 玉米 1 000 > 燕麦 470 > 小麦 65。马铃薯预糊化淀粉的应用十分广泛，其中最能显示其突出特性的是在制作鳗鱼饲料上。鳗鱼饲料黏合剂以马铃薯预糊化淀粉为最佳，它具有无毒、易消化、透明，直到鳗鱼吃完前一直维持颗粒的整体形状、不易被水溶解、不粘设备等特点。

马铃薯磷酸酯、醋酸酯或羟丙基醚类交联淀粉具有高黏度且能形成稳定的淀粉糊，形成的分散系能够耐高温、不易剪切和低 pH 值，广泛应用于酸性饮料、

马铃薯淀粉

罐头食品、果冻布丁等食品生产中。马铃薯乙酰化淀粉的淀粉糊液稳定性好、不易老化，糊化温度比原淀粉更低，溶液呈中性，即使冷却也不形成胶凝，具有抗凝沉作用，透明度也有所提高，因此被广泛用作食品的增稠剂、保型剂。在冷冻水果馅、菜肉馅、肉汁和奶乳馅的填充料中，能在温度变化条件下长期存放在货架上，也更有利于低温保存。

羧甲基淀粉（CMS）是最常见的醚化淀粉，由于马铃薯原淀粉的支链结构比玉米原淀粉长得多，因此用马铃薯淀粉生产的 CMS 更具特色。在食品上，CMS 可作为品质改良剂用于面包和糕点加工，制成品具有优异的形状、色泽和味道，并能延长保存期；也可用于冰淇淋生产中，可起乳化稳定作用。羟烷基淀粉是另一种醚化淀粉，马铃薯羟烷基淀粉在低温下具有持水性，是仅次于羟丙基木薯淀粉用来制作冷冻布丁的良好辅料。较高取代度（DS > 0.6）羟乙基淀粉可代作血浆，具有无抗原性、无组织黏附沉淀、出血倾向减小、能与抗生物质同时使用以及便于保存等优点。

淀粉与医药工业

在制药工业中，马铃薯淀粉主要用于制作糖衣、胶囊等，以及用于牙科材料、接骨黏合剂、医药手套润滑剂等方面。马铃薯淀粉由于其低热量特点，可用在维生素、葡萄糖、山梨醇等治疗某些特殊疾病的药品中。用马铃薯淀粉可制成淀

粉海绵，经消毒放在伤口上有止血作用。

医药上，由于羧甲基淀粉具有很强的吸水膨胀性和崩解性能，在制药片剂加工中是很好的崩解剂，其效果是原淀粉的数十倍。

淀粉与纺织工业

纺织工业很久以来就采用淀粉作为经纱上浆剂、印染黏合剂以及精整加工的辅料等。如果将马铃薯淀粉用于印染浆料，可使浆液成为稠厚而有黏性的色浆，不仅易于操作，而且可将色素扩散至织物内部，从而能在织物上印出色泽鲜艳的花纹图案。马铃薯淀粉糖（衍生物之一）还有还原染料的作用，能使颜色固定在布料上而不褪色。这些特殊性能是玉米淀粉无法取代的。

马铃薯酸转化淀粉具有良好的成膜性能，用在布料或衣服洗涤后整理时，能显示出良好的坚挺效果和润滑感。在纺织工业中，氧化马铃薯淀粉可以在较低的温度下以高浓度使用，大量渗入到棉纱中，提供良好的耐磨性。在印染织物的精整中，氧化淀粉的透明膜可避免织物色泽暗淡。

双醛氧化马铃薯淀粉作为棉花纤维的交联剂，可提高其防缩和防皱性能，同时还可增强耐磨损和抗胀强度而提高其耐用性。低取代度的醋酸酯化马铃薯淀粉易于在水中分散，生成黏度稳定的糊化物，并具有不凝结的特性。在纺织上用于经线上浆料、精梳上浆料，其效

果即黏附力、薄膜柔软度、平滑光洁度、脱浆性能等均比玉米酯化淀粉或马铃薯原淀粉为好。

淀粉与造纸工业

造纸工业是继食品工业之后最大的淀粉消费行业。造纸行业所使用的淀粉主要用于表面施胶、内部添加剂、涂布、纸板黏合剂等，以改善纸的性质并增加强度，使纸和纸板具有良好的物理性能、表面性能、适印性能和其他方面的特殊质量要求。随着现代造纸工业设备及工艺的更新和客户对纸张要求的提高，高速度的纸张上浆机需要在百分之一秒以内的时间里让纸张表面形成白色膜，并且要求涂挂均匀、常温下成型。这些要求只有马铃薯淀粉才能满足。因此，在造纸工业中马铃薯淀粉正逐步取代玉米淀粉而被大量和广泛的使用。

在纸张成型之前，往纸浆中加入双醛氧化马铃薯淀粉，能增加纸张的湿强度，特别适合生产不怕湿的包装纸、高强度纸、卫生用纸、地图纸等。马铃薯淀粉通过化学或物理的方法可以和丙烯腈、丙烯酸、甲基丙烯甲酯、丁二烯、苯乙烯等或其他人工合成高分子单体起接枝共聚反应制备接枝淀粉。借助高分子材料特有的机械性能、疏水性能、吸水性和特殊官能团的物理化学特性，赋予天然淀粉及其衍生物新的更高、更好的性能，拓展其应用领域，如用于印花餐巾、防渗食品包装纸、纸尿布和卫生巾的生产中。日本三洋化成公司采用马铃薯淀粉—丙烯酸接枝共聚淀粉树脂做成的餐巾每块重 5.5 克，吸水树脂只有 0.4 克，其保水量可达 121 克，远非一般餐巾可比。

淀粉与化学工业及其他

将马铃薯淀粉添加在聚氨酯塑料中，既起填充作用，又起交联作用，可增强塑料产品的强度、硬度和抗磨性，所生产的材料被用于制作高精密仪器、航天、军工等特殊领域。马铃薯接枝淀粉共聚物是一种超强吸水剂，吸水量可达本身重量的几百倍甚至 1 000 倍以上，可用于沙土保水剂、种子保水剂、卫生用品等。

双醛氧化马铃薯淀粉的增塑作用，在塑料、树脂工业中可利用其产生适宜的塑化效果。马铃薯交联淀粉可作为石油钻井时的泥浆护壁剂、印刷油墨稳定剂或煤饼和木炭饼的黏合剂，也用于干电池中固定电解质的介质、玻璃纤维上浆等方面。在化工方面，羧甲基淀粉用于洗涤剂具有良好的悬浮能力、分散能力以及防止固体污垢再沉积的能力。

马铃薯淀粉

总淀粉含量测定

新鲜马铃薯块茎淀粉含量测定

将去皮的马铃薯切成薄片，加入液氮磨成粉。在 40 mL 的塑料管中装入 500±20 mg 的马铃薯样品，加入 2 mL（80%，v/v）乙醇，70℃水浴 20 分钟。然后 20 000g 离心 10 分钟。沉淀用 5 mL 80% 乙醇重悬浮后离心，再重复一次。三次离心后的上清液全都丢弃，沉淀中残留的乙醇在 80℃水浴中蒸发 20 分钟以后除去。沉淀用 20 mL 0.02 N 的 NaOH 溶液在 100℃中水浴 30 分钟溶解（或直到溶液变得澄清）。取 0.8 mL 淀粉溶液加 200 μL 淀粉转葡萄糖苷酶溶液，在 55 ℃水浴中放置 12 小时后对水解程度进行测定。右旋糖和蔗糖用 YSI 2700 型双通道电极式生化分析仪（维赛仪器公司，美国）测定。测定原理是当样品注射到 YSI 2700 样品通道中，葡萄糖扩散到含有葡萄糖氧化酶的膜上，葡萄糖立即被氧化成过氧化氢和葡萄糖酸内酯。对过氧化氢通过铂电极表面产生的电流强度进行检测。电极的电流大小与过氧化氢的浓度成线性关系，因此与葡萄糖的浓度也成线性关系。如果蔗糖的浓度不是零，说明水解程度不够，需要进一步酶解（4 小时）。总淀粉含量通过淀粉水解物中右旋糖的含量来进行

计算。

$$总淀粉 (mg/g 新鲜马铃薯) = \frac{葡萄糖 (mg/L)[1000(\mu L)/800(\mu l)] \times V(L)}{新鲜马铃薯总重量 (g)}$$

式中：

V——沉淀 NaOH 溶液的体积。

1 000 μL——检测溶液体积。

800 μL——马铃薯样品体积。

马铃薯全粉总淀粉含量测定

准确称取马铃薯全粉 100 mg，用研钵研磨成粉，加入 100 μL（300U）α 淀粉酶（如 Sigma A-6380，产自 Bacillus 菌的酶，圣路易斯）溶液和 2.9 mL、45 mM/L 丙磺酸缓冲液 (pH=7.0)。样品在沸水浴中稳定搅拌加热 6 分钟，然后冷却至 50 ℃，向样品中加入 100 μL（20 U）的淀粉转葡萄糖苷酶（如 Sigma A-7255，产自 Rhizopus 菌的酶，圣路易斯）溶液和 3.9 mL、200 mM/L 醋酸钠缓冲液（pH=4.5），加入 10 mL 蒸馏水稀释样品，彻底混合后，在转速为 9 600r/min 离心 10 分钟。上清液中的葡萄糖含量用 YSI 2700 选择性生化分析仪（Yellow Springs 公司）进行检测，或者使用葡萄糖过氧化物酶试剂和一个紫外 / 可见分光光度计进行测定。马铃薯干物质的总淀粉含量可以用 AACC 法来进行检测。用不加

酶的样品做游离葡萄糖含量的空白对照，普通玉米淀粉可用作测定酶活性的标准品。

计算马铃薯全粉中淀粉含量的公式为：

淀粉含量 = 0.9 ×（酶解后葡萄糖含量 - 空白样品葡萄糖含量）

直链 / 支链淀粉

马铃薯淀粉分离

为了分析马铃薯淀粉的结构和功能，需要将淀粉从马铃薯中分离出来。淀粉可以轻松地从新鲜马铃薯或干燥的马铃薯中分离出来。分离过程包括块茎浸泡、打浆和离心（或过滤）。块茎浸泡是用亚硫酸氢钠溶液在一定的 pH 下浸泡马铃薯块茎以防止褐变。打浆和离心是为了实现淀粉与马铃薯的其他组分分离。一般地，将马铃薯块茎的细胞壁破碎以后，淀粉小颗粒能够从块茎中释放出来，这一步通常采用果汁机来小规模完成。

从马铃薯块茎中分离淀粉的详细步骤为：将马铃薯块茎（10 kg）洗净后去皮，切成 2 ~ 3 cm 的小方块，在含 20 mM 亚硫酸氢钠和 10 mM 柠檬酸的蒸馏水溶液中浸泡 2 小时以防止褐变。马铃薯小方块用离心式果汁机粉碎，浆料用 6 L 蒸馏水重悬浮后再一次通过分离器，收集淀粉乳。将淀粉乳静置 30 分钟后，淀粉沉淀下来，倾去上清液，淀粉沉淀用 10 L 蒸馏水重悬浮。淀粉颗粒要通过过滤来收集，重复洗涤和过滤，最后通过热风干燥获得马铃薯淀粉。

马铃薯淀粉化学组成和分子结构

大部分马铃薯淀粉都是由两种多糖组成的，一种为线性组分——直链淀粉，另一种为高度分支的组分——支链淀粉。直链淀粉的含量占总淀粉的 15%~25%。直链淀粉和支链淀粉的含量根据不同来源的淀粉而不同。这两种多糖是同源葡聚糖，只有两种链衔接方式，主链上的 α-(1→4) 糖苷键和支链上的 α-(1→6) 糖苷键。直链淀粉和支链淀粉含量、分子量、分子量分布、链长、链长分布以及磷的含量是影响马铃薯淀粉及其马铃薯的物理、化学性质的主要因素。

直链淀粉含量分析

为了测定淀粉中直链淀粉的含量，碘反应是最常用的方法，因为直链淀粉和支链淀粉同碘结合的能力不一样。蓝值法（直链淀粉和支链淀粉标准品与碘的混合物在 680 nm 处的吸光度）、电势法和电流滴定法已经使用了超过 50 年的历史。这些方法基于直链淀粉与碘结合形成螺旋状复合物，溶液的颜色为蓝

马铃薯淀粉

色，最大吸收波长为 620 nm。用碘溶液滴定淀粉，结合 100 mg 淀粉所需要的碘的量（mg）被测定出来。这个值被定义为碘结合能力或碘亲和能力（IA）。直链淀粉含量的测定基于碘与淀粉的亲和力，同纯化出来的直链淀粉标样与碘的亲和力进行对照来计算：100 mg 纯直链淀粉结合碘的量为 19.5～21.0 mg，具体根据直链淀粉的来源不同而不同。每 100 mg 支链淀粉结合 0～1.2 mg 碘。通过电位滴定分析直链淀粉含量之前，样品需要进行脱脂。

除了上面的方法，伴刀豆球蛋白 A（Con A）试剂检查法也可用于直链淀粉含量的测定。此方法基于 Con A 与淀粉溶液中的支链淀粉形成支链淀粉 – 伴刀豆球蛋白 A 特定复合物并沉淀下来，而且样品必须进行前处理：溶解抗性淀粉，去除脂质和游离 D– 葡萄糖。淀粉中直链淀粉的含量也可以通过测定淀粉酶 – 脂肪复合物的融化焓来进行测定，采用的仪器是差示扫描量热法（DSC）。主要步骤是：淀粉糊化过程中添加脂肪，然后在冷却和贮藏过程中形成淀粉 – 脂肪复合物，再将复合物加热到 100 ℃左右融化。最后根据融化焓来计算直链淀粉的含量。直链淀粉含量还可以通过空间排阻色谱来进行测定，通过直链淀粉和支链淀粉洗脱时出峰时间的不同而测定。

支链淀粉结构分析

支链淀粉是分支的多糖。它是 α–D–吡喃葡萄糖残基通过主链由 α–(1→4) 糖苷键进行连接（和直链淀粉一样），但是含有很多非随机的 α–(1→6) 糖苷键，这使得淀粉形成了高度分支的结构。支链淀粉是生物分子中最大的分子之一。直链淀粉可以通过去支链酶把支链拆分下来，异淀粉酶（isoamylase）和普鲁兰酶（Pullulanase，一种支链淀粉酶）可以专一性地水解支链连接键，制备直链淀粉。空间排阻色谱（SEC）和高效离子交换色谱配合脉冲安培检测器（HPAEC–PAD）是目前两种广泛用于分析支链淀粉链长和链长分布的技术。方法是用酶去支链以后进行检测。空间排阻色谱配合多角度激光光散射检测器（SEC/LALLS）可用于检测分子量、分子量分布和支链淀粉的分支程度。

分析支链淀粉链长和链长分布的详细步骤如下：马铃薯支链淀粉用 2 mL 90% DMSO（5 mg/mL）在沸水浴中搅拌溶解 20 分钟。冷却以后，加入甲醇（6 mL）涡流混匀，然后将样品管冰浴 30 分钟。1 000 g 离心 12 分钟后收集沉淀，沉淀用 2 mL 50 mM 的醋酸钠缓冲液（pH= 3.5）溶解，在沸水浴中搅拌 20 分钟。接下来将样品管置于 37 ℃温度下平衡，加入异淀粉酶（5 μL），继续在 37 ℃下缓慢搅拌 22 小时。酶通过沸水浴 10 分钟进行灭酶。取 200 μL 冷却的脱支链淀粉样品用 2 mL 150 mM NaOH 溶液稀释。经过 0.45 μm 尼龙注射器膜过滤后进样到 HPAEC–PAD 系统（50 μL 进样环）。

HPAEC-PAD 系统由戴安 DX 600 和 ED 50 电化学检测器带黄金工作电极、GP50 梯度泵、LC30 色谱炉和 AS40 自动进样器组成。采用标准三电位波形进行分析，周期和脉冲电位为：$T_1 = 0.40$ s，进样时间为 0.20 s，$E_1 = 0.05$ V；$T_2 = 0.20$ s，$E_2 = 0.75$ V；$T_3 = 0.40$ s，$E_3 = -0.15$ V。用蒸馏的去离子水进行洗过，采用氮气鼓泡；洗脱液 A 为 500mM 的醋酸钠溶液含 150mM NaOH，洗脱液 B 为 150mM 的 NaOH。直链组分通过戴安 CarboPacTM PA1 柱采用梯度洗脱（-5 min~0 min，40% A；5 min，60% A；45 min，80% A）来分离，柱温为 26 ℃，流速为 1 mL/min。分析柱前面安装一根 CarboPacTM PA1 保护柱。采集数据，通过峰面积计算 DP 6–12，13–24，25–36 和 ≥37 的重量百分比（图 1-4）。

分离出来的直链淀粉和支链淀粉的结构分析采用标准方法，该方法基于甲基化作用、高碘酸盐氧化和部分酸水解研究。甲基化作用和高碘酸盐氧化研究确定连接类型和分支频率，也进而分析从部分酸水解（或酶水解）后得到的低聚糖的性质，进而得出 α-D- 吡喃葡萄糖残基主要是通过 α-（1→4）糖苷键进行连接，大约有 4% ~ 5% 的糖苷键为 α-（1→6）糖苷键。为了进行结构分析，直链淀粉和支链淀粉需要从总淀粉中分离出来。

直链淀粉和支链淀粉的分离

（1）称 5 g 淀粉于 500 mL 烧杯中，加 375 mL 蒸馏水（1.33%, w/v）和一个磁力搅拌子。在沸水浴中搅拌 30 分钟使样品变成胶状。

（2）当样品冷却到 50℃时（用手背接触不会觉得立即要移开），测量样品的 pH 值，用磷酸缓冲液（40 g/L NaH_2PO_4, 10 g/L Na_2HPO_4）将 pH 值调到 5.9 ~ 6.3。

（3）将样品分到两个 500 mL 烧杯中于 121 ℃下灭菌 180 分钟。

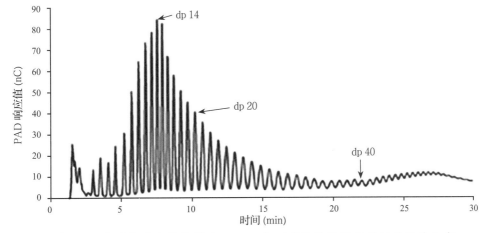

图 1-4 高效离子交换色谱（HPAEC）测定马铃薯淀粉的链长及其分布

马铃薯淀粉

（4）在沸水浴中搅拌样品 2 小时。将样品转移到 1 000 mL 圆底烧瓶，加 80 mL 正丁醇（20% 淀粉溶液体积），回流 1 小时。

（5）当样品冷却到 50 ℃时（用手背接触不会觉得立即要移开），将圆底烧瓶转移到泡沫箱中让样品过夜缓慢冷却。

（6）将样品转移到三个 250 mL 的离心管中 8 700 g 离心 30 分钟。将上清液倾入干净的 1 000 mL 的圆底烧瓶中（支链淀粉见步骤 9）。将直链淀粉沉淀转移到干净的 1 000 mL 圆底烧瓶中，加 400 mL 蒸馏水，80 mL 正丁醇，回流 1 小时。将圆底烧瓶置于泡沫箱中过夜冷却。

（7）再重复离心和回流 2 次。

（8）离心，倾去上清液，将直链淀粉转移到玻璃培养皿。用铝箔纸盖住培养皿并在铝箔纸上刺很多小孔使空气流通，然后放置在 50 ℃下真空低温干燥。

（9）使用旋转蒸发仪（40 ℃，7500Pa，降到 5000Pa 就会蒸发）浓缩步骤 6 里的上清液。加正丁醇（20% 上清液的浓缩液体积），用手摇动后转移到两个 250 mL 的离心管中离心 30 分钟。将上清液转移到干净的瓶子里，加入等体积的正丁醇，摇动再离心。将上清液倾入 1 000 mL 圆底烧瓶里用旋转蒸发仪进行浓缩。

（10）加入过量的甲醇到浓缩的支链淀粉溶液（甲醇是支链淀粉溶液的两倍）使支链淀粉沉淀。转移到两个 250 mL 的离心管里，离心 15 分钟。转移支链淀粉到玻璃培养皿进行真空干燥（步骤 8）。

（11）分别称量直链淀粉和支链淀粉重量，计算二者得率，然后用磨粉机磨碎。

（12）通过凝胶过滤色谱来检验直链淀粉和支链淀粉的纯度：2 mg 样品溶于 90% DMSO，使样品浓度为 1 mg/mL。水浴搅拌 1 小时，继续搅拌直到过滤和上样（>2 小时）。用 0.45 μm 尼龙膜过滤样品，将 100 μL 样品上到凝胶过滤系统（1.0mL/min DMSO 含 5mM $NaNO_3$；RI 检测器 40 ℃，柱温 80 ℃；柱子 2 x PL 凝胶 20 μm Mixed A，PL gel 20 μm 保护柱）。取 200 μm 等量的样品溶解在 2mL、150mL 的 NaOH 溶液中，样品过滤（0.45 μm 注射过滤器），然后注入色谱系统。

马铃薯淀粉理化性质分析的现代仪器

X- 射线衍射

淀粉的颗粒结构决定了淀粉的物理、化学性质，天然马铃薯淀粉是一种多晶态聚合物，其颗粒结构可以划分为非晶、亚结晶和结晶三种结构，结晶度一般在 15% ~ 45% 之间。淀粉结晶度随品种、生长条件和成熟度等形成条件的不同而不同，还可以通过物理、化学或生物的方法改变。淀粉结晶度是表征淀粉材料类产品性质的重要参数。结晶度越大，晶区范围越大，其强度、硬度、刚度越高，密度越大，尺寸稳定性越好，同时耐热性和耐化学性也越好，但与淀粉链运动有关的性能如弹性、断裂伸长、抗冲击强度、溶胀度等就会下降。淀粉颗粒是一种自然的半结晶状态，其结晶区主要由支链淀粉分子以双螺旋结构形成，结构较为致密，不宜被外力和化学试剂作用；非晶区即无定型区主要由直链淀粉和部分支链淀粉分子以松散的结构形成，容易受到外力和化学试剂作用。研究表明，淀粉颗粒的无定型区约占70%，大部分的直链淀粉包含在无定型区内，许多支链淀粉（或至少一个分子的大部分）也在无定形区。

研究淀粉结晶区的精细结构、淀粉颗粒结构在植物自然生长过程中的变化、全支链淀粉颗粒的结构以及高直链淀粉的颗粒结构等特征，X-射线衍射法是一种经典而重要的方法。X-射线衍射图样中，既有结晶物的衍射峰，又有非晶物质的弥散峰。因此，通过测定结晶部分的衍射强度（所有衍射峰的强度总和）和非晶部分散射强度，就可以计算出淀粉材料的结晶度。

X-射线衍射法的基本原理：当晶体用X-射线照射时，X-射线因为晶体结构的不同有不同的形式，X-射线在纳米级别上与晶体相作用。在X-射线的作用下，系统内原子周围的电子发生散射，

从样品的一定距离检测散射，这个距离又叫作相机长度。调节相机长度即可调节研究的范围，经过相关软件的计算后，可获得衍射图。这将会给出晶区和非晶区更多的详细信息。X-射线结构分析是晶体学结构分析的一种传统方法，标准的技术和成熟的方法都可以用来分析马铃薯淀粉结构。最直接的应用是可以测量晶格间距，经过改进，可以进行完整的结构分析，包括原子或基团位置的确定。广角X-射线衍射的敏感距离约0.3～2nm，用来测淀粉颗粒的结晶顺序。小角X-射线散射（SAXS）通常用于1～100 nm的测量，测量淀粉颗粒转化区和无定形颗粒片状区。另一个可以从X-射线得到的信息是晶粒大小和完整性，聚合物薄层区的周期长度，样品中的多晶取向方位，以及在无定形区的构象链。

天然淀粉颗粒有三种主要的X-射线衍射图。A-型大部分是禾谷类如玉米、小麦、稻米淀粉，B-型包括马铃薯淀粉等块茎类淀粉（图1-5）、果实、西米、香蕉、含直链淀粉超过30%～40%的

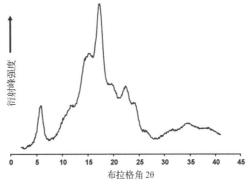

图1-5　马铃薯淀粉的广角X-射线衍射图谱

玉米淀粉和回生的淀粉，C- 型是根类淀粉、光粒种青豌豆和其他豆类淀粉。

A- 型和 B- 型的区别主要是每个晶体结构内双螺旋链的折叠方式不同，以及双螺旋上结合的水分子数量不同。在 B- 型结构中，在每个单位中双螺旋链折叠成六边形，通过结构排列，产生中央通道，每个晶胞含有 36 个水分子。在 A- 型结构中，双螺旋结构折叠成单斜状，形成很稠密的结构，每个晶胞中含有 4 个水分子。

淀粉颗粒无定形区大约占 70%，马铃薯和小麦淀粉中支链淀粉约占 25%，可以认为无定形区仍然还有许多支链淀粉（至少一个分子的大部分）存在。

广角 X- 射线衍射图用来区分每个相区的结晶区和无定形区。为了区别结晶区和无定形区，将强度最小的点连成一条平滑的线，这条曲线（AC）以上的区域代表的是结晶区域。在峰值 2.5~40° 2θ 连接一条适合的直线，该直线和结晶区（Aa）之间的区域被认为是无定形区。结晶度可以通过结晶区和无定形区的面积并用以下公式计算出来：

结晶度（%）=（Ac）/（Ac+Aa）×100

已经报道的淀粉的结晶度一般为 15%～45%。然而，结晶度受到测试方法、淀粉颗粒水分含量以及淀粉来源的影响。相对来说，马铃薯淀粉颗粒大、结构紧密和晶体层比较厚，采用 X- 射线衍射法更容易获得清晰的谱图。而小麦、玉米、香蕉和大蕉中的淀粉颗粒结构容易被 X- 射线破坏，几乎在 10 秒时间内就粉碎坍塌，很难获得稳定的衍射图。

核磁共振

基于一些原子的核磁特性，核磁共振波谱可以对淀粉中的某些物质进行定量分析。作为光谱技术，核磁共振被认为是探测分子水平上短谱的技术，在淀粉研究中最有用的原子是 1H 和 13C（图 1-6）。随着核磁技术在设备方面的进步以及其自动化，核磁的应用范围越来越广。13C-NMR 固体核磁技术结合交叉极化魔角旋转和信号去偶在淀粉颗粒结构的检测中已被广泛应用，弛豫时间（T_1 和 T_2）允许固液分开，这样在颗粒

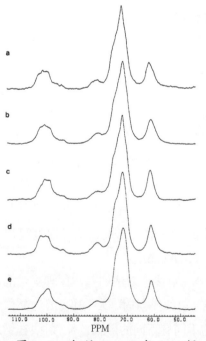

图 1-6　水稻 (a)、玉米 (b)、糯玉米 (c)、高直链淀粉玉米 (d) 和马铃薯淀粉 (e) 的 13C CP/MAS NMR 光谱

中水分子的移动性和微环境就可得到。基于样品的化学位移值（δ）和峰值，可以得出淀粉中双螺旋结构的含量。淀粉中双螺旋结构的含量一般在40%～50%间波动，大于淀粉的结晶度（15%～45%），说明颗粒淀粉中含有相当数量的非结晶的双螺旋结构。使用这种分析技术，发现马铃薯淀粉含有50%的双螺旋结构淀粉。另外，淀粉的支化程度和支链淀粉含量都可以用1H和13C-NMR来确定。二维的1H-13C光谱的固体核磁分离技术已经用来探测在分子水平上水与淀粉之间的反应。

红外光谱

红外光谱已经用来检测不同水分含量淀粉的组织和结构。淀粉的傅里叶红外光谱（FT-IR）能检测出分子结构的变化。在1300~800 cm^{-1}范围内，淀粉分子中的CC、CO、CH键具有延伸性，COH具有弯曲性。1022 cm^{-1}到1047 cm^{-1}吸收带分别是淀粉分子的无定形和晶体结构的吸收带。因此，1047cm^{-1}/1022^{-1}可用于计算淀粉中以晶体形态存在和以无定型形态存在的比例。

通过IR光谱仪可以获得淀粉的IR光谱图（图1-7），如Digilab FTS 7000光谱仪（Digilab USA，Randolph，MA），配有一个热电制冷氘化三甘氨酸硫酸（DTGS）检测器〔带一个衰减全反射（ATR）附件〕，扫描128次，波数间距为4 cm^{-1}。光谱通过基线校正，

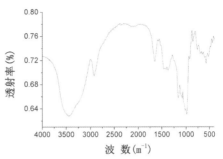

图1-7 马铃薯淀粉红外光谱图

然后取波数为1 200～800 cm^{-1}之间进行分析，采用半峰宽15 cm^{-1}和增强因子为1.5的贝塞尔切趾法。光谱强度的测量通过计算从基线到吸光度的高度来进行。

高效空间排阻色谱

高效空间排阻色谱（HPSEC）使用高效液相色谱来完成，配备一个Waters M-45型溶剂输送系统，两种PL凝胶（20μm）混合而成的A型色谱柱（300mm×7.5 mm），20 μm的保护柱（50mm×7.5 mm）（Polymer Laboratories，Amherst, MA），示差折光检测器（2410型）（Waters, Milford, MA）。HPSEC可用于研究淀粉分子的分子量和分子量分布。

图1-8为用HPSEC分析天然淀粉和酸解淀粉的分子量分布，从图中可以得到以下信息：第一部分（Fr. I）由高分子量碳水化合物组成，主要为支链淀粉；第二部分（Fr. II）由低分子量碳水化合物组成，主要为直链淀粉。天然淀粉经酸处理后，Fr. I呈较长的保留时间，表明酸降低了支链淀粉的分子大小。酸

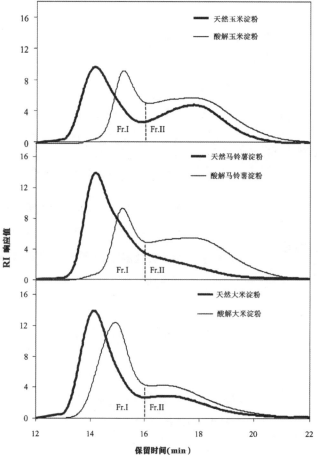

图1-8 天然和酸解玉米、土豆、大米淀粉HPSEC图谱。Fr. I: 支链淀粉，Fr. II: 直链淀粉。

处理后，Fr. II 的保留时间没有变化，但由于支链淀粉分子的水解，直链淀粉所占的比例增加。

差示扫描量热仪

淀粉糊化过程中淀粉细颗粒内部分子结构遭到破坏，导致颗粒溶胀、晶粒熔融，失去双折射性质，黏度和溶解性增加。

分析淀粉糊化的方法很多，如黏度测定法、光学显微镜法、电子显微镜法、差示扫描量热法（DSC）、X-射线衍射法、核磁共振光谱法（NMR）、傅里叶变换红外光谱法（FTIR）和最近兴起的同步X-射线散射法。通过显微技术可以观察淀粉细颗粒糊化过程中的膨胀程度，还可以看到整个淀粉颗粒大小变化的过程。热分析技术（如DSC）可以检测淀粉糊化过程中热量变化的一级和二级转变。DSC被广泛地用于分析淀粉的糊化（后面会介绍详细的操作方法）。X-射线衍射法可以研究淀粉糊化过程中结晶度的变化和晶体结构的转变。淀粉糊化过程中分子结构信息可以通过FTIR和NMR技术来进行分析：FTIR用于检测淀粉糊化过程中分子中不同的键的震动，还可以分析淀粉糊化过程中结构的改变（如晶体和无定形）；NMR用于检测淀粉糊化过程中失去能检测到的结构的顺序。Cooke和Gidley（1992）通过13C-CPMAS NMR分析，认为淀粉糊化过程的热熵是源于双螺旋融化，而不是由于晶体结构的丧失。X-射线散射技术用于研究半晶体结构的碳水化合物。使用高强度小角X-射线散射（SAXS）和广角X-射线散射（WAXS）就可以进行实时测定淀粉的糊化。该技术提供了新的组织结构内的颗粒尺度的层状结构特点。

应用上面介绍的检测方法分析淀粉的糊化，需要考虑一些实验参数的设定，如淀粉与水的比例，淀粉糊化温度的范围。DSC法特别适合分析淀粉－水体系的相变，因为DSC可以在一个含水量非常高的情况下对淀粉的相变进行检测，可分析相变温度高于100 ℃的样品，也可以分析相变时热熔的变化。

DSC分析的原理是在程序控制温度下，测量输入到试样和参比物的功率差（如以热的形式）与温度的关系。DSC仪记录到的曲线称DSC曲线，它以样品吸热或放热的速率，即热流率dH/dt（单位：毫焦/秒）为纵坐标，以温度T或时间t为横坐标，可以测定多种热力学和动力学参数，例如比热容、反应热、转变热、相图、反应速率、结晶速率、高聚物结晶度、样品纯度等。

为了研究马铃薯淀粉的糊化温度，先在大容量样品盘里称一定量的马铃薯淀粉，然后用微量移液器加入蒸馏水，以获得水分含量为70%的悬浮液。在用DSC分析仪进行加热之前，将样品盘子密封并于室温下平衡2～4小时，DSC需要配备冷却系统。测量过程中DSC仪以恒定的升温速度进行升温（如10 ℃/min），从5 ℃升温到180 ℃。DSC仪以铟和空盘作为对照来进行校准，基于干物质质量的DSC热分析图的相变热熔（ΔH）就会被检测出来。糊化过程中的糊化开始温度、糊化峰温度、糊化结束温度都

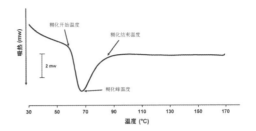

图1-9　30%天然马铃薯淀粉糊化温度测定的DSC图

可以从DSC图上看到（图1-9）。

快速黏度仪

流变学是对应力—变形关系的研究。在处理过程中，淀粉分散是受到高温加热和剪切速率的共同作用，影响其流变属性以及最终产品的特点。淀粉糊化，尤其是淀粉颗粒的溶胀，改变淀粉颗粒的流变性质，其次回生过程进一步改变淀粉的流变性质，根据淀粉浓度，最终淀粉类产品会变成更黏稠或形成凝胶状结构。当淀粉被加热过后，淀粉浆的流动特性显著改变，此时悬浮液是由溶胀颗粒、部分分解颗粒、溶解的直链淀粉和一些中间产物组成。熟的淀粉又叫作淀粉糊，一般将淀粉糊描述成两相体系，包括由溶胀颗粒组成的分散相和由可溶的直链淀粉组成的连续相。如果直链淀粉相是连续的，再和支链淀粉的直链部分聚合，冷却后会形成凝胶。

大多数流变研究是在温度低于95℃的条件下进行的，这种温度下的剪切速率有时候和加工条件不太相关。动态流变仪能够对淀粉悬浮液在连续的温度变化过程中进行频率扫描动态测试。储存

模量 G'（弹性响应）用来测定物料中储存的能量，损耗模量 G"（黏性响应）用来测定每个正弦周期变形耗散或丢失的能量。每个周期失去能量与储存能量的比例可以定义为 tan θ，此物理量可以用来描述一个体系的弹性程度。G'、G" 和 tan θ 用来衡量淀粉和淀粉产品的流变学性质，G' 值取决于淀粉的溶胀能力。

马铃薯淀粉的流变学性质同样采用布拉本德糊化仪（Brabender Visco Amylograph，BVA）和快速糊化测定仪（Rapid Visco Analyzer，RVA）进行了广泛的研究。RVA 与 BVA 相比，提供的信息一样，测定参数更多。而且，RVA 具有样品量少、测试时间短，并且能够改变测试条件的优势。

在 RVA 图谱中（图 1-10），天然淀粉颗粒在 50℃ 的水中是不可溶解的。因此，黏度较低。当淀粉颗粒被加热时，吸收大量的水，淀粉颗粒溶胀到其原体积的好几倍。溶胀的淀粉颗粒相互挤压时增加了剪切力。黏度开始上升时的温度称为糊化温度，糊化温度为烹饪某种给定的食物样品所需要的最低温度提供了参考。当足够的淀粉颗粒进行溶胀时，体系黏度会迅速增加，颗粒膨胀所需要的温度具有一定的范围，说明样品具有异质性（不是由完全相同的颗粒组成）。当溶胀和聚合物浸出达到平衡时，黏度达到最高峰，峰值黏度和温度表明淀粉与水的结合能力。随着温度的进一步增加，并且在一段时间内保持高温，淀粉颗粒会破裂，可溶性淀粉溶出并进行重组。颗粒的破裂和聚合物的重组降低了淀粉糊的表观黏度，这个过程叫作破乳。这个阶段淀粉糊的黏度达到了稳定。有一点必须要注意：只有没有分解的淀粉膨胀颗粒才能增加黏度，分解的淀粉颗粒碎片和溶解的淀粉不能增加黏度。在体系冷却后，淀粉分子相互结合，特别是直链淀粉之间更容易发生结合。当淀粉溶液达到一定的浓度，通常会形成凝胶，黏度增长到最终黏度。最终黏度即为冷却淀粉糊的稳定黏度，此时的淀粉溶液可用作浆糊。

与其他商业淀粉相比，马铃薯淀粉具有最高的峰值黏度和最低的糊化温度，最终黏度适宜且变化小。这说明马铃薯淀粉与其他淀粉相比，更容易糊化。相同质量的淀粉，马铃薯淀粉能生产出更多的浆糊。

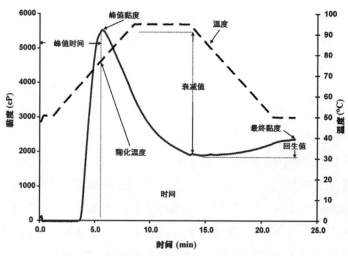

图 1-10　马铃薯淀粉的 RVA 图谱

马铃薯蛋白质

马铃薯蛋白质的功能及应用

马铃薯蛋白质的重要性

最近几十年，通过蛋白质组学在马铃薯块茎中发现了大量的各种各样的蛋白质。在马铃薯淀粉加工行业，有关蛋白分离方面研究的进展为高附加值马铃薯产品的开发开辟了新的可能。在这样的背景下，考虑马铃薯蛋白的安全性十分重要，尤其是相比于现在广泛应用于食品加工的植物蛋白质——马铃薯蛋白质被称为是一种低过敏性蛋白质。马铃薯块茎中蛋白质含量不算高，由于马铃薯在世界范围内是一种重要的主粮，而且一般认为马铃薯是一种高质量蛋白质的来源，所以从食品角度对马铃薯蛋白质进行研究具有非常重要的意义。

马铃薯是仅次于水稻、小麦和玉米的第四大农作物。尽管马铃薯的蛋白质含量只有1.7%，但每公顷马铃薯的蛋白质含量却仅次于小麦，位居第二。北美的消费者把马铃薯和不健康的饮食联系在一起，因为他们经常使用糟糕的加工技术，比如油炸。与此相反，马铃薯含有纤维、优质蛋白质、多种维生素和矿物质。这些高品质的蛋白质含有丰富的

赖氨酸、苏氨酸、色氨酸和蛋氨酸，蛋氨酸是谷物和蔬菜作物中经常缺乏的一种必需氨基酸。人们通过对马铃薯蛋白质进行研究，认识到马铃薯蛋白质由氨基酸组成，营养价值与动物蛋白溶菌酶相当。

马铃薯蛋白质通常分为三类，即Patatin蛋白、蛋白酶抑制剂和高分子量蛋白。马铃薯蛋白质对人体健康非常有益，并且相对于动物蛋白质很少会引起过敏反应，还具有抗菌性、抗氧化潜能，以及调节血压和血清胆固醇，甚至还具有抗癌作用。马铃薯蛋白质除了上述健康益处以外，还有一些其他的功能特性，有助于扩大其在食品工业中的应用，如乳化和发泡能力。

马铃薯蛋白质往往被淀粉厂忽视，但是从马铃薯淀粉加工分离汁水（副产物）中分离回收蛋白质是非常有必要的，不仅蛋白质能卖钱，回收蛋白质还可以降低淀粉厂废水处理的难度及成本。为了保持和提高马铃薯蛋白质的功能品质，人们探索了许多提取技术。进一步研究开发工业规模的马铃薯蛋白提取技术是非常必要的，同时注意控制提取成本，

27

并最小限度地损失马铃薯蛋白质的功能特性。例如，近些年报道了一种新的基于细胞壁降解酶的酶提取方法，该方法是一种有效回收非变性马铃薯蛋白质的潜在方法。

目前，马铃薯蛋白质的性质及其在食品工业和制药工业中的应用成为热点。起泡性和泡沫的稳定性是蛋白质在食品工业应用中的一个非常重要的性质。在鞭打试验中，未经处理的 Patatin 蛋白的起泡性不如蛋白酶抑制剂，但 Patatin 蛋白的泡沫稳定性更强。Patatin 蛋白解折叠（破坏四级结构）以后，可大大提高其起泡性，说明马铃薯蛋白质的分离方法会影响其起泡性。蛋白质还通常作为乳化剂和乳化稳定剂，根据 van Koningsveld 等（2006）的报道，富含 Patatin 蛋白的马铃薯蛋白质是非常有前景的食品乳化剂。

近年来在马铃薯蛋白质的分离纯化方面，研究热点主要集中在如何采用较温和的方法代替热絮凝法以提高蛋白质的质量。扩张床吸附在大规模从马铃薯淀粉分离汁水中回收 Patatin 蛋白方面具有较好的前景。扩张床吸附所得到的马铃薯蛋白质除了功能特性好以外，另一个好处是去除了大部分的生物碱苷类物质。提取后的干燥技术对于保持马铃薯蛋白质的功能也非常重要，常压冷冻干燥与喷雾干燥和真空冷冻干燥相比，更适合马铃薯蛋白质的干燥。另一方面，在某些应用领域，希望将酶的活性去除（特别是蛋白酶抑制剂的活性），以确保蛋白质强化食品的消化率。荷兰的马铃薯淀粉集团公司 AVBE 于 2007 年在其全资子公司 Solanic 采用混合配基化学吸附加工技术制备了适合食品工业和制药工业应用的高性能马铃薯蛋白质。加工工艺将马铃薯蛋白质分成两个部分：（1）主要由 Patatin 蛋白组成的高分子量蛋白质组分，为蛋白质含量 90%～95% 的粉末型食品原料。（2）主要由蛋白酶抑制剂组成的低分子量蛋白组分，为液体形态的制药工业原料。Solanic 公司宣称马铃薯蛋白质优于大豆蛋白质，可以同动物蛋白质相媲美，这是首次大规模生产食品级（药品级）的马铃薯蛋白质。

马铃薯蛋白质对人类饮食的贡献

推荐的膳食供给量（Recommended dietary allowance，RDA）每天优质蛋白质的摄入量为 0.8 g/kg 体重，成年人有 10%～35% 的能量来源于蛋白质。人类最佳的蛋白质来源为动物蛋白质。每千克新鲜马铃薯块茎中含有 20 克蛋白质（6.9～46.3 克）。一个不加盐连皮煮熟的马铃薯中含有 2.54 克蛋白质（1.87 克 / 100 克）（USDA，2007）。每天饮食中的马铃薯只为人体提供了很少的蛋白质。即使那样，根茎类作物如马铃薯和红薯在全球范围为人类提供了大量的非谷物类粮食作物蛋白质。马铃薯蛋白质的营养价值很高，因为其中含有的必需氨基酸含量高，如赖氨酸、蛋氨酸、苏氨酸和色氨酸。蛋白质含量受到马铃薯品种和蛋白质种类的影响。通过基因工程来提高马铃薯蛋白质的含量和质量已经有相关文献报道。

马铃薯浓缩蛋白和分离蛋白

尽管马铃薯块茎是重要的淀粉来源，每千克马铃薯干物质中含有 30～35 克缓冲液可提取的蛋白质。每公顷种植面积的马铃薯含有蛋白质 500～1000 千克。工业生产的马铃薯淀粉分离汁水中含有大约 1.5%（w/v）的可溶性蛋白质，主要由 Patatin 蛋白和蛋白酶抑制剂组成。

马铃薯浓缩蛋白通常是采用酸热处理（热絮凝）后沉淀得到的。离心和干燥后，沉淀含有 85% 以上的粗蛋白质。通过热絮凝分离得到的马铃薯蛋白质很不稳定且溶解性差，失去了作为食品应用的很多功能性质（如起泡性和泡沫的稳定性）。

为了确保马铃薯蛋白质的天然活性，目前已经尝试了很多种方法来进行回收，这些方法综合了离子强度、pH 值和温度，使马铃薯蛋白质原有的构象、活性和溶解性得以保持，van Koningsveld 等（2001）进行了这方面的研究。马铃薯蛋白质在 55～75 ℃会发生变性，酶活性和溶解性都会降低。在中等酸性 pH 条件下，溶解性取决于离子强度和是否含有未变性的 Patatin 蛋白。使用有机溶剂同适当低的 pH 相结合得到的马铃薯蛋白质沉淀在中性 pH 条件下溶解性很好。然而，乙醇会明显降低马铃薯蛋白质的变性温度，这意味着为了得到溶解性较好的马铃薯蛋白质，采用乙醇来沉淀蛋白质需要在低温条件下进行操作。尽管马铃薯蛋白质的营养价值高，但由于溶解性问题，马铃薯浓缩蛋白质仍然是一种低附加值的淀粉加工副产物。

马铃薯浓缩蛋白质的传统应用是作为牛和猪的饲料，也可以尝试代替鱼粉作为鱼饲料应用。然而，由于其含有苦味生物碱苷类物质（1.5～2.5 mg/g），并且对虹鳟鱼的试验结果表明，生物碱苷类物质会降低虹鳟鱼的食欲。Refstie 和 Tiekstra（2003）将马铃薯浓缩蛋白质中的生物碱苷类物质全部去除后，替代 40% 鱼粉蛋白质喂养大西洋鲑鱼，结果表明应用和消化效果良好。由于大马哈鱼的胰蛋白酶对蛋白酶抑制剂非常敏感，因此，有必要确保在生产浓缩蛋白质的时候将蛋白酶抑制剂进行灭活。出于上述原因，马铃薯浓缩蛋白质没有在食品工业中得到很好的应用。

马铃薯 Patatin 蛋白的应用

马铃薯 Patatin 蛋白作为食品添加剂可用于葡萄酒澄清。在葡萄酒工业方面，采用植物来源的蛋白质正在呈上升趋势，因为过去采用动物性蛋白质由于蛋白质残留问题容易对个别消费者引起过敏反应。葡萄酒加工过程经常采用动物蛋白质来调节口感——收敛性（astringency）。收敛性是葡萄酒中一个非常重要的风味指标，也是消费者最为关心的质量指标。收敛性是由于唾液蛋白和葡萄酒中的多

马铃薯蛋白质

酚如单宁酸之间发生反应产生的。葡萄酒澄清过程添加蛋白质改善收敛性的机理与品鉴葡萄酒时在口腔里发生的反应类似。传统改善葡萄酒收敛性采用的动物蛋白质包括酪蛋白、卵清蛋白和明胶，这些蛋白质都存在个别消费者发生过敏反应的风险。而且马铃薯 Patatin 蛋白的等电点为 4.6，在红酒的 pH 条件下溶解度低，采用 Patatin 蛋白作为葡萄酒澄清剂不会导致后期的不稳定。

Gambuti 等（2012）报道了马铃薯 Patatin 蛋白在葡萄酒澄清中的应用，所采用的马铃薯 Patatin 蛋白由 Laffort Œnologie（Bordeaux, France）提供，商品名称为 Patatin P。科研人员通过将商业化生产马铃薯 Patatin 蛋白与酪酸钾、明胶和卵清蛋白进行对比，添加量均为 10、20 或 30 g/hL，论证了马铃薯在葡萄酒澄清中可用：（1）用添加量为 10、20 或 30g/hL 商业生产的马铃薯 Patatin 蛋白处理葡萄酒可以降低总酚和单宁酸。（2）Patatin 蛋白跟其他澄清剂一样可以降低葡萄酒的收敛性，而且红葡萄酒中的酚类物质还能够与唾液蛋白发生反应。

东北农业大学食品学院的江连洲教授团队从马铃薯块茎中将 Patatin 蛋白分离纯化出来，并对其体外抗氧化性及抗恶性细胞增生进行了研究。所采用的分离纯化方法为先用分子截留量为 20 kDa 的超滤膜将马铃薯粗蛋白溶液进行浓缩，然后分别用 Q-Sepharose FF 柱和 Con A-Sepharose 柱进行分离纯化，然后分别采用 SDS-PAGE 和 HPLC 进行了鉴定（图

2-1）。研究结果表明 Patatin 蛋白中含有的单糖包括鼠李糖（1→2）、甘露糖（1→3）、葡萄糖（1→4）和半乳糖（1→4），四种单糖的摩尔比为 41:30:21:8。清除 DPPH 和超氧化物自由基实验结果表明，纯化的 Patatin 蛋白具有良好的抗氧化活性。老鼠黑色素瘤 B16 细胞实验结果表明，Patatin 蛋白具有抗恶性细胞增生的作用。

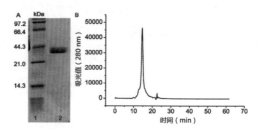

图 2-1　马铃薯 Patatin 蛋白 SDS-PAGE（A）及 HPLC 图谱（B）

马铃薯蛋白酶抑制剂的潜在应用

马铃薯蛋白酶抑制剂有很多潜在的应用价值，如减肥、预防和治疗肛周炎、感染、血栓性疾病和癌症等。Cesari 等（2007）通过体外实验研究发现马铃薯天冬氨酸蛋白酶（StAP1 和 StAP3）对于牛和人的精子是一种有效的杀精剂，杀精作用源于膜的通透性，而与蛋白的水解活性无关。Cesari 等认为，这有可能被应用于阴道内达到避孕目的。

Hill 等（1990）和 Hu 等（2006）报道了马铃薯蛋白酶抑制剂可提高血浆中胆囊收缩素的含量，从而减少食物的摄入量。胃肠激素能延缓胃的排空，控制人体血糖浓度，从而通过饱腹感减少食

物的摄入量。粪便中的蛋白酶含量过高会引起肛周炎，马铃薯蛋白酶抑制剂可有效抑制人体粪便中蛋白水解酶的活性，因此可以通过外敷马铃薯蛋白酶抑制剂来预防和治疗蛋白酶引起的肛周炎。

马铃薯羧肽酶抑制剂可以抑制血浆羧肽酶激活的凝血酶活化纤溶抑制剂，从而可作为潜在的溶解纤维蛋白的消栓剂用于治疗和预防血栓性疾病。最近，通过老鼠实验验证了马铃薯羧肽酶抑制剂的抗血酸活性。马铃薯蛋白酶抑制剂也可以被用作抗侵袭和抗肿瘤转移的治疗，因为蛋白酶与人类和动物的恶性肿瘤有关。马铃薯半胱氨酸蛋白酶抑制剂 PCPI 8.7 可特异性地抑制 rodent B16 黑色素瘤细胞的侵袭。另外，Blanco-Aparicio 等（1998）发现，马铃薯羧肽酶抑制剂与表皮生长因子竞争同受体结合，具有抗肿瘤的性质；表皮生长因子受体信号转导在肿瘤生长过程中起着至关重要的作用。这是第一个人类表皮生长因子拮抗剂的报道，因此可作为潜在的肿瘤治疗剂。马铃薯块茎蛋白酶抑制剂可干预过氧化氢的形成和太阳光中的紫外线照射对人体的危害。目前已经从马铃薯块茎中分离出了一系列的 Kunitz 型丝氨酸蛋白酶抑制剂抗菌剂，如 AFP-J、PT-1、Potide-G 等。AFP-J 对人类真菌病原体具有较强的抗真菌活性，例如白色念珠菌。白色念珠菌是最常见的导致念珠菌病的病原体（Park，2005）。PT-1 能强烈抑制病原微生物菌株，包括植物病原真菌 Rhizoctonia

solani、植物病原细菌 Clavibacter michiganense。 Potide-G 能有效抑制各种人类或植物病原细菌（Staphylococcus aureus, Listeria monocytogenes, Escherichia coli, C. michiganense）和真菌菌株（C. albicans, R. solani），而且具有抗马铃薯 Y 病毒感染的活性。作者认为这些蛋白质可作为新型抗感染剂或农药。

马铃薯蛋白质的水解及应用

马铃薯蛋白质的氨基酸中疏水的功能性官能团含量很高，特别是含有支链的氨基酸（异亮氨酸、亮氨酸和缬氨酸）和芳香氨基酸（苯丙氨酸和酪氨酸）侧链。这些氨基酸水解以后可能会产生苦味肽。水解马铃薯蛋白质尚未作为食品配料使用。Kamnerdpetch 等（2007）采用四种不同的酶以获得高度水解的马铃薯蛋白质。水解程度最高可达到 44%。水解的目的旨在提高产品的营养价值。Wang 和 Xiong（2005）的研究表明，限制性地水解热变性凝固的马铃薯蛋白质，可将其溶解度增加 14～19 倍。动物和植物蛋白的水解物可抑制脂肪或游离不饱和脂肪酸的氧化，Liu 等（2003）报道了 Patatin 蛋白和马铃薯蛋白质水解物具有抗氧化活性，Wang 和 Xiong 对马铃薯水解产物的抗氧化活性进行了评估。马铃薯蛋白质水解物能提高冷藏熟牛肉饼的氧化稳定性，因而有可能作为一个潜在的抗氧化剂用于食品质量的保存。

赵晶和陈玲玲（2008）利用马铃薯

马铃薯蛋白质

蛋白质的酶水解物对制备肉味香精进行了研究，以马铃薯蛋白质为底物，用胰蛋白酶进行水解得到酶解底物。水解物在封闭条件下进行热反应衍生风味，合成的风味物质香味浓郁，所得香气具有烤牛肉的香味。高丹丹等（2015）以马铃薯蛋白质为原料，利用产蛋白酶菌株对其进行发酵，对马铃薯蛋白质发酵产物的抗氧化能力进行了研究。

乙酰化马铃薯蛋白质及应用

Miedzianka 等（2012）对马铃薯蛋白质进行了改性，制备了乙酰化马铃薯蛋白质并对其性质进行了研究。作者采用的实验原料为从马铃薯淀粉加工分离汁水中回收的马铃薯蛋白质，分别通过热絮凝法和膜分离技术制备了马铃薯蛋白质，后者制备的蛋白质具有天然活性。乙酰化试剂为醋酸酐，研究人员对制备

的乙酰化马铃薯蛋白质的化学组成（总蛋白质含量、可絮凝蛋白质含量、灰分含量和氨基酸组成）进行了分析，还研究了乙酰化马铃薯蛋白质的功能特性(持水能力、持油能力、蛋白溶解指数、乳化性质和起泡能力及其稳定性），还对化学改性程度进行了分析。

Miedzianka 等（2012）的研究结果表明制备的乙酰化马铃薯蛋白质与原料马铃薯蛋白质相比，化学组成和功能特性都发生了显著变化（p<0.05），改性后的乙酰化马铃薯的蛋白质其总蛋白质含量和可絮凝蛋白质含量稍微有点降低。用 0.4 mL 醋酸酐 /g 蛋白分别处理热絮凝蛋白和膜分离制备的蛋白质，前者对必需氨基酸含量没有影响，而后者造成了显著的变化。不管用多大浓度的乙酸酐处理热絮凝的马铃薯蛋白质，都会显著增加乙酰化马铃薯蛋白质的持水能力，并且需要用较高浓度的乙酸酐处理膜分离

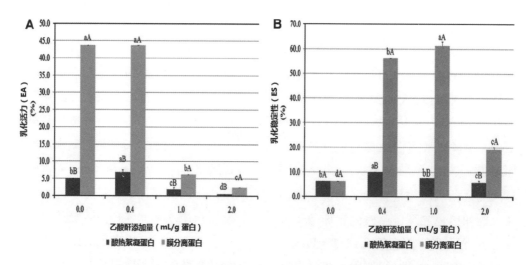

图 2-2　马铃薯蛋白原料的种类和乙酸酐剂量对乳化活力（A）和乳化稳定性（B）的影响
（a-d）相同的字母表示差异不显著；（A-B）相同的字母表示差异不显著

马铃薯蛋白质才能改变其持水能力（1.0 和 2.0 mL/g 蛋白）。乙酰化的马铃薯蛋白持油能力均降低，乳化活力和乳化稳定性也降低（图 2-2）。用 0.4 mg/L 蛋白的乙酸酐处理酸热絮凝法制备的马铃薯蛋白质，乳化活力不会发生改变，但用 1.0

和 2.0 mL/g 蛋白的剂量进行处理会发生改变。膜分离技术处理过的马铃薯蛋白质进行乙酰化前后其起泡能力和泡沫稳定性没有发生变化，而热絮凝法制备的马铃薯蛋白质乙酰化后起泡能力和泡沫稳定性显著降低。

马铃薯块茎蛋白质组成

马铃薯块茎蛋白质的价值

马铃薯淀粉厂对马铃薯块茎蛋白质非常感兴趣，因为马铃薯蛋白质可以为马铃薯淀粉厂增加利润，高品质的蛋白质可以从淀粉分离汁水中得到。因此，荷兰的 Elkana 公司和北欧的 Kuras 公司专门针对马铃薯淀粉的栽培品种进行了蛋白质的研究，针对欧洲人消费量较大的马铃薯品种 Désirée 和 Bintje 的蛋白质也有相关研究。马铃薯块茎的可溶性蛋白质通常分成三类：Patatin 蛋白、蛋白酶抑制剂和其他蛋白。Patatin 蛋白和蛋白酶抑制剂的性质研究较多，而对第三类蛋白研究的文献报道较少。

马铃薯蛋白质双向电泳

双向电泳进行的蛋白质组学分析可以总体说明马铃薯块茎中的蛋白质组成。图 2-3 为使用较宽 pH 梯度和面积较大的凝胶做出来的马铃薯蛋白质的双向电泳图，使用的马铃薯品种为 Sante，看到的

为可溶性蛋白质，图中包含 1 000 ~ 2 000 个可以进行量化的马铃薯蛋白质斑点。

整个植物界蛋白质组包含的蛋白质数量非常庞大，但可以进行分析的蛋白质数量还是非常有限的，双向电泳仍然是用于蛋白质的高分辨率分离和定量分析的最为广泛使用的工具。然而，鲜有报道说通过双向电泳解决了马铃薯蛋白质的问题，也很少有关于由基因背景、环境影响或者其他因素导致马铃薯自然变异的信息。尽管研究者们对其进行了广泛的研究，但贯穿整个马铃薯块茎生

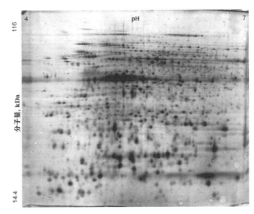

图 2-3 基于等电点和分子量的马铃薯蛋白质双向电泳

命周期的分子变化仍然没有充分解决。

Lehesranta 等（2006）的一项研究通过对发芽期块茎的发育、休眠和储存，对块茎形成的蛋白质组的变化首次给出了综合性图片。所有的 150 种蛋白质在生命周期的特定的阶段之间显示出高度的显著差异性，其中的 59 种已经被确认。马铃薯块茎在发育过程中，蛋白质的变化特征是 Patatin 蛋白亚型和涉及疾病和防御反应的一些酶的积累。此外，涉及糖类和能量代谢的一些酶和蛋白质的加工也伴随着发育过程，但是在块茎的成熟过程中会降低。各种马铃薯蛋白质通常是通过一维的 SDS- 聚丙烯酰胺凝胶电泳来进行研究并选择同工酶来进行分析。

双向电泳揭示差异性的能力已经被 Lehesranta 等演示过，他对 32 种代表了一系列基因变异的马铃薯基因型的蛋白质表达谱进行了广泛的分析，其中有 21 种四倍体命名植株、8 种地方品种、3 种二倍体基因型，包括种质植株。基因变异是广泛存在的，在一个或两个品种和地方品种之间 97% 的蛋白质表现出显著的数量和质量差异性。在检测到的 2 000 种多肽中，只有 34 种在基因型之间没有显著性差异。一些最显著的差异发生在 Patatin 蛋白各种亚型之中。Désirée 品种中 77 种蛋白质中主要蛋白质以一种相对较高的数量出现，其中很多种蛋白质涉及能量代谢、蛋白定向、储存反应、疾病 / 防御反应。研究者们在农业系统的效应和植物蛋白的组分的基本组成方面只能获得非常有限的信息。

Lehesranta 等（2007）使用双向电泳来鉴定和定量分析了施肥方法、农作物保护措施和采用回归旋转设计按照传统方式低投入栽培有机马铃薯等因素对马铃薯块茎中的蛋白质组成的影响。结果表明不同栽培方式间的差异相对较小，远小于品种间的差异。只有施肥实践（有机物质 vs. 矿物质肥料）对蛋白质的组成有显著影响。在 1 100 种马铃薯块茎蛋白质中的 160 种可以被定量检测到差异。被识别的许多蛋白质涉及蛋白合成、流通、碳和能量代谢、防御反应，并显示有机肥料导致了马铃薯块茎中应激反应的提升。这种差异至少可以部分通过氮有效性的差异来解释。

马铃薯 Patatin 蛋白

Patatin 蛋白是一类分子量介于 40~45 kDa 的蛋白。Patatin 基因占据了主要的位点，包括功能基因和非功能基因。Patatin 蛋白大约占马铃薯块茎总可溶性蛋白的 40%。Patatin 蛋白的组成明显受到栽培品种的影响（图 2-4），Lehesranta 等（2005）从 Désirée 马铃薯

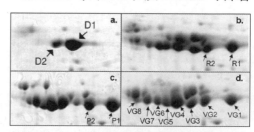

图 2-4　四个马铃薯品种 Patatin 蛋白的双向电泳图谱
　　（a）Désirée；　（b）Record；　（c）Pito；
　　　　　（d）Van Gogh

块茎中分离出了 9 种 Patatin 蛋白，Bauw 等（2006）从 Kuras 品种中分离出了 17 种 Patatin 蛋白。

马铃薯蛋白质拥有良好的起泡和乳化性能，这一性能跟 Patatin 蛋白（366 个氨基酸残基）的氨基酸序列显示其既不是特别亲水也不是特别疏水有关。Patatin 蛋白含有 17 个酪氨酸和 2 个色氨酸，而且 2 个色氨酸的位置非常接近（256 和 260）。Patatin 蛋白的糖基化发生在第 60 个和第 90 个氨基酸（天冬氨酸残基），大约占 4%（w/w）。Patatin 蛋白在受热或者调低 pH 时会发生解折叠，在 pH 值为 8 的条件下将 Patatin 蛋白溶液加热到 45 ~ 55℃，α- 螺旋就会展开，活力也会丧失。

Patatin 蛋白是马铃薯块茎中贮存的主要蛋白，具有抗氧化活性。作为酰基水解酶具有广泛的底物特异性，也具有 1,3- 葡聚糖的活性。Patatin 蛋白在防御害虫和真菌病原体方面发挥了重要作用，可用作杀虫剂对付玉米根虫，这可能是具有乳酯酶和 β-1,3- 葡聚糖酶活性的缘故。

Rydel 等（2003）通过 X- 衍射研究了 Patatin 蛋白的三维立体结构（图 2-5），用于结晶的 Patatin 蛋白浓度为 10 mg/mL，溶解在 10 mM 的 Tris 缓冲液（pH =7.4）中。Patatin 蛋白晶体是在 16% PEG 3350、0.24 M 乙酸铵溶液中培育出来的，5 天时间内即可长出晶体。Patatin 蛋白晶体结构包含 3 个不对称单元的分子和 498 个水分子，R 因子为 22.0%，

自由因子为 27.2%。Patatin 蛋白的晶体结构还显示其拥有一个 Ser-Asp 催化二分体，其活性中心与人胞浆型磷脂酶 A2（cPLA2）相同。另外，Patatin 蛋白折叠的拓扑结构与 cPLA2 催化结构域相关，与典型的 α/β- 水解酶的折叠不一样。

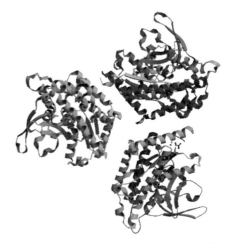

图 2-5　Patatin 蛋白的三维立体结构

马铃薯蛋白酶抑制剂

马铃薯块茎中含有几种蛋白酶抑制剂能抑制胰蛋白酶、糜蛋白酶和其他蛋白酶的活性，因此可降低摄入的蛋白质的消化性和生物价。然而，蛋白酶抑制剂的活性通常由于蒸煮和其他热加工而丧失了，只有当摄入生的或不恰当烹饪方式的马铃薯时才会发生严重的抗营养反应。与 Patatin 蛋白不同，蛋白酶抑制剂由更多异构的蛋白组成。马铃薯块茎中含有 5 个家族的蛋白酶抑制剂。这些蛋白质分子量小，从 5 ~ 25 kDa 不等，在 Elkana 品种马铃薯中，马铃薯蛋白酶抑制剂占总可溶性蛋白质的一半。当然，

大约 70% 马铃薯蛋白酶抑制剂属于 Kunitz 家族。他们可进一步分成三组 A、B 和 C，Bauw 等（2006）后来又增加了两组（K 和 M）。马铃薯块茎蛋白酶抑制剂对丝氨酸蛋白酶、半胱氨酸蛋白酶、天冬氨酸蛋白酶和金属蛋白酶都具有活性。

Pouvreau（2004）在荷兰瓦赫宁根大学攻读博士学位期间对马铃薯块茎中蛋白酶抑制剂的理化性质进行了较为系统的研究，她以 Elkana 品种马铃薯为研究对象，将块茎中的蛋白酶抑制剂进行了分离纯化和定量分析，整体分离纯化步骤如图 2-6 所示。

Pouvreau 首先采用 Superdex 75 凝

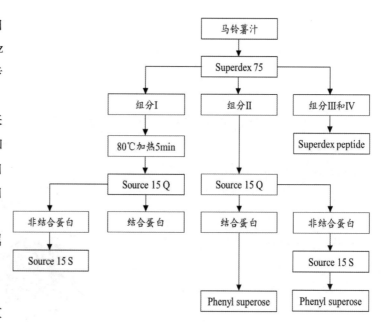

图 2-6　马铃薯蛋白酶抑制剂分离纯化步骤

胶过滤对马铃薯蛋白进行了分离，得到了 I、II、III 和 IV 四个组分（图 2-7），然后采用阴离子交换填料 Source 15Q 分别对组分 I 和 II 进行了进一步分离纯化，未能结合到 Source 15Q 上的蛋白质又采用阳离子交换填料 Source15S 进行进一步分离纯化。对于凝胶过滤得到的蛋白组分 II，还分别采用疏水作用 Phenyl superose 进行了分离纯化。

在 Elkana 品种马铃薯块茎当中，蛋白酶抑制剂大约占总可溶性蛋白质的 50%，Pouvreau 将蛋白酶抑制剂分成 7 组：马铃薯抑

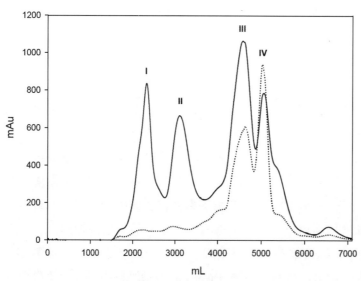

图 2-7　Superdex 75 凝胶过滤分离马铃薯蛋白（实线 280 nm，虚线 320 nm）

制剂 I（PI-1）、马铃薯抑制剂 II（PI-2）、马铃薯半胱氨酸蛋白酶抑制剂（PCPI）、马铃薯天冬氨酸蛋白酶抑制剂（PAPI）、马铃薯 Kunitz 型蛋白酶抑制剂（PKPI）、马铃薯羧肽酶抑制剂（PCI）和其他丝氨酸蛋白酶抑制剂（OSPI）。含量最丰富的为 PI-2 和 PCPI，分别占马铃薯总蛋白质的 22.3% 和 11.5%（表 2-1）。

表 2-1　Elkana 品种马铃薯块茎中蛋白酶抑制剂的相对含量（w/w）

凝胶过滤组分	蛋白组分	含量
I（48%）	Patatin	37.5
I（48%）	PI-1	4.5
II（48.0%）	PI-2	22.3
II（48.0%）	PCPI	11.5
II（48.0%）	PAPI	6.1
II（48.0%）	PKPI	3.6
II（48.0%）	OSPI	1.5
III（2.0%）	PCI	0.9
回收率	98.0%	88.1%

马铃薯蛋白酶抑制剂具有广泛的蛋白酶抑制活性，除 PCI 以外其他所有的马铃薯蛋白酶抑制剂对胰蛋白酶和胰凝乳蛋白酶都具有抑制活性。PI-2 各亚型对胰蛋白酶和胰凝乳蛋白酶的抑制活性占到所有蛋白酶抑制剂对这两种蛋白酶抑制活力的 82% 和 50%（表 2-2）。

表 2-2　7 组马铃薯蛋白酶抑制剂对 5 种蛋白酶抑制活力的分布

酶	抑制活力分布（%）							
	PI-1	PI-2	PCPI	PAPI	PKPI	OSPI	PCI	总和
胰蛋白酶	2	82	10	2	2	2	–	100
胰凝乳蛋白酶	19	50	16	9	3	3	–	100
木瓜蛋白酶	–	–	100	–	–	–	–	100
组织蛋白酶 D	–	–	–	100	–	–	–	100
羧肽酶 A	–	–	–	–	–	–	100	100

2004 年，荷兰莱顿大学的 Thomassen 等在 Pouvreau 研究基础上并与她合作发表了一篇题为《Crystallization and preliminary X-ray crystallographic studies on a Kunitz-type potato serine protease inhibitor》的论文，该论文报道了马铃薯当中一种 Kunitz 型丝氨酸蛋白酶抑制剂的结晶条件。晶体是在 0.1 M HEPES pH 7.5、10% PEG 800 和 8% 乙二醇溶液中培育出来的，溶液中添加了 0.1 M 甘氨

马铃薯蛋白质

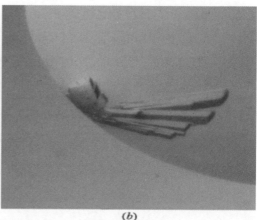

图 2-8　用含 0.1 M 甘氨酸（a）和含 9 mM 1-s- 辛基 -β-D- 硫代葡萄糖甙（b）的溶液
结晶出来的马铃薯丝氨酸蛋白酶抑制剂

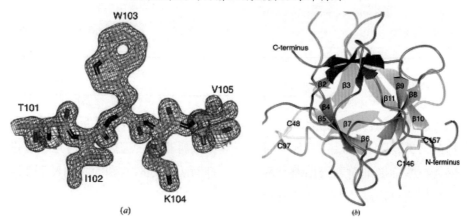

图 2-9　马铃薯丝氨酸蛋白酶抑制剂的整体结构：（a）电子密度图；（b）条带图

酸或 9 mM 1-s- 辛基 -β-D- 硫代葡萄
糖甙（图 2-8）。

　　8 年以后的 2012 年，他们继续
合作发表了题为《Structure of a post-
translationally processed heterodimeric
double-headed Kunitz-type serine protease
inhibitor from potato》的论文，详细阐
述了该 Kunitz 型丝氨酸蛋白酶抑制剂的
三维立体结构（图 2-9）。马铃薯丝氨
酸蛋白酶抑制剂是一个异源二聚体双头
Kunitz 型蛋白酶抑制剂，一个这样的马
铃薯丝氨酸蛋白拥有两个活性中心，能

同时紧密地结合两个丝氨酸蛋白酶（图
2-10）。

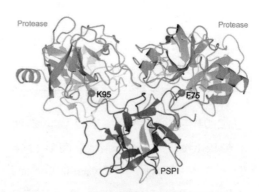

图 2-10　一个马铃薯丝氨酸蛋白酶抑制剂
与两个丝氨酸蛋白酶结合

蛋白酶抑制剂在马铃薯中的作用是作为贮存蛋白和调节内源蛋白酶的活性。另外，蛋白酶抑制剂对草食性昆虫和致植物病的真菌也具有活性。创伤和水分胁迫可以促使马铃薯块茎分泌蛋白酶抑制剂。马铃薯块茎或马铃薯汁水中存在的其他蛋白的相对含量的文献报道较少。脂肪氧合酶（约占10%）、防御素（5%）和淀粉磷脂化酶L-1（4%）以及膜联蛋白、乙二醛酶Ⅰ、烯醇化酶、过氧化酶和UDP焦磷酸化酶是Kuras马铃薯品种的块茎汁水中含量较丰富的酶。在Désirée品种中，烯醇化酶含量较丰富。热休克蛋白和与发病机制相关的蛋白含量也较丰富，但是根据双向电泳的凝胶来定量不同蛋白的含量需要考虑不同蛋白与染色剂结合的能力不一样。

马铃薯中发现的蛋白质的其余部分由多种高分子量蛋白质组成，这类蛋白质尚未进行广泛的研究。

马铃薯蛋白质的理化性质

马铃薯蛋白质的功能特性

蛋白质所具有的功能特性包括溶解度、保水能力、凝胶化、发泡和乳化等，这些对食品体系具有重要意义。马铃薯蛋白质具有发泡和乳化特性，但是在工业应用上，采用低成本保持马铃薯蛋白质这些性质是非常困难的。马铃薯蛋白质可以从马铃薯淀粉加工分离汁水中提取，马铃薯淀粉加工分离汁水是马铃薯淀粉厂产生的废弃物。在提取蛋白质时，重要的是采用恰当的提取方法来保持蛋白质的天然活性，一旦蛋白质变性，它通常会失去所有功能特性。

马铃薯蛋白质的溶解特性

马铃薯蛋白质的溶解度受到其他因素以及溶液中存在的其他成分的影响，具体包括温度和酸碱性、透析、金属盐和有机溶剂等。对于一种单一的蛋白质，溶解度是一个很容易测量出来的参数。然而，由于不同的蛋白质具有不同的溶解度，因此对于一种蛋白质混合物，测量变得有点困难。马铃薯蛋白质由各种不同的蛋白质组成，因此，很难对其溶解度进行评价。克服这一困难的一个办法就是用总不溶性蛋白质来评价多种蛋白质混合物的溶解度。van Koningsveld等（2002）将特定溶剂中马铃薯蛋白质溶解后的沉淀物与马铃薯淀粉加工分离汁水中的总蛋白质进行了对比。在硫酸（H_2SO_4）、盐酸（HCl）、柠檬酸和乙酸等多种酸的存在下测试了其溶解性。在马铃薯淀粉加工分离汁水中含有的多种蛋白质中，大多数组分的等电点在pH值为4.5～6.5之间。

在酸的存在下，无论哪种类型酸，

马铃薯蛋白在 pH=3 时沉淀最多。在沉淀物的溶解性方面，弱酸（柠檬酸和乙酸）似乎比强酸（盐酸和硫酸）具有更高的溶解性，因为弱酸比强酸能多溶解约 4% 的马铃薯淀粉加工分离汁水中的总蛋白质。

将纯化的 Patatin 蛋白与马铃薯淀粉加工分离汁水中的总蛋白质进行比较，纯化后的 Patatin 蛋白在 pH=4 时几乎能完全溶解，在 pH=5 时会析出，在 pH=6 时能完全溶解。相反，马铃薯淀粉加工分离汁水蛋白在 pH<4 时出现最多沉淀。而且研究还发现，在 pH=5 时收集的沉淀物在 pH=7 时也只能部分溶解。研究人员的结论是，纯化的 Patatin 蛋白和纯化的马铃薯总蛋白质与马铃薯淀粉加工分离汁水中的蛋白质的溶解性不同，因为分离汁水中存在的蛋白质的溶解性与其等电点无关。Waglay 等（2014）也发现了相同的规律，马铃薯淀粉加工分离汁水中存在的蛋白质在 pH=3 时溶解度较低，高于或低于该 pH 值时溶解度增加。

van Koningsveld 等（2001）分析了马铃薯蛋白在加热条件下的溶解度。结果表明，当马铃薯淀粉加工分离汁水加热到 40 ℃时，蛋白质开始沉淀析出。加热到 60 ℃时，50% 的蛋白质沉淀析出，完全变性发生在 70 ℃。Waglay 等（2014）也证实了这一点，60 ℃有 50% 能溶解，70 ℃时只有 10% 能溶解。研究还发现，提高离子强度对马铃薯蛋白质的变性温度有轻微的影响。改变离子强度的实验是以（NH_4）$_2SO_4$ 沉淀的马铃薯蛋白作为空白对照进行的，NH_2SO_4 沉淀的马铃

薯蛋白与未变性马铃薯蛋白质具有相同的性质。当在高离子强度 200 mM NaCl 存在下测试温度的影响时，蛋白质完全变性的温度升高 5 ℃（75 ℃），而不是之前观察到的 70 ℃。相反，离子强度的降低似乎对溶解度曲线没有影响。van Koningsveld 等（2001）也分别研究了马铃薯蛋白质的溶解度，得出的结论是：蛋白酶抑制剂似乎比 Patatin 表现出略高的变性温度，蛋白酶抑制剂在 50～60 ℃出现不溶，而 Patatin 在 40 ℃以上开始不溶。

Ronero 等（2011）对马铃薯分离蛋白的溶解性进行了分析（图 2-11），添加量为 1mg/mL。pH 是影响其溶解度最关键的因素，蛋白质在等电点 pH 时溶解度最低。从图 2-11 中可以看出，马铃薯分离蛋白的溶解度在 pH=4 时最低（10%），在 pH=8 时最高（35%）。溶解度低于 40% 的原因是酸热絮凝法制备马铃薯分离蛋白质时蛋白质发生了变性。

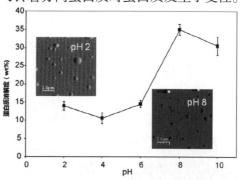

图 2-11　马铃薯分离蛋白的溶解度曲线
（图片为原子力显微照片）

Romero 等（2011）对马铃薯分离蛋白质的界面和油 / 水乳化体系的特性进行了研究，所采用的马铃薯分离蛋白质由 Protastar（Reus, Barcelona, Spain）提供，

表 2-3　马铃薯分离蛋白的化学组成[a]

组分	湿重（%）
蛋白质	80.1 ± 2.3
脂肪	3.1 ± 0.4
碳水化合物	5.9 ± 0.6
灰分	0.8 ± 0.1
水分	10.1 ± 2.0

注：a 表示所有试验重复 4 次。

其化学组成如表 2-3 所示，蛋白质含量为 $80.1 \pm 2.3\%$，换算成干基含量为 89.1%。除了水分，碳水化合物是含量第二高的物质，说明少量的淀粉在蛋白质提取过程中很难除去。马铃薯分离蛋白还含有少量的脂肪（$3.1 \pm 0.4\%$）和灰分（$0.8 \pm 0.1\%$）。

van Koningsveld 等（2001）报道了 pH 和各种添加剂对马铃薯淀粉加工分离汁水中蛋白质的沉淀和溶解（重新溶解）作

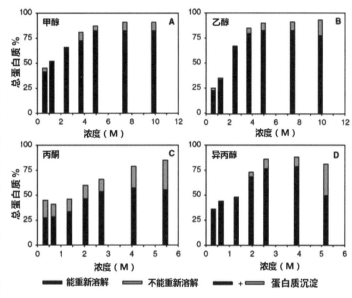

图 2-12　不同有机溶剂对马铃薯蛋白沉淀的重新溶解作用（pH=7, I=0.2 M）

用。研究结果表明采用强酸和弱酸对马铃薯蛋白质沉淀的作用没有差异，在 pH=3 时最多能将 60% 的蛋白质沉淀下来。弱酸与强酸相比，沉淀下来的蛋白质在 pH=7 的条件下重新溶解的性能更好。在 pH=5 时，添加 $FeCl_3$ 或 $ZnCl_2$ 与不添加这两种添加剂相比，既可以增加马铃薯蛋白质的沉淀，也可以增加重新溶解的量。在 pH=5 的条件下，采用有机溶剂作为添加剂，马铃薯蛋白质的沉淀和重新溶解效果都很好。在 pH=7

的条件下，采用有机溶剂最多能将 91% 的蛋白质沉淀下来，最多可以将 83% 的马铃薯蛋白质重新溶解（图 2-12）。研究结论认为：马铃薯蛋白质的沉淀和重新溶解不是由等电点 pH 值决定的，而是由马铃薯蛋白质与低分子量化合物发生反应决定的。

van Koningsveld 等（2001） 研究了 pH 和热处理对马铃薯汁水中的蛋白（PFJ）、硫酸铵沉淀蛋白（ASP）、马铃薯蛋白酶抑制剂（PIP）和 Patatin 蛋白的结构和溶解性的影响，分析手段包括DSC、远紫外和近紫外圆二色光谱。结果表明马铃薯蛋白质在55～75℃会发生解折叠，将离子强度从15mM提高到200 mM，马铃薯蛋白质的变性温度会升高（图2-13）。在受热过程中，二聚体Patatin蛋白会打开变成单体，单体会变得更加松弛。马铃薯蛋白酶抑制剂发生热解折叠会降低其活力，溶解性受到离子强度的影响。马铃薯蛋白质在中性和强酸性pH条件下可溶，Patatin蛋白在pH=5时沉淀，其三级结构会发生不可逆改变。在温和的偏酸性条件下，马铃薯总蛋白质的溶解性受到离子强度和是否存在未解折叠Patatin蛋白的影响。

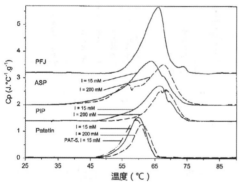

图2-13　在pH=7时，离子强度分别为15mM和200 mM的4种马铃薯蛋白的DSC曲线

马铃薯蛋白质的乳化特性

乳浊液是指"至少两种不混溶液体的混合物，其中一种以细液滴的形式分散在另一种液体中"。为了稳定乳剂，通常添加双亲分子表面活性剂，如蛋白质。由于蛋白质中的氨基酸同时含有疏水性和亲水性基团，因此，当它们加入

乳液时，它们会根据极性在合适分子的界面上定向排列，这种界面取向将会降低两种非混相液体之间的界面张力，从而起到稳定乳液的作用。

影响乳液稳定性的因素有很多。根据van Koningsveld等（2006）的报道，常见的不稳定性因素包括乳状液分层和液滴聚集，乳状液分层是低密度液滴在高密度水相上方分层。液滴聚集是指液滴聚集在一起，增加每个液滴的平均大小，这是由于液滴之间的胶体吸引力。液滴聚集的其他可能原因包括桥接和空缺絮凝作用。桥接絮凝需要在界面和液滴之间构建桥梁的分子，而空缺絮凝需要存在高浓度的不吸附聚合物。

van Koningsveld等（2006）研究了不同马铃薯蛋白质样品的乳化特性，以确定它们在不同条件下的成乳和稳定效果。马铃薯汁是从Elkana马铃薯品种中提取的，以汁水为原料，采用不同的提取工艺制备蛋白质样品，得到5个不同的蛋白样品：马铃薯分离蛋白、$(NH_4)_2SO_4$沉淀的蛋白、Patatin蛋白、乙醇沉淀的Patatin蛋白和蛋白酶抑制剂。于中性环境中形成乳剂，在显微镜下观察到的结果是：含有Patatin的乳剂在微观条件下没有液滴聚集，而其他蛋白质样品出现严重的液滴聚集，因此乳剂不稳定。

van Koningsveld等（2006）通过不同的方法分析了蛋白质样品中发生聚集的类型，对于空缺聚集，液滴之间的相互作用较弱。因此，随着剪切速率的增加，乳液黏度逐渐降低。在他们的实验中，

马铃薯分离蛋白和蛋白酶抑制剂在低剪切速率下表现出较高的黏度，因此得出空缺聚集不会导致乳液不稳定的结论。他们还发现，二硫苏糖醇的加入完全破坏了聚合体，表明蛋白酶抑制剂中存在的二硫键与二硫苏糖醇之间桥接聚合。研究人员得出的结论是，只要确保在乳液形成的初期没有空气的混入，就可以避免这种情况发生。

维持蛋白质乳化功能特性的一个关键因素是蛋白质所处的 pH 环境，当蛋白质接近它的等电点时，它的溶解度很低，因此乳化能力就会丧失。Ralet 和 Gueguen（2000）研究了在 pH = 4 ~ 8 的条件下不同马铃薯蛋白质组分的乳化性能，在加与不加浓度为 1% NaCl 的条件下，分析了 pH 值的影响。他们观察到，酸性条件下不含 NaCl 与含 NaCl 的乳剂相比，Patatin 乳液的稳定性略好一些。他们还发现，蛋白酶抑制剂对 pH 值没有依赖性。

Romero 等（2011）对比分析了马铃薯分离蛋白在 pH=2 和 pH=8 时油 / 水乳化体系的特性，结果表明 pH 对界面张力（油—水）或表面压力（大气—水）的影响微乎其微，但是对油与水之间的界面膜黏弹性的影响非常大（图 2-14）。pH=8 相对 pH=2 时，油—水界面的弹性响应要高很多，因此稳定的乳状液应当选择 pH=8。

Calero 等（2013）在 Romero 等（2011）的研究基础上进一步研究了壳聚糖（CH）的添加量对高油酸葵花籽油 O/W 乳化体

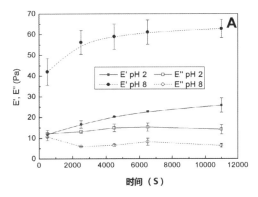

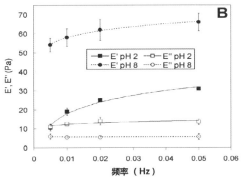

图 2-14　在 20℃，pH 分别为 2 和 8 的条件下马铃薯蛋白（1g/L）做乳化剂的葵花籽油－水界面膜的侧胀膜量 E' 和损失膜量 E''
（A）　横坐标为时间 S（频率为 0.02H$_Z$）
（B）　恒锁表为 H$_2$（时间为 11000s）

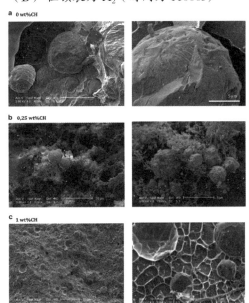

图 2-15　马铃薯分离蛋白做乳化剂的高油酸葵花籽油 O/W 乳化体系的冷冻扫描电镜图片

43

系的稳定性、微观结构和流变学性质的影响，采用的乳化剂为马铃薯蛋白，壳聚糖所起的作用为稳定剂。冷冻扫描电镜（Cryo-SEM）证实了随着壳聚糖量的增加，形成了越来越多的蛋白质－多聚糖网络结构（图2-15）。

马铃薯蛋白质的起泡性

Phillips等（1990）将泡沫定义为"一个连续的液体层状相包围气泡相的两相体系"。为了形成稳定的泡沫，通常会在泡沫中加入蛋白质。对泡沫是否起作用的物质的分子特点包括溶解度、形成界面相互作用的能力、在界面展开的能力、与气相或水相反应的能力、防止泡沫形成带电和极性亚单位的数量以及立体效果。在研究某种蛋白质的起泡性能时，重要的是既要考察其发泡能力还要考虑形成泡沫的稳定性，可以通过测量泡沫的体积和随时间流失的液体量来对这些参数进行评估。

超滤法、CMC络合法和阴离子交换层析法是保持马铃薯蛋白质泡沫稳定性的主要方法。

van Koningsveld等（2002）研究了马铃薯蛋白质形成泡沫的能力以及泡沫的稳定性，泡沫的形成采用了两种不同的方法——鼓泡法和搅拌法。鼓泡法更加适用于高度结构化的蛋白质，因为它允许刚性蛋白质在界面上停留更长的时间，这将导致由于浮力而释放气泡。

鞭打存在速度和压力的波动，因此气泡相互作用，导致界面面积和表面张力随时间而变化。只要搅拌速度达到一定程度，表面张力增大，泡沫就会形成，继续搅拌就会形成大量黏结在一起的泡沫。不同的蛋白质具有各自形成泡沫最佳的搅拌时间，搅拌时间与泡沫体积呈正相关；然而过度搅拌会导致蛋白质变性发生聚集，从而减少泡沫体积。

导致泡沫稳定性下降的因素很多，其中最重要的是疏水分子，因为这些分子结合在一起，导致气泡扩散，或者它们的颗粒大小比泡沫大，增加泡沫的破裂。泡沫不稳定的另一个原因是失水，这是重力将液体挤出泡沫的结果。然而，在有蛋白质存在的情况下，由于形成滞留层，失水会大大减少。影响泡沫稳定性的另一个因素是奥斯特瓦尔德熟化（Ostwald ripening），理想的泡沫是由许多小气泡组成的，而空气在液相中更容易溶解，因此在小气泡周围的溶解度更高。这导致气泡不断增长，这个过程被称为奥斯特瓦尔德熟化。

van Koningsveld等（2002）在不同搅拌速度条件下观察了不同搅拌时间对不同蛋白质起泡性的影响，实验蛋白质包括β-乳球蛋白和β-酪蛋白、15%的乙醇沉淀的马铃薯蛋白、20%乙醇沉淀的马铃薯蛋白、$(NH_4)_2SO_4$沉淀的马铃薯分离蛋白、Patatin蛋白、20%乙醇沉淀的Patatin蛋白、蛋白酶抑制剂、20%乙醇沉淀的蛋白酶抑制剂。结果显示，在70秒的标准搅拌时间，蛋白酶抑制剂没有最佳的搅拌速度，而$(NH_4)_2SO_4$

沉淀的马铃薯蛋白，20%乙醇沉淀的 Patatin 蛋白、20%乙醇沉淀的蛋白酶抑制剂的最佳搅拌速度为每分钟 4000 转，20%乙醇沉淀的马铃薯蛋白质在 3000 r/min 形成泡沫。在分析 Patatin 蛋白时，发现使用标准搅拌时间（70 秒）没有形成泡沫。因此，搅拌时间减少到 30 秒，最佳转速为 3000 r/min。总的来说，对于大多数蛋白质样品，随着搅拌速度的增加和搅拌时间的增加，泡沫的形成和泡沫体积会变得更好，直到达到最佳水平。

在中性 pH 下，Patatin 蛋白形成的泡沫与溶菌酶（蛋清蛋白）形成的泡沫外观相似。Patatin 蛋白具有刚性结构，因此正如预测的那样，Patatin 蛋白在界面上展开需要更短的搅拌时间和较小的速度。通过 Patatin 蛋白鞭打试验可以得出两个结论，要么展开的速度非常慢，要么重新折叠的速度非常快，这就解释了为什么较长的搅拌时间并不能改善泡沫的形成。当使用鼓泡试验时，结果与其他蛋白质相似。如前所述，鼓泡是低表面膨胀率的结果。在泡沫形成过程中鼓泡得出的结论是：Patatin 蛋白表现出展开速度缓慢，因此在失水、聚集和奥斯特瓦尔德熟化的作用下，泡沫很难稳定下来。

在 Ralet 和 Guéguen（2001）完成的研究中，通过与标准 Ovomousse M（商业喷雾干燥鸡蛋蛋白粉）比较，分析了活性马铃薯蛋白、一个 Patatin 蛋白组分和一个 16～25 kDa 马铃薯蛋白酶抑制剂组分的起泡性能。该研究采用塑料柱

和多孔金属盘形成泡沫，空气通过金属盘吹入柱内，柱内的两个电极测量泡沫形成后的失水情况。在不添加 NaCl 溶液的情况下，所有的蛋白质样品都需要相同的搅拌时间才能在中性 pH 值下达到 35 mL 的体积。在实验条件下，马铃薯 Patatin 蛋白组分、活性马铃薯蛋白和 Ovomousse M 表现出相同的特征，泡沫结构均没有明显的破坏。当对这三种样品进行比较时，Patatin 蛋白的泡沫最稳定，而 16～25 kDa 蛋白酶抑制剂组分由于失水而失去了大部分泡沫特性。当蛋白质样品加入盐溶液时，样品似乎能更快地形成更稳定的泡沫，而且与 pH 值无关。溶液的 pH 值很重要，因为蛋白质的静电荷依赖于 pH 值。当一个蛋白质在接近其等电点的溶液中，由于静电斥力的减小，对泡沫能起到稳定作用。

起泡性和泡沫的稳定性被认为是食物蛋白质非常重要的性质，pH 除了对蛋白质的溶解性有很大的影响，还会改变蛋白质分子的表面活性从而对起泡能力和乳化性质造成影响。通常作为食品工业起泡应用的蛋白质为动物来源的蛋白

图 2-16　立体显微镜放大 80 倍后的用气体鼓泡搅拌缓冲溶液中马铃薯 Patatin 蛋白形成的气泡

质，容易让消费者产生伦理和健康方面的担忧。因此，来源于植物的蛋白质，比如马铃薯蛋白质，作为食品起泡剂近年来受到食品科学家的关注。Lomolino等（2015）采用气体鼓泡搅拌法对马铃薯蛋白质的起泡性进行了研究，采用商业生产的马铃薯蛋白质由法国的Laffort提供，具有非常好的起泡性能（图2-16）。

Lomolino等（2015）将马铃薯蛋白溶解在pH=3～7不同的缓冲液中，通入N_2、空气和CO_2三种气体，在相同的压力和时间内进行鼓泡。结果表明，用N_2和CO_2鼓泡时，泡沫膨胀得非常厉害（400%）。泡沫稳定性稍有差异，用N_2鼓泡的泡沫非常稳定（40%），其次为空气（30%），CO_2鼓泡的泡沫非常不稳定（10%）。N_2鼓泡得到的泡沫其气泡非常小，多分散度低。科研人员得出的结论是：马铃薯Patatin蛋白形成泡沫的稳定性和膨胀度既和pH有关，也和鼓泡用的气体有关（图2-17）。

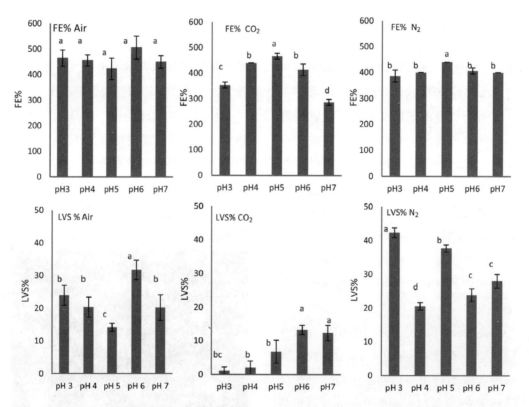

图2-17　在pH=3、pH=4、pH=5、pH=6、pH=7时，用空气、CO_2和N_2鼓泡的FE%（发泡倍数）和LVS%（液体体积稳定性）

马铃薯蛋白质的分离回收技术

马铃薯蛋白质分离回收技术概述

马铃薯蛋白质大约含有 71% 马铃薯球蛋白（tuberin）、7.6% 谷蛋白（glutein）、6.6% 白蛋白（albumin）、3% 球蛋白（globulin）、1.7% 醇溶蛋白（prolamin）和 8.8% 其他蛋白，马铃薯蛋白质的赖氨酸含量高，含硫氨基酸为限制性氨基酸。

马铃薯块茎是重要的淀粉来源，每千克马铃薯干物质中含有 30 ~ 35 克缓冲液可提取的蛋白质。将一吨马铃薯加工成淀粉，会产生 5 ~ 12 吨马铃薯淀粉加工分离汁水，这些汁水中蛋白质占总固形物含量的 30% ~ 40%。每公顷种植面积的马铃薯含有蛋白质 500 ~ 1 000 千克，从工业生产马铃薯淀粉分离汁水中提取的蛋白质，主要由 Patatin 蛋白和蛋白酶抑制剂组成。

目前从马铃薯淀粉加工分离汁水中回收蛋白质的方法是酸热絮凝法，该方法也是已经实现产业化应用并在西方国家普遍推广的方法，缺陷是蛋白质已经发生变性，失去了作为食品原料的许多功能特性（如溶解性和起泡性），因此在食品工业中的应用受到限制。

为了保持马铃薯蛋白质的天然活性，目前研究者已经尝试用很多种方法来进行回收，这些方法综合了离子强度、pH 和温度，使马铃薯蛋白质原有的构象、活性和溶解性得以保持，van Koningsveld 等（2001）进行了这方面的研究。马铃薯蛋白在 55 ~ 75℃ 会发生变性，酶活性和溶解性都会降低。在中等酸性 pH 条件下，溶解性取决于离子强度和是否含有未变性的 Patatin 蛋白。使用有机溶剂同适当低的 pH 相结合得到的马铃薯蛋白质沉淀在中性 pH 条件下溶解性很好。然而，乙醇会明显降低马铃薯蛋白质的变性温度，这意味着为了得到溶解性较好的马铃薯蛋白质，采用乙醇来沉淀蛋白质需要在低温条件下进行操作。

传统酸热絮凝法制备的已发生变性的马铃薯浓缩蛋白售价大约为 1 欧元 / 千克，而保留了天然活性的马铃薯蛋白售价大约为 100 欧元 / 千克。但是，从马铃薯淀粉加工分离汁水中回收具有天然活性的蛋白质的方法成本较高，因为这些方法需要考虑将糖苷生物碱和酚类物质进行分离并将抗营养因子进行灭活，如蛋白酶抑制剂，或者需要通过色谱分离技术将不同的蛋白质组分进行分离。

近年来在马铃薯蛋白质的分离纯化方面，研究热点主要集中在如何采用较温和的方法代替热絮凝法以提高蛋白质的质量。扩张床吸附在大规模从马铃薯淀粉分离汁水中回收 Patatin 蛋白方面具

马铃薯蛋白质

47

有较好的前景。扩张床吸附所得到的马铃薯蛋白质除了功能特性好以外，另一个好处是去除了大部分的生物碱苷类物质。提取后的干燥技术对于保持马铃薯蛋白质的功能也非常重要，常压冷冻干燥与喷雾干燥和真空冷冻干燥相比，更适合马铃薯蛋白质的干燥。然而在某些应用领域，研究人员希望将酶的活性去除（特别是蛋白酶抑制剂的活性），以确保蛋白质强化食品的消化率。

2007 年，荷兰的马铃薯淀粉集团公司 AVBE 在其全资子公司 Solanic 采用混合配基化学吸附加工技术，制备了适合食品工业和制药工业应用的高性能马铃薯蛋白。加工工艺将马铃薯蛋白分成两个部分：（1）主要由 Patatin 蛋白组成的高分子量蛋白质组分，为蛋白质含量 90%～95% 的粉末型食品原料。（2）主要由蛋白酶抑制剂组成的低分子量蛋白质组分，为液体形态的制药工业原料。Solanic 公司宣称马铃薯蛋白质优于大豆蛋白质，可以同动物蛋白质相媲美，这是首次大规模生产食品级（药品级）的马铃薯蛋白质。

AVBE 子公司 Solanic 已经申请了天然活性马铃薯蛋白质回收方法的相关专利，Solanic 公司回收的马铃薯蛋白质拥有非常好的加工成食品的功能特性，如起泡性、凝胶作用和乳化性质。Solanic 公司的产品：Patissionate 401P 是专门针对蛋白甜饼开发出来的，用来替代鸡蛋，而且做出来的甜饼体积是用鸡蛋做的两倍；Promish 204P 用于制作标准的法兰克福香肠和馅饼。

马铃薯蛋白质分离回收的主要挑战是在不变性或不影响其功能特性的情况下从马铃薯淀粉加工分离汁水中进行回收。

酸热絮凝法

酸沉淀法、热絮凝法或者将两者结合起来的酸热絮凝法用于回收马铃薯蛋白质已经有很长的历史，以前这种技术用于去除马铃薯淀粉加工分离汁水中的蛋白质，主要的目的是为了降低废水中的蛋白质含量，从而降低废水的污染能力以及减少废水处理的经济成本。目前，由于酸沉淀法和热絮凝法会导致蛋白质变性，因此这两种方法都不是太理想。当蛋白质结构发生改变时，往往会导致其功能特性丧失，从而妨碍其在食品工业中的应用。

荷兰和德国的一些大型马铃薯淀粉厂都对淀粉加工分离汁水中的蛋白质进行了回收，以便抵消掉一部分废水处理成本，采用的方法包括反渗透膜预浓缩，然后进行热絮凝，最后在将絮凝的蛋白质进行分离并干燥。

酸热絮凝法从马铃薯淀粉加工分离汁水中回收蛋白质的具体方法为：将汁水的 pH 值调至 3.5～5.5，加热到超过 90℃，蛋白质变性絮凝，然后通过离心将蛋白质与水进行分离，最后干燥成蛋白质粉末。大部分马铃薯淀粉厂采用的酸热絮凝法获得的蛋白质纯度大于 80%，灰分含量为 1.5%～3.0%，颜色比较浅。

尽管酸热絮凝法回收的蛋白质存在诸多缺点，但目前全球进行工业化应用的马铃薯蛋白质回收技术主要是酸热絮凝法（图2-18）。中国科学院兰州化学物理研究所科研人员历时8年的持续攻关，先后完成了两步法连续提取回收高纯度蛋白质和超细纤维技术、脱蛋白水"太阳能集热保温网箱式固定化生物浮动滤池（IBA-FFN）处理达标排放技术"、脱蛋白水等"有机碳肥水"还田利用技术，解决了多年困扰马铃薯淀粉废水环保处理技术瓶颈问题。自2013年在宁夏固原建成全国第一套两步法不间断提取回收高纯度蛋白质和超细纤维生产线以来，先后已为国内6家马铃薯淀粉企业建立了高纯度蛋白质和超细纤维技术生产线。与中国环境科学院联合为41家企业完成了马铃薯淀粉废水肥水化还田利用技术可行性研究和"一企一策"实施方案的编制，并促进了生态环境部将马铃薯淀粉加工分离汁水提取蛋白质技术和废水肥水化还田利用技术纳入2018年6月30日正式颁布的"排污许可证申请与核发技术规范农副食品加工工业——淀粉工业"最新标准，为我国马铃薯等

薯类淀粉废水排放处理技术开辟了一个新的资源化利用途径。

热絮凝法是马铃薯淀粉工业中常用的方法。温度常常超过90℃，在这种温度下马铃薯蛋白质变得不溶，反过来也限制了它们在食品和制药工业等其他方面的应用。热絮凝法也分很多种。Strolle等（1973）研究了将蒸汽加入马铃薯淀粉加工分离汁水中进行加热，将汁水温度提高到104.4℃，然后将汁水快速冷却，让蛋白质絮凝并收集起来。他们的研究得出的结论认为温度高于99℃以上，pH值调整为5.5时，蒸汽加热是一种非常高效而又简单的蛋白质回收方式。此外，蒸汽注入加热是一种高效、简便去除PFJ蛋白的方法。这项技术也具有缺陷，在经济上运行成本高，能源消耗大，且需要先采用离子交换去除马铃薯淀粉加工分离汁水中的其他成分（如有机酸、氨基酸等）。

如图2-19所示，Waglay等（2014）认为使用酸热絮凝法得到的蛋白质回收率高，但纯度极低，这是因为酸热絮凝法对马铃薯蛋白质没有选择性，絮凝过程中会将汁水中其他成分一并絮凝沉淀下来。相反，酸沉淀的蛋白质回收率较低，但所得蛋白质纯度较高。酸热絮凝法回收的蛋白质当中Patatin蛋白较多，蛋白酶抑制剂较少。事实上，由于热絮凝会导致蛋白质完全变性，因此所提取得到的Patatin蛋白的应用将会非常有限；酸沉淀同样会对提取Patatin蛋白产生不利影响，但对提取高分子量马铃薯蛋白

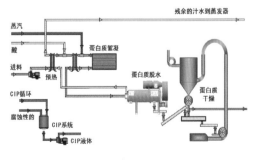

图2-18 酸热絮凝法从马铃薯淀粉加工分离汁水中提取蛋白质的工艺

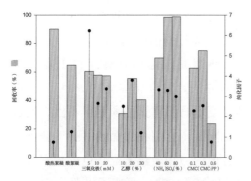

图 2-19　沉淀剂对马铃薯蛋白质回收率和
纯化因子的影响

酸热絮凝法，pH 4.8，100 ℃；酸絮凝，pH
值 2.5；$FeCl_3$（5、10 和 20 mM）；乙醇（10%、
20% 和 30%）；$(NH_4)_2SO_4$（40%、60%、80%
饱和度）；CMC（0.1、0.3、0.6 CMC：马铃
薯蛋白）。

非常有利（表 2-4）。

酸絮凝法常采用的酸包括盐酸（HCl）、磷酸（H_3PO_4）或者硫酸（H_2SO_4）。Knorr 等（1977）比较了酸絮凝法和热絮凝法从马铃薯淀粉加工分离汁水中回收蛋白质，发现 $FeCl_3$ 回收蛋白质的回收率与用 HCl 将 pH 调至 2~4 差不多，高于用 HCl 将 pH 调成 5~6。结果还表明，当采用酸絮凝法或者热絮凝法回收马铃薯蛋白质时，所得蛋白质产品的颜色均发黑，而且有一股煮熟的气味。因此，酸絮凝或热絮凝回收的蛋白质通常被用作动物饲料。

酸热絮凝法获得的蛋白质溶解性差，

表 2-4　各种不同提取技术获得的马铃薯蛋白质的组成

提取技术	Patatin（%）	蛋白酶抑制剂（%）			其余
	39 ~ 43 kDa	21 ~ 25 kDa	15 ~ 20 kDa	14 kDa	高分子量蛋白（%）
汁水原料	22.9	24.6	18.4	10.4	23.7
酸热絮凝法	37.8	0	20.2	31.3	10.7
酸沉淀	9.9	8.8	13.6	15.5	41.4
$FeCl_3$	35.7	0	25.5	38.8	0
乙醇	36.6	7.7	21.7	25.6	5.2
$(NH_4)_2SO_4$	36.1	5.2	20.5	25.8	11.2
CMC	34.2	10.8	2.6	21.6	24.1

a. 酸热絮凝法和酸沉淀是在 pH=4.8 和 pH=2.5 用硫酸进行沉淀；

b. $FeCl_3$ 的浓度为 5 mM；

c. 乙醇浓度为 20%；

d. $(NH_4)_2SO_4$ 的饱和度为 60%；

e. CMC：马铃薯蛋白 =0.1。

吸水和吸油能力低，失去了作为食品应用的很多功能性质（如起泡性和泡沫的稳定性），因此限制了其在人类食品工业中的应用。尽管马铃薯蛋白质的营养价值高，但由于溶解性问题，马铃薯浓缩蛋白仍然是一种低附加值的淀粉加工副产物。酸热絮凝法制备的马铃薯蛋白质主要用作动物饲料，传统应用是作为牛和猪的饲料，也有尝试代替鱼粉作为鱼饲料应用。2002 年，絮凝法制备的马铃薯蛋白质被授权为新型食品原料，且需要符合的产品质量标准见表 2-5。

表 2-5　絮凝法制备的马铃薯蛋白及其水解物的产品质量标准

干物质含量	≥ 800 mg/g
蛋白质含量（N×6.25）	≥ 600 mg/g（干基）
灰分	≤ 400 mg/g（干基）
总糖苷生物碱	≤ 150 mg/kg
总赖丙氨酸	≤ 500 mg/kg
游离赖丙氨酸	≤ 10 mg/kg

表 2-5 明确规定了马铃薯蛋白质及其水解物中糖苷生物碱的含量，通常情况下马铃薯浓缩蛋白中含有苦味糖苷生物碱类物质（1.5~2.5 mg/g），但经过处理以后能将糖苷生物碱的含量降低。对虹鳟鱼的试验结果表明，生物碱苷类物质会降低虹鳟鱼的食欲。Refstie 和 Tiekstra（2003）将马铃薯浓缩蛋白质中的生物碱苷类物质全部去除后，替代 40% 鱼粉蛋白质喂养大西洋鲑鱼，结果表明应用和消化效果良好。由于大马哈鱼的胰蛋白酶对蛋白酶抑制剂非常敏感，因此，有必要确保在生产浓缩蛋白质的时候将蛋白酶抑制剂进行灭活。出于上述原因，马铃薯浓缩蛋白没有在食品工业中得到很好的应用。

表 2-5 还明确规定了赖丙氨酸（lysinoalanine，简称 LAL）的含量，我国对赖丙氨酸的研究非常鲜见。1964年，Bohak 在经碱（pH=13）处理后的牛胰脏核糖核酸 A（Rnase A）中首先发现了赖丙氨酸。赖丙氨酸作为一种新的氨基酸既可能在加热含蛋白质的食品中大量产生，也可能在用碱处理含蛋白质的食品时出现。赖丙氨酸的分子结构如图 2-20 所示。

赖丙氨酸被认为是一种有毒有害物

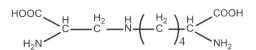

图 2-20　赖丙氨酸的分子结构

质，会引起食品安全问题，董攀等（2011）对食品中的赖丙氨酸问题进行了综述。赖丙氨酸的形成需要消耗大量的赖氨酸、胱氨酸、丝氨酸和磷酸丝氨酸，会降低食物的营养价值；赖丙氨酸具有很强的金属螯合作用，能从酶的活性点移去金属离子如 Cu^{2+}、Zn^{2+}，从而钝化金属酶或者使金属酶失活；赖丙氨酸具有肾毒性，会使大白鼠和较弱的小白鼠肾小管直管部位的上皮细胞细胞核和细胞质出现增大现象。

沉淀法

1. 盐析法

盐析法中从马铃薯淀粉加工分离汁水中回收蛋白质最常用的盐为 $FeCl_3$，这些盐在蛋白质提取过程中所起的作用就是调节离子强度。Knorr 等（1977）发现 $FeCl_3$ 提取蛋白质的效果跟酸热絮凝法是一样的。他们研究发现不同的方法提取的蛋白质成分有差异，比如酸絮凝法、热絮凝法和 $FeCl_3$ 沉淀法，而单独的盐

马铃薯蛋白质

酸絮凝法与其他方法相比似乎能提取的蛋白质中总固形物更多。Knorr 等（1977）还发现单纯地计算絮凝（不加热）的物质，沉淀中含有更多的维生素 C，并且用 $FeCl_3$ 提取时所得的蛋白质含有更多的铁。这项研究还通过检测氮的溶解度比较了不同提取方法所得蛋白质的变性程度，溶解氮越多，说明蛋白质变性程度越低，蛋白质的功能特性保持得越好。结果表明在不同的工艺中，$FeCl_3$ 沉淀法的氮溶解度最高，其次是 HCl 沉淀法，最后是酸热絮凝法。Waglay 等（2014）报道了絮凝剂的最小浓度取决于蛋白质的回收率。然而，絮凝剂的浓度与纯化因子存在很强的相关性，当使用 5 mM 的低浓度时，纯化因子为 6（图 2-19）。因此，低浓度的 $FeCl_3$ 对马铃薯蛋白质有很强的亲和力。事实上，$FeCl_3$ 提取的蛋白 Patatin 组分含量比例较高，蛋白酶抑制剂含量较少，没有高分子量蛋白质（表 2-4）。

$FeCl_3$ 沉淀法是一种简单的将蛋白质从溶液中析出的方法，蛋白质的回收率随着 $FeCl_3$ 浓度的增加而增加。然而提取以后，该技术在测定蛋白质含量方面存在一定的缺陷，因为 $FeCl_3$ 沉淀的蛋白质需要螯合剂才能溶解。此外，高浓度的铁离子会干扰螯合剂，从而干扰用 Bradford 或 BCA 方法测定的蛋白质含量。

2. 乙醇沉淀法

乙醇沉淀法与 $FeCl_3$ 沉淀法结果比较接近。Bártova 和 Bárta（2009）对乙醇沉淀法和 $FeCl_3$ 沉淀法两种技术进行了比较，结果表明，要想提高蛋白质的提取率都需要采用高浓度的乙醇或者 $FeCl_3$。他们还发现，提高酒精或 $FeCl_3$ 浓度都会导致蛋白质沉淀中 Patatin 组分降低。他们分析认为，在 SDS 缓冲液中提取效果差，另一个原因是 Patatin 蛋白的热稳定性相对于蛋白酶抑制剂要差。与 Waglay 等（2014）的工作相比，从图 2-19 可以看出，当使用浓度为 20% 的酒精进行沉淀时，蛋白质的回收率和纯化因子均达到了峰值。20% 乙醇中 Patatin 蛋白组分的含量最高，蛋白酶抑制剂的含量也较高，高分子量蛋白质的含量较低（表 2-4）。

乙醇和 $FeCl_3$ 沉淀的蛋白质都具有很高的营养品质，这一点从必需氨基酸含量高可以看出来。当比较沉淀物的脂酰水解酶活性（LAHA）时，乙醇沉淀的蛋白质似乎具有更高的 LAHA 活性。$FeCl_3$ 沉淀法所得蛋白质的 LAHA 较低是由于缓冲液中蛋白质的溶解性较差导致的。研究人员得出结论，与 $FeCl_3$ 沉淀法相比，乙醇沉淀法更容易，且可以得到营养价值高、LAHA 保留更好的蛋白质，说明蛋白质变性程度也是最小的。

3. 硫酸铵沉淀法

硫酸铵（$[NH_4]_2SO_4$）沉淀法是一种常用的基于溶解度差异提取蛋白质的技术。这项技术通常用于回收未变性的马铃薯蛋白质。Van Koningsveld 等（20101）研究了酸性条件下（pH=5.7）采用饱和度为 60% 的硫酸沉淀法从马铃薯淀粉加工分离汁水中回收蛋白质。$(NH_4)_2SO_4$ 沉淀法回收蛋白质分离物中蛋白质的提取比例较大（75%），分子量差异也较大，常与未变性马铃薯蛋白质进行比较。与其他蛋白质提取方法相比，硫酸铵沉淀法同样提取了大量的Patatin蛋白。Waglay等（2014）报道，与其他沉淀技术相比，硫酸铵沉淀法获得的蛋白质当中的Patatin组分具有最高的LAHA。

从图2-19可以看出，在60%和80%的硫酸铵饱和度和较好的纯化操作条件下，蛋白质的回收率较高。进一步研究蛋白质组成（表2-4），我们可以看到60% $(NH_4)_2SO_4$ 饱和度导致Patatin蛋白组分含量更高，并含有各种不同分子量的蛋白酶抑制剂，高分子量蛋白质含量变低。

van Koningsveld等（2001）进一步研究了 $(NH_4)_2SO_4$ 沉淀马铃薯蛋白质，发现跟马铃薯淀粉加工分离汁水一样，溶解度受离子强度的影响。当使用高离子强度时，最小溶解度出现在pH=3时，而当使用低离子强度时，更宽的可溶性曲线出现在pH=5左右。在考察温度的影响时，高离子强度会影响变性温度，会升高5℃。

羧甲基纤维素络合

另一种提取方法是使用多糖羧甲基纤维素（CMC）作为沉淀剂。添加CMC到马铃薯淀粉加工分离汁水中使蛋白质凝固，再通过简单离心就很容易收集到蛋白质。CMC沉淀法受到多种

因素的影响：pH值、蛋白质、CMC的离子强度，蛋白质的净电荷、分子量大小、形状和相互作用。CMC络合剂沉淀法是一种潜在的从马铃薯淀粉加工分离汁水中回收蛋白质的解决方案，可以降低马铃薯工业废水的污染。Vikelouda和Kiosseoglou（2004）研究了CMC提取法对蛋白质的回收效果并对其功能特性的影响进行了分析，羧甲基纤维素能用于沉淀蛋白质是由于阳离子与羧甲基纤维素的羧基之间发生静电相互作用。在酸性环境（pH=2.5）时，马铃薯蛋白质会与CMC相互作用，导致分子的净电荷整体下降，因此蛋白质的等电点发生变化，从而导致絮凝沉淀。将pH值调整到2.5会影响蛋白质的一些功能特性。但是，添加多糖CMC也有一些好处，因为它能提高一些功能性质，比如起泡性。CMC络合法回收的马铃薯蛋白质具有良好的溶解性和起泡性能。CMC的存在会影响马铃薯蛋白质的起泡性能，因为高表面活性的马铃薯蛋白质会与多糖相互作用，从而对起泡性能和泡沫的稳定性产生积极的影响。这一点跟乳化性能密切相关，马铃薯蛋白质与CMC络合形成复合物，并形成空间位阻。

Gonzalez等（1991）报道称CMC有助于在很宽的pH值范围内形成稳定的沉淀，而不像单纯的马铃薯蛋白溶液，只有在pH值为3左右时才会出现沉淀。他们的结论是，对于较低取代度的CMC，沉淀蛋白质最理想的pH值为2.5，而对于取代度较高的CMC，沉淀蛋白质

最理想的 pH 值为 3.5 ~ 4.0。CMC- 蛋白比也被报道为一个重要的参数，因为过多的 CMC 会导致沉淀物出现问题，导致上清液呈混浊状。研究发现，CMC 与马铃薯蛋白的比例为 0.05：1 和 0.1：1（CMC 与马铃薯蛋白质的比例，w/w），是不同取代度 CMC 的最佳量。事实上，当 CMC 的加入量大于沉淀所需的量时，絮凝过程会分为两个阶段：第一阶段是通过蛋白质聚集形成沉淀，第二阶段是聚合物的溶解。第二阶段发生在蛋白质与 CMC 排列形成稳定复合物的时候，这使得形成的絮凝物的颗粒更小，且 CMC 分子上能够被水化的位点更多。

Waglay 等（2014）研究发现，CMC 络合法回收马铃薯蛋白获得的平均回收率和纯化因子采用的 CMC：马铃薯蛋白比例为 0.1 和 0.3（图 2-19）。采用 CMC：马铃薯蛋白 =0.1 时所得马铃薯蛋白质中含有较高比例的 Patatin 蛋白，同时还含有各种不同的蛋白酶抑制剂。然而，由于络合需要将 pH 值调节至 2.5，提取的高分子量蛋白质比例很高，酸絮凝时也可以看到类似的现象。

Vikelouda 和 Kiosseoglou 等（2014）报道了采用羧甲基纤维素（CMC）沉淀马铃薯蛋白质并对回收蛋白质的功能特性进行了研究，羧甲基纤维素能与马铃薯蛋白质通过静电相互作用，可以作为络合剂将马铃薯淀粉加工分离汁水中的蛋白质沉淀下来。羧甲基纤维素与蛋白质的静电相互作用，还能提高马铃薯蛋白质的溶解度和强化相邻液滴或气泡的空间斥力。研究者还对羧甲基纤维素沉淀的马铃薯蛋白质的乳化性质进行了分析，研究了残留的没有与马铃薯蛋白质发生结合的羧甲基纤维素对乳化体系的影响。

综上所述，CMC 络合技术用于 PFJ 蛋白质的回收是有效且简单的。然而缺点是需必要的酸性环境，这可能导致蛋白质功能特性的丧失。

膜分离法

Zwijnenberg 等（2002）报道了超滤法从马铃薯淀粉加工分离汁水中回收天然活性蛋白，采用的原料其化学组成

表 2-6　马铃薯块茎及淀粉加工分离汁水的质量百分数组成（单位：%）

化学组成	类型	
	马铃薯	马铃薯分离加工汁水
水	75 ~ 80	94
淀粉	15 ~ 20	<0.5
纤维	1.5	0
蛋白质	1.5	1.8
氨基酸	1.5	1.8
糖 / 盐 / 酸	2	2.5

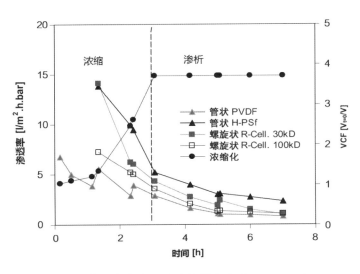

图 2-21 超滤和渗滤法回收马铃薯蛋白质，VCF=volumetric concentration factor（浓缩比）

除了超滤，研究者还对浓缩的蛋白质溶液进行了渗滤清洗，获得了高品质的马铃薯蛋白质（表 2-7）。通过与鸡蛋蛋白质、酪蛋白酸钠、乳清分离蛋白质和大豆分离蛋白质进行对比，分析了膜分离制备的马铃薯蛋白质的乳化性质、起泡性质、热稳定性和感官性质，结果表明回收的马铃薯蛋白质的乳化性和起泡性非常好，可以和上述商品蛋白质相比甚至要好于部分蛋白质产品，如大豆分离蛋白质和鸡蛋蛋白质。马铃薯蛋白质形成的泡沫的热稳定性可以与鸡蛋蛋白质相媲美，甚至更稳定，鸡蛋蛋白质这方面的性能是上述几种蛋白质中最

如表 2-6 所示，从表中可以看出马铃薯淀粉加工分离汁水中蛋白质的含量为 1.8%。

采用的超滤膜包括管状聚偏二氟乙烯（tubular PVDF）、管状聚砜（tubular PSF）、螺旋再生纤维素（spiral R-Cell）等，实验结果如图 2-21 所示。

表 2-7 膜分离的条件及最终产品的性质

条件	实验室规模	中试（1）	中试（2）	中试（3）	中试（4）
膜组件	盒式 / 实验室规模	螺旋	管式	管式	管式
是否絮凝	否	否	否	否	是
超滤时间（h）	1.5	1	3	3	>7
过滤温度（℃）	20～30	20	20	20	20
渗滤时间	1.5	–	4	6	>7
渗滤浓缩比	5～10	–	3.5	3.0	10
用水量（相对于原料的百分数）	30	–	50	70	30～50
喷雾干燥后的品质					
含水量（%，w/w）	5	8	10	8	9
蛋白质含量（%，w/w）	80	82	83	82	82
灰分（%，w/w）	3.3	7.9	1.9	2.1	3.6
电导率（mS/cm）	4.3	未知	1.3	1.7	5.8
溶解度（去离子水）（%）	80	63	37	40	53

55

好的。但是，膜分离得到的马铃薯蛋白质的凝胶稳定性和持水能力不是太好，酪蛋白酸钠、鸡蛋蛋白和乳清分离蛋白这方面的性能更优。

从经济成本上来考虑，制备天然活性马铃薯蛋白质比较合适的方法是离子交换色谱，既可以通过经典床色谱法也可以通过膜吸附色谱技术（membrane adsorption chromatography，MA-IXE）来实现，Graf 等（2009）设计的膜吸附色谱装置如图 2-22 所示。

Schoenbeck 等（2013） 在 Graf 的

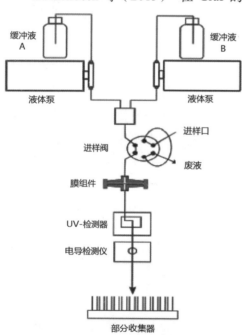

图 2-22　膜吸附色谱实验装置示意图

技术之上报道了采用直接捕获膜吸附色谱（direct capture membrane adsorption chromatography），从含有颗粒的马铃薯淀粉加工分离汁水中回收高价值蛋白质，膜包结构如图 2-23 所示。这个膜组件采用了切向流分离技术，可以避免马铃薯

淀粉加工分离汁水的颗粒物（淀粉）对膜孔的堵塞从而造成膜的污染。分离膜上接有配基：季铵盐作为阴离子交换剂（Q- 膜），磺酸配体作为阳离子交换剂（S- 膜）。膜的材质为再生纤维素，孔径为 3 ~ 5 μm，厚度为 275 μm，配基密度为 2 ~ 5 μeq/cm^2。

回收的马铃薯蛋白质的 SDS-PAGE

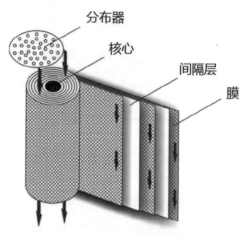

图 2-23　用于马铃薯蛋白回收的膜包

图片如图 2-24 所示，从图中可以看出：回收的蛋白质不仅具有活性，而且采用 S- 膜和 Q- 膜分别得到了马铃薯蛋白质

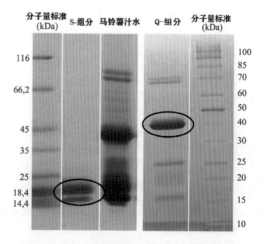

图 2-24　S- 膜和 Q- 膜分离回收的马铃薯蛋白质

的不同组分，S-膜得到的是马铃薯蛋白酶抑制剂，Q-膜得到的是马铃薯Patatin蛋白。

Schoenbeck等（2013）还研究了垫片通道的尺寸对马铃薯蛋白质结合到吸附膜上的影响及其膜组件长期运行的稳定性，发现垫片通道尺寸为250 μm时分离膜结合马铃薯蛋白质的能力最高，对应的阴离子交换剂的量大约为0.34 mg/cm²，阳离子交换剂的量大约为0.16 mg/cm²。当垫片通道尺寸为480 μm时，膜组件长期运行的稳定性最佳，连续23次实验中间不需要清洗膜包。

扩张床吸附色谱法

近年来，有许多报道关于采用离子交换色谱分离技术应用于天然活性马铃薯蛋白质的回收，其中研究最多的是扩张床吸附（Expanded bed adsorption，EBA），它是一种特殊的离子交换色谱。

扩张床吸附色谱是一种比较理想的从马铃薯淀粉加工分离汁水中回收具有天然活性蛋白质的方法，回收的蛋白质不仅能保留其生物活性，而且采用不同的吸附填料和洗脱条件可以将具有不同性质的Patatin蛋白和蛋白酶抑制剂进行分离并分别回收。

扩张床吸附色谱是1992年由剑桥大学Chase等教授最先发展起来的，Chase和Draeger发表了题为《Expanded-Bed Adsorption of Proteins Using Ion-Exchangers》的论文，首次报道扩张床吸附技术在蛋白分离中的应用。第二年《Nature》子刊《Bio/Technology》对该技术进行了高度评价，将扩张床吸附色谱技术誉为近几十年来出现的第一个新的单元操作。

扩张床吸附色谱是一种经过精心设计的、稳定的、返混很少的离子交换层析技术，把澄清、浓缩和纯化集成于一个单元操作中，减少了操作步骤，提高了产品收率，减少了纯化费用和资本投入，被誉为近几十年来出现的第一个新的单元操作。扩张床吸附装置如图2-25所示，离子吸附填料没有装载满整个层析柱（左），平衡及进样时物料从层析柱的底端进入，柱床体积发生膨胀（右），洗脱时洗脱液从层析柱顶端进入自上而下进行洗脱。

图2-25为May和Pohlmeyer报（2011）道的扩张床吸附装置，他们来自德国Richter-Helm Biologics GmbH & Co. KG公司。

扩张床吸附色谱将颗粒分离、澄清

图2-25　沉淀状态（左）和膨胀状态的扩张床（右）

和浓缩三个步骤集中到一个步骤，与经典填充床色谱相比更适合工业化生产。邱家山（2005）和Anspach等（1999）对扩张床吸附层析技术的进展进行了综述，国内对该技术的研究始于1996年，现已有"均质型纤维素/钛白粉复合微球制备技术（编号：144844）"和"采用扩张床吸附技术从蛇毒中提取神经生长因子"两个项目获得"863计划"支持。浙江大学化学工程与生物工程学院林东强教授团队在扩张床吸附填料方面进行了较为深入的研究，中国科学院兰州化学物理研究所、中国科学院过程研究所等科研院所对扩张床吸附色谱技术在天然产物分离方面的应用进行了研究。国外从事该技术及装置研究的公司有：瑞典Pharmacia公司、丹麦UpFront Chromatography A/S公司、美国Pall Life Science公司。现在的商业化吸附剂和装置也主要由上述三家公司提供。

1. 扩张床吸附色谱的原理

如图2-26所示，将填料装进扩张床吸附色谱柱以后，先用缓冲液进行平衡，然后将物料泵入层析柱（物料的pH值调成与平衡缓冲液相同），进料结束以后用平衡缓冲液将残留在层析柱内但未吸

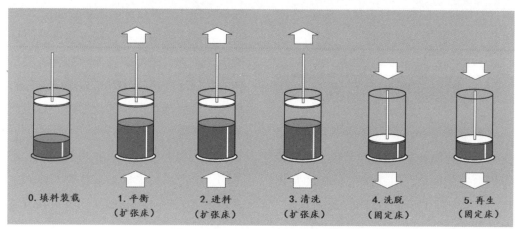

图 2-26　扩张床吸附色谱原理

附到填料上的杂蛋白清洗下来，接下来用洗脱液将吸附在填料上的目标蛋白洗脱下来，最后用再生溶液将填料清洗干净。平衡、进料和清洗过程填料处于膨胀状态，洗脱和再生过程填料处于固定状态。

2. 吸附剂

吸附剂开发是扩张床吸附色谱需要解决的核心技术之一，重点是开发载量高、具有选择性吸附作用的填料。另外，为了提高产能，考虑到进料方向从下往上，通常会增加填料的密度以避免填料

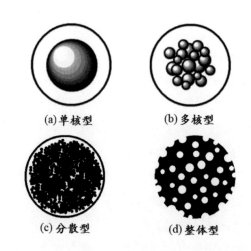

图 2-27　单核型、多核型、分散型和整体型扩张床吸附填料

表 2-8　一些扩张床吸附色谱填料的性质

填料	商品名	生产商	密度 / g·cm^{-3}	直径 /μm	流速 a/cm·h^{-1}
核心型					
琼脂糖 / 不锈钢 [b]			4.4	32~75	~250
水凝胶	HyperZ	BioSepra，法国	3.16	44~100	320~340
纤维素 / 不锈钢 [b]			1.8	125~300	~600
琼脂糖 / 二氧化硅—氧化锆			1.66	120~380	
PVA/ 全氟碳化物				50~80	
琼脂糖 / 玻璃		UpFront Chromatography A/S, 丹麦	1.3-1.5	100~300	~800
葡聚糖 / 二氧化硅	Spherodex	BioSepra，法国	1.4	100~300	480
琼脂糖 /Nd-Fe-B 合金 [b]			2.04	140~300	~750
琼脂糖 / 二氧化硅包裹的氧化锆			1.75	100~300	
分散型					
纤维素 /TiO$_2$			1.2	100~300	~310
纤维素 / 镍			1.78	168~217	~850
纤维素 / 碳化钨 [b]			2.4	50~250	~500
琼脂糖 / 石英砂	Streamline	Amersham Pharmacia Biotech., 瑞典	1.15	100~300	180
琼脂糖 / 碳化钨	Fastline SP	UpFront Chromatography A/S, 丹麦	2.48	35~390	
整体型					
改性 ZrO$_2$			5.9	35~120	600
玻璃珠			2.2	130~250	240

注：a：膨胀到两倍柱体积时的表观流速。

　　b：填料中大颗粒的部分。

适应在较高的流速下运行。过去的 20 多年，开发出来的扩张床吸附填料可以分成三大类（图 2-27）：第一类为核心型，用高密度的粒子作为核心，外面由凝胶包裹，这一类又分成单核型和多核型；第二类为分散型，高密度的粉末均匀地分布在聚合物或凝胶当中；第三类为坚硬的多孔玻璃粉外面包含有聚合物包裹层，为整体型。一些扩张床吸附填料的性质如表 2-8 所示。

3. 吸附装置

扩张床吸附装置的开发是扩张床吸附色谱需要解决的另一个核心技术，与传统填充床装置相比，扩张床需要解决液体在层析柱内流动方向切换的问题。瑞典 Amersham 公司对扩张床色谱分离技术进行了商业化应用研究，开发了相应的填料和配套的层析柱（2004 年，Amersham 公司被美国 GE 公司收购）。图 2-28 和图 2-29 分别为 GE 公司的

马铃薯蛋白质

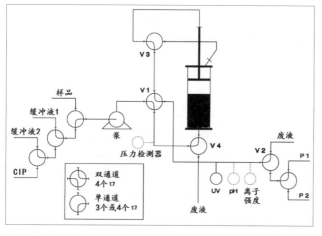

图 2-28　GE 公司 STREAMLINE 柱单泵扩张床吸附系统

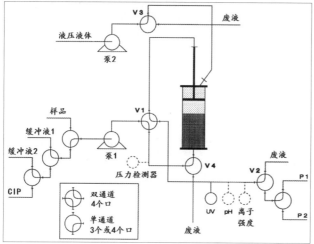

图 2-29　GE 公司 STREAMLINE 柱双泵扩张床吸附系统

STREAMLINE 柱单泵和双泵扩张床吸附系统，双泵和单泵相比多了一个泵输送液压液体，以便于更轻松地调节柱床的高度。

GE 公司的 STREAMLINE 扩张床吸附柱包括 STREAMLINE 50、100 和 200，对应的柱子直径分别为 50 mm、100 mm 和 200 mm。

丹麦的 UpFront Chromatography A/S 公司是一家专门从事扩张床吸附色谱技术研究及应用推广的公司，图 2-30 为该公司研发的 RhobustTM Flex 型扩张床吸附装置，该装置能同时满足实验室规模和中试规模的应用需求。UpFront 公司已经开展了扩张床吸附色谱分离从马铃薯淀粉加工分离汁水中回收蛋白质的技术推广应用，该公司与挪威海德马克大学学院合作发表了一系列相关科研论文。

4. 扩张床吸附回收蛋白的应用

Giuseppin 等（2008）对扩张床吸附回收具有天然活性的马铃薯蛋白质进行了研究，回收的产品主要是 Patatin 蛋白。自 1999 年以来，Strætkvern、Løkra 等发表了一系列扩张床吸附回收天然马铃薯蛋白质的报道，他们的研究目的主要是回

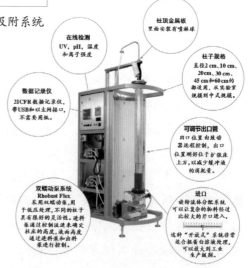

图 2-30　丹麦 UpFront 公司 RhobustTM Flex 型扩张床吸附装置

收 Patatin 蛋白将其用于食品加工领域。

挪威海德马克大学学院农业与自然科学系的 Strætkvern 团队系统地研究了扩张吸附色谱技术在马铃薯淀粉加工分离汁水中回收蛋白质的应用，1999 年与 UpFront Chromatography AS 公司合作发表了第一篇采用该技术回收 Patain 蛋白的论文，采用的填料为 Mimo ES 和 Mimo ExF，均由 UpFront Chromatography AS 公司提供。

2003 年，Strætkvern 团队报道了中式规模的扩张床吸附色谱在马铃薯淀粉加工分离汁水中回收蛋白质的应用，图 2-31 为采用的层析柱，高 100 厘米，直径为 20 厘米，可以容纳 17 升吸附填料。从酶活力分析结果来看，采用扩张床吸附色谱能回收马铃薯淀粉加工分离汁水中可溶性蛋白质的三分之二，Patatin 蛋白是主要成分。该扩张床吸附系统一次进料量为凝胶体积的 8 ~ 10 倍，可以从 150 升汁水中回收大约 300 克蛋白质。

Løkra 等（2008）研究了扩张床吸

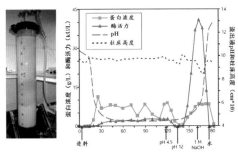

图 2-31　中式规模扩张床吸附色谱柱（左）及色谱图（右）

附色谱技术从马铃薯淀粉加工分离汁水中分离回收蛋白质中的应用。与导致蛋白质功能特性丧失的热絮凝这种常规方

法不同的是，扩张床吸附色谱法具有很多优点，包括能选择性收集马铃薯蛋白质中的不同组分，很容易脱除非营养成分如糖苷生物碱以及干扰组分（低分子量物质）。扩张床吸附色谱技术在脱除杂质如纤维、矿物质和色素方面具有很好的效果。扩张床吸附回收的马铃薯蛋白质经过干燥以后可以用于食品工业。大多数干燥方式采用热风，这种干燥技术的缺点是影响功能特性并导致蛋白质颜色变深，限制其在食品工业中的应用。因此，需要采用较温和的干燥技术对扩张床吸附回收的蛋白质进行脱水干燥。

2007 年，来自挪威科学技术大学的 Claussen 等与 Strætkvern 合作发表了干燥方法对天然活性马铃薯蛋白质功能特性影响的论文，采用的干燥方法分别为常压冷冻干燥、真空冷冻干燥和喷雾干燥，待干燥的蛋白质溶液原料为扩张床吸附色谱分离得到的马铃薯蛋白质。该论文还对干燥的蛋白质样品的理化性质、质量和功能特性（颜色、水含量、堆积密度、再水合性质、等温吸附线、酶活力、溶解性、蛋白变性）进行了分析，结果表明常压冷冻干燥是一种温和的干燥方式，与喷雾干燥和真空冷冻干燥相比更适合于马铃薯蛋白质溶液的脱水干燥。热焓分析和等温吸附曲线都表明常温冷冻干燥能减少蛋白质变性，三种干燥方式酶活力相当。常压冷冻干燥装置示意图见图 2-32，将冷冻的马铃薯蛋白颗粒放入流化床箱内，-10℃的冷空气从流化床上吹过，使颗粒样品流化，蛋白质颗粒表面的水

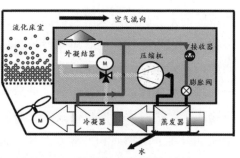

图2-32　常压冷冻干燥装置示意图

被冷空气输送到蒸发器，再从干燥系统中抽出来。干燥的空气在重新进入干燥室之前，由冷凝器将温度调至设定值。

Stræetkvern等（1999）研究了不同pH值条件下，采用多种高密度吸附剂混合作为固定相，从马铃薯淀粉加工分离汁水中分离回收具有生物活性Patatin蛋白的方法。从吸附剂材料上洗脱Patatin蛋白需要将pH值调整到2～3。与其他树脂相比，使用混合吸附树脂的优点包括能够去除干扰物质如色素和不带电荷没有离子交换吸附作用的物质。这些混合树脂是在小玻璃珠上涂上琼脂糖和低分子量亲和配体制成的。这些配体由一个疏水的内核组成，由芳香族、异芳香族或脂肪族分子组成，能吸附多种亲水分子或带电荷的分子。在各种混合吸附剂中，混合树脂ES和混合树脂ExF对Patatin蛋白具有较高的结合性和特异性选择吸附。这些树脂的不同之处在于配体的浓度，其中ExF树脂属于低浓度取代，而ES属于高浓度取代。混合树脂ES在pH为6.5～8.5时结合能力较强，从色谱图上看，在2～3分钟时开始洗脱。与混合树脂ES相比，混合树脂ExF中配体浓度较低，对马铃薯淀粉分离汁

水中Patatin蛋白的选择性吸附作用更强。使用混合树脂ExF的优点是pH值为3.5～4.5，优于采用混合树脂ES洗脱时所需的pH范围，从而能更好地保持回收蛋白质的功能特性。树脂不能够区分Patatin蛋白的异构体，这表明洗脱不仅是基于电荷，也跟基团对柱材料的亲和力有关。

2008年，同样来自挪威海德马克大学学院的Løkra等与Strætkvern共同发表采用大规模扩张床吸附色谱分离技术从马铃薯淀粉加工分离汁水中回收蛋白质的化学性质和功能特性的论文，采用的扩张床吸附填料及装置与他们前期报道的文献一致。作者采用了真空冷冻干燥（VF）、常压冷冻干燥（ATM）、流化床（FB）、90℃出风温度的喷雾干燥（SP90）、165℃出风温度的喷雾干燥（SP165）对马铃薯蛋白质进行干燥，不同干燥方式所得马铃薯蛋白质作为乳化剂在pH=4和pH=6的乳化体系中的共聚焦纤维图片如图2-33所示。从图中可以看出，在pH=6的条件下乳化体系更均一，油滴颗粒比pH=4时小。

通过Minitab软件对共聚焦照片中油滴粒径分布的分析，在pH=6的条件下除了SP 165以外，其余蛋白质的乳化体系中油滴的粒径分布相对于pH=4时范围更窄，且更连贯。在pH=6的乳化体系中油滴的平均粒径为6～7 μm，最大的为12 μm，在pH=4的乳化体系中油滴的平均粒径为7～8 μm，最大的为17 μm。

2009年，Løkra等继续与Strætkvern

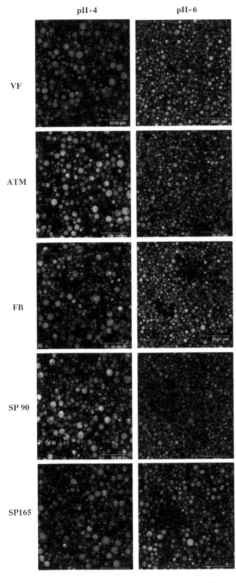

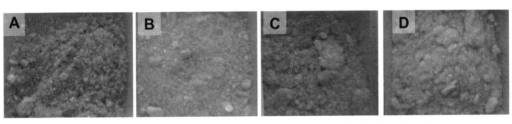

合作发表了采用两种不同扩张床树脂从马铃薯淀粉浆果分离汁水中回收蛋白质，对回收蛋白质的化学组成、颜色、酶活力、热力学性质和功能特性（溶解性和稳定性）进行了比较。两种填料均为 UpFront 公司提供的 MIMO I-45 和 MIMO 1300，采用的进料条件分别为：（A）MIMO I-45，进料 pH=4.5，洗脱 pH=12；（B）MIMO I-45，进料 pH=6.0，洗脱 pH=12；（C）MIMO I-45，进料 pH=6.0，洗脱 pH=12；（D）MIMO I-45，进料 pH=6.0，洗脱 pH=2.4（第二遍洗脱液 pH 为 12，用于脱除色素物质）。

两种树脂四个操作条件所获得的马铃薯蛋白粉见图 2-34，样品 B 和 D 制备的马铃薯蛋白粉颜色比样品 A 和 C 浅。采用条件 B 所得到的蛋白质为蛋白酶抑制剂，其余三种蛋白质既含有 Patatin 蛋白也含有蛋白酶抑制剂。所有的样品在 pH=4 时的溶解度比在 pH=6 时的溶解度低（70% ~ 80%），四个蛋白质样品的乳化性能（乳化体系组成液中包含 1% 蛋白、20% 油脂、0.08% 黄原胶）差异不大。

2012 年，Strætkvern 和 Schwarz 比较了扩张床吸附色谱法和超滤法从马铃薯淀粉加工分离汁水中回收蛋白质的应用，采用的扩张床吸附填料为 UpFront

图 2-33　不同干燥方法制备的马铃薯蛋白质在 pH=4 和 pH=6 的乳化体系中的共聚焦显微镜图

图 2-34　两种树脂四个操作条件下所获得的马铃薯蛋白粉照片

表 2-9 扩张床吸附色谱法和超滤法回收蛋白粉的化学组成

化学组成	类型		P 值
	EBA（$n=6$）	UF（$n=5$）	
蛋白含量（% 干基）	74.5±7.1	74.8±5.8	n.s.
绿原酸（mg/g）	0.93±0.30	2.40±0.86	<0.01
总糖苷生物碱（μg/g）	286±95	213±100	n.s.
α-卡茄碱（μg/g）	103±32	93±45	n.s.
α-茄碱（μg/g）	183±67	121±60	n.s.

公司提供的混合型树脂，采用的超滤膜分子截留量为 10 kDa MWCO（超滤膜的面积为 0.093 m²）。结果表明，采用超滤法蛋白质得率（3.2 g/L 汁水）和酯酶活力（3.17 kU/L 汁水）更高，扩张床吸附色谱的蛋白质得率和酯酶活力分别为 1.8 g/L 汁水和 1.21 kU/L 汁水。回收之后干燥的蛋白粉糖苷生物碱含量低、绿原酸含量低、颜色浅（L*=73.8%）。在选用的填料和操作条件下，与超滤相比扩张吸附色谱回收蛋白 Patatin 组分更高，更适合用于食品工业。两种方式回收马铃薯蛋白质的化学组成见表 2-9。

中国科学院兰州化学物理研究所曾凡逵等（2013）和靳承煜等（2017）采用扩张床吸附色谱技术以 XAD 7HP 树脂为吸附剂对从马铃薯淀粉加工分离汁水中回收天然活性蛋白质进行了研究，该研究将扩张吸附色谱和超滤浓缩相结合，先采用扩张床吸附色谱技术回收蛋白质，再通过超滤浓缩将蛋白质溶液进行浓缩并采用渗滤进行清洗。XAD 7HP 树脂能选择性地吸附马铃薯蛋白酶抑制剂，回收的蛋白质具有很高的胰蛋白酶抑制剂活力，还具有胰凝乳蛋白酶抑制剂活力，糖苷生物碱含量低。扩张床吸附及超滤浓缩过程蛋白质的 SDS-PAGE 电泳图谱见图 2-35。

NaOH 溶液从扩张床吸附色谱柱上洗脱下来的马铃薯蛋白质溶液呈淡红色，这是色素结合到蛋白质分子上，经过超滤浓缩以后变深发黑，渗滤清洗过程也不能将色素清洗出来。曾凡逵等（2013）分别采用喷雾干燥和冷冻干燥对超滤浓缩的蛋白质溶液进行脱水干燥，制备的

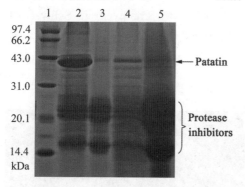

图 2-35 扩张床吸附回收马铃薯蛋白质（1-marker，2-马铃薯粗蛋白，3-洗脱液，4-穿过液，5-超滤/渗滤浓缩液）

图 2-36 喷雾干燥马铃薯蛋白（a）、冷冻干燥马铃薯蛋白（b）和超滤浓缩马铃薯蛋白溶液（c）

马铃薯蛋白粉如图 2-36 所示。

虽然色谱分离技术具有良好的蛋白分离回收效果，但缺点也非常明显：需要较高的投资成本，因此难以在工业规模上应用。扩张床吸附色谱分离技术在工业上应用非常困难，这种技术的限制包括需要采用高比重蛋白吸附树脂，且随着时间的推移，树脂上与蛋白发生结合的位点会损失，所以分离的效率会逐步降低。

其他马铃薯蛋白质回收方法

Wojnowska 等（2010）比较了超滤、聚合电解质絮凝和低温浓缩从马铃薯淀粉加工分离汁水中回收蛋白质的性质，采用的聚合电解质包括 WF-1-Rokryzol（非离子型聚丙烯酰胺凝结剂，分子量 $3×10^3$）、WF-2-Rokryzol（阴离子高分子量丙稀酰胺酸）及其甲基衍生物和 CMC- 甲基羧基纤维素和 Magnoflood（Allied Colloids Ltd., England），三种方法中回收率最高的是超滤法。作者还对马铃薯蛋白质的起泡性、乳化性、润湿性、溶胀性等进行了分析。

为了确保马铃薯蛋白质的功能特性，回收马铃薯蛋白的关键问题是确保其生物活性，采用色谱法分离回收马铃薯蛋白质最关键的是成本问题。Ralla 等（2012）研究了黏土矿物作为离子交换剂从马铃薯淀粉加工分离汁水中分离回收 Patatin 蛋白和蛋白酶抑制剂，采用的三种黏土矿物 Puranit UF（蒙脱土）、

EX M 1607（无定型硅胶与蒙脱土片符合黏土矿物）和 EX M 1753（滑石粉）均由 Süd-Chemie（Moosburg, Germany）提供。以 EX M 1607 为吸附剂采用柱层析从马铃薯淀粉加工分离汁水中回收蛋白质的色谱图及回收蛋白的 SDS-PAGE 分析见图 2-37：柱层析结合 pH 值为 8.5（缓冲液 A 为 50 mM TRIS），洗脱 pH 值为 12（缓冲液 B 为 100 mM 磷酸盐）；通过 SDS-PAGE 分析了 EX M

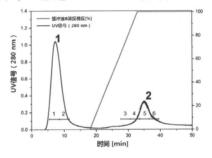

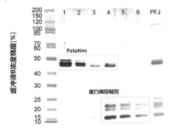

图 2-37　柱层析色谱图（左）及回收蛋白质 SDS-PAGE 分析

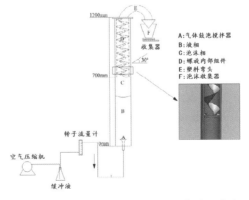

图 2-38　用于泡沫法分离马铃薯蛋白内部带有螺杆的柱子

马铃薯蛋白质

1607 分离得到的马铃薯蛋白质，峰 1（组分 1 和 2）为 pH 8.5 的穿过液中未结合到 EX M 1607 上的 Patatin 蛋白，峰 2（组分 3-6）为洗脱下来的马铃薯蛋白酶抑制剂，PFJ 为 potato fruit juice（马铃薯淀粉加工分离汁水）。

2013 年，河北工业大学化工学院吴兆亮教授团队报道了两步泡沫分离技术从马铃薯淀粉加工分离汁水中回收蛋白质，采用了内部带有螺杆的柱子进行分离（图 2-38）。

吴兆亮等研究了温度、pH、空气流速、料液体积和鼓泡时间对泡沫分离技术回收蛋白质效果的影响，采用两步泡沫分离法的目的是提高富集比和回收率（图 2-39）。结果表明，螺杆柱和升高

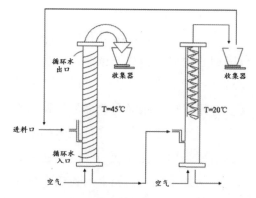

图 2-39　两步泡沫分离技术从马铃薯淀粉加工分离汁水中回收蛋白示意图

温度能提高马铃薯蛋白的富集比。最佳的条件为温度 45℃，pH=7，空气流速 100 mL/min，料液体积 300 mL。从进料体积来看，该回收方式也仅仅是处于实验室规模阶段。

Waglay 等（2014）采用热/酸结

表 2-10　从马铃薯淀粉加工分离汁水中回收的蛋白抑制蛋白酶的活力

分离方法	抑制蛋白酶的活力 [a]			
	胰蛋白酶		胰凝乳蛋白酶	
	mg 蛋白酶/g 蛋白 [b]	mg 蛋白酶/g 蛋白酶抑制剂 [c]	mg 蛋白酶/g 蛋白 [b]	mg 蛋白酶/g 蛋白酶抑制剂
PFJ	960.8	1801.6	431.7	809.5
热/酸结合	363.5	705.5	427.4	829.4
酸沉淀	493.6	1299.6	224.3	590.6
FeCl$_3$ 沉淀 [d]	957.6	1489.1	305.4	474.9
酒精沉淀 [e]	769.9	1399.2	302.0	548.8
(NH$_4$)$_2$SO$_4$ [f]	928.8	1802.5	294.9	572.5
CMC 络合 [g]	535.8	1527.2	227.6	648.7

a：对胰蛋白酶和胰凝乳蛋白酶活力的抑制，是根据当存在从马铃薯淀粉加工分离汁水中分离出来的含有蛋白酶抑制剂的马铃薯蛋白质引起蛋白酶活力降低来进行测定的。

b：对蛋白酶活力的抑制作用结果表示为每克分离得到的蛋白能抑制多少毫克蛋白酶的活力。

c：对蛋白酶活力的抑制作用结果表示为分离得到蛋白所含有的每克蛋白酶抑制剂能抑制多少毫克蛋白酶的活力。回收的蛋白含有多少质量百分数的蛋白酶抑制剂是根据电泳分析结果来进行估计的。

d：FeCl$_3$ 作为提取剂，浓度为 5 mM。

e：酒精作为提取剂，添加量为 20%（V/V）。

f：(NH$_4$)$_2$SO$_4$ 的饱和度为 60%。

g：CMC 的添加量为 0.1（w/v）。

合法、酸沉淀、$FeCl_3$、$MnCl_2$、酒精、（NH_4）$_2SO_4$ 沉淀法和羧甲基纤维素络合法制备马铃薯分离蛋白质，然后对其性质进行了分析，所采用的马铃薯品种为 Canadian，Patatin 蛋白、蛋白酶抑制剂和高分子量蛋白质含量分别为 22.9%、53.3% 和 23.7%。实验结果表明（NH_4）$_2SO_4$ 沉淀法制备的马铃薯分离蛋白的得率最高（98.6%），富含 Patatin 蛋白且溶解性非常好。$FeCl_3$ 沉淀法纯化因子最高（6.2），而且产品中高分子量马铃薯蛋白质含量最低（<4.6%）。$FeCl_3$ 和

$MnCl_2$ 是分离分子量 >15 kDa 蛋白酶抑制剂非常好的沉淀剂。研究结果表明回收的马铃薯蛋白质胰蛋白酶抑制剂活力远远高于胰凝乳蛋白酶抑制剂的活力（表 2-10）。用 p- 硝基苯基丁酸盐做底物时，酸沉淀法提取的蛋白质中的 Patatin 蛋白其脂肪酰基水解酶活力最高；用 p- 硝基苯基月桂酸盐做底物时，$FeCl_3$ 沉淀的蛋白 Patatin 蛋白脂肪酰基水解酶活力最高（表 2-11）。

表 2-11　从马铃薯淀粉加工分离汁水中回收的蛋白脂肪酰基水解酶活力

分离方法	脱脂酰基水解酶的活力[a]			
	p-硝基苯基丁酸盐		p-硝基苯基月桂酸盐	
	比活力 µmole/(min×mg Patatin)	总活力[b]	比活力 µmole/(min×mg Patatin)	总活力[b]
PFJ[c]	1.17(±0.28)[d]	0.27(±0.07)	1.76(±0.24)	0.40(0.06)
热/酸结合	<0.04		<0.04	
酸沉淀	0.67(±0.5)	0.07(±0.05)	0.97(±0.1)	0.10(±0.01)
$FeCl_3$ 沉淀[e]	0.15(±0.03)	0.05(±0.01)	1.55(±0.22)	0.55(±0.08)
酒精沉淀[f]	0.15(0.03)	0.05(±0.01)	0.52(±0.05)	0.19(±0.02)
(NH_4)$_2SO_4$[g]	0.47(±0.11)	0.17(±0.04)	1.15(±0.22)	0.41(±0.08)
CMC 络合[h]	<0.04		0.2(±0.03)	0.07(±0.01)

a：回收的蛋白脂肪酰基水解酶活力分别采用 p- 硝基苯基丁酸盐和 p- 硝基苯基月桂酸盐作为底物进行测定。

b：总脂肪酰基水解酶活力单位（µmole/min）表示 1mg 分离得到的马铃薯蛋白质。

c：马铃薯淀粉加工分离汁水。

d：标准偏差根据三次平行试验的结果进行计算。

e：$FeCl_3$ 作为提取剂，浓度为 5mM。

f：酒精作为提取剂，添加量为 20%（V/V）。

g：(NH_4)$_2SO_4$ 的饱和度为 60%。

h：CMC 的添加量为 0.1（w/v）。

马铃薯蛋白质

马铃薯食物过敏与蛋白质

食物过敏会出现多种症状，包括皮肤、消化道、呼吸道及心血管系统等不适，还可能会引起过敏性休克。任何食物都有可能成为过敏原，不同的人可能会对不同的食物过敏，如有些人对酒精过敏，而有些人对芒果过敏。食物过敏目前无法进行脱敏治疗，查过敏原的目的首先是让患者了解自己应该避开哪些食物，这是防止过敏性休克的最主要方法。

马铃薯蛋白质替代其他植物蛋白作为食物得到一些食品科学家的推崇，优势是现在使用的其他植物蛋白的过敏反应比马铃薯蛋白质的过敏反应更加普遍。极个别人接触生的马铃薯可能会引起皮肤或者呼吸道过敏，也有极个别人吃马铃薯会引发过敏反应。每年在受测试的大约 800 个婴儿当中，有 5% 的婴儿对马铃薯食物过敏反应呈阳性，测试方法为皮肤点刺试验，这一数据远低于鸡蛋和牛奶，鸡蛋和牛奶相应的数据分别为 15% 和 9%。

在马铃薯引起的过敏反应案例中，主要是生马铃薯引起的过敏。过敏反应可以通过皮肤直接接触马铃薯或者在刮擦或削皮过程中摄入气溶胶引起。在儿童中，对马铃薯的过敏反应只报道过少数几例，并且伴随有立即的临床症状发生。对马铃薯的过敏反应报道主要集中

在成年人，最常见的表现为与花粉过敏相似的口服过敏综合征。这通常是由热不稳定过敏原所致，这种过敏原展现出免疫球蛋白 E 与树木花粉的交叉反应性和对草和艾属植物的反应性。在对马铃薯剥皮过程中，过敏者会经历发痒、鼻炎甚至某些情况下会有哮喘发生。接触性皮炎在食品处理人员对生马铃薯的反应中也有报道。

烹饪将会导致部分或者全部的马铃薯致敏性的丢失。烹饪过的马铃薯产生的过敏反应被认为十分少见，仅在儿童中有过报道，其中一些会有立即的过敏反应，而另一些则会有滞后的过敏反应。烹饪过的马铃薯可以引起婴儿的过敏性皮炎。De Swert 等（2002）对遗传性过敏儿童饮食中去除马铃薯前后的临床症状进行了评价和总结，认为煮熟的马铃薯的过敏反应可能是严重的慢性过敏反应的原因，尤其是在青少年中出现的湿疹现象。儿童中对煮熟后马铃薯的过敏反应主要表现是湿疹、肠胃不适、荨麻疹、神经性水肿、哮喘、鼻炎和全身性过敏反应。大多数儿童都会在四岁左右产生抗性。发展马铃薯蛋白质的食品应用时可将这些方面考虑在内。

一个令人关注的问题是哪一种马铃薯蛋白质是主要的过敏原。Patatin 蛋白

（Sol t 1）被认定为遗传性过敏症儿童和乳胶伴随马铃薯过敏症人群的主要食物过敏原。然而，一项在棕色挪威鼠身上的口试敏化研究表明纯化的 Sol t 1 相对于一些强的花生过敏原和一些从虾中纯化得到的间接过敏原是一种较弱的过敏原。由于热处理使得马铃薯致敏性降低，这便引起了研究人员对其可能的机理研究的兴趣。

Patatin 蛋白是一种糖基化的蛋白质，这些游离的 Patatin 蛋白单体加热会导致其变性。然而，变性在实质上并不影响它对免疫球蛋白 E 的亲和性。游离的 Patatin 蛋白的聚集将导致不可逆转性去折叠，并伴随着对免疫球蛋白 E 的亲和性下降 25 倍。然而这仍然不能充分解释 Patatin 蛋白的致敏性，还存在其他马铃薯蛋白质（曾研究过马铃薯蛋白酶抑制剂）将导致更加显著的免疫球蛋白 E 亲和性下降（110 倍）。

除了 Patatin 蛋白（Sol t 1），通过在遗传性过敏症儿童中进行对生马铃薯的阳性皮肤点刺实验发现，有四种属于 Kunitz 型大豆胰蛋白酶抑制剂家族的马铃薯蛋白被认定为过敏原。这些蛋白质分别是 Sol t 2（组织蛋白酶 D 蛋白酶抑制剂）、Sol t 3.021 和 Sol t 3.02（半胱氨酸蛋白酶抑制剂）和 Sol t 4（天冬氨酸蛋白酶抑制剂）。马铃薯也可以引发非过敏性超敏反应。例如，非免疫性反应即食物中的一种物质直接触发肥大细胞和嗜碱粒细胞或者有非特异性免疫球蛋白 E 抗体参与。纯化的马铃薯植物血凝素被发现可以通过与细胞结合的非特异性免疫球蛋白 E 的壳二糖中心相互作用，激活遗传性过敏症个体的嗜碱粒细胞和肥大细胞。植物血凝素耐热，抗基质，耐酸，这显然是由于它含有较多的糖类残基和二硫键，以至于在热处理马铃薯提取的过程后仍然保持接近一半的活性。生的和煮熟的马铃薯块茎中植物血凝素的含量分别为每 100 g 原材料中约 6.5 mg 和 0.5 mg。作为非过敏性食物超敏反应的结果，更多的马铃薯摄入将会提高其临床症状。但是，Pramod 等（2007）发现的生物相关性现在也已经得到证实。近期，在喂食马铃薯抗消化性蛋白给鼠吃时，研究人员发现鼠得小肠肿瘤疾病的发病率提高。马铃薯蛋白质是通过传统的蒸汽凝结法在 pH=5.0～5.5 制备得到的，对它的消化吸收率是 84%，然而对酪蛋白的消化吸收率是 95%。虽然先前显示高蛋白含量饮食的摄入可能会增加结肠的基因损伤，但现在仍然不明确为什么难消化蛋白会促进小肠而不是结肠的肿瘤发生。

非常有意思的是马铃薯最近被认定为是一种安全的 LPT- 过敏症病人的植物源性食物。LPT（脂质转移蛋白）是一种广泛存在的交叉反应植物泛过敏原。例如，在蔷薇科、木本坚果、花生、啤酒、玉米、芥菜、芦笋、葡萄、桑树、卷心菜、枣子、橙子、无花果、猕猴桃、羽扇豆、茴香、芹菜、番茄、茄子、莴苣、栗子、松果中均有存在。

综合来说，在设计人类食用的新型

马铃薯蛋白质

产品时，马铃薯蛋白的安全方面因素和其他的优缺点都需要认真的考虑。同时，

也应该建议有关部门关注已开发产品的法律义务和安全评定方面的可能需求。

维生素、矿物质和植物营养素

维生素

维生素C

马铃薯块茎中含有大量的维生素C，是人类获得维生素C的重要来源，这已众所周知。根据美国农业部的数据库统计，一个中等大小的红皮马铃薯（172克）约能提供36%的RDA（人体每日摄取推荐量）。维生素C在植物的活性氧解毒中起主要作用，叶子和叶绿体中分别含有5～25mmol的L-抗坏血酸。植物可具有多个维生素C的生物合成途径以及新近具有特征性的与L-半乳糖途径相关的所有酶。维生素C对众多的酶而言是一种辅因子，用作电子提供体。维生素C缺乏症最常见的症状是坏血病，在严重的情况下会出现牙齿脱落、肝斑、出血等典型特征。

Love 等（2004）检测了75种基因型的马铃薯块茎中维生素C的含量，发现其浓度为11.5～29.8 mg/100 g FW（鲜重）。该研究还报告：相比一些种植年限跨越多年和种植位置不同的品种，一些基因型的马铃薯具有较一致的维生素C浓度，这表明种植年限可能比种植位置对马铃薯维生素C浓度具有较大的影响。Dale 等（2013）检测了位于欧洲三个地方生长的33个品种的马铃薯中维生素C的含量。在这些研究者的结果中，马铃薯中含有80%的水分，在干重被转化为鲜重时，每100 g FW（鲜重）中可得到13～30.8 mg 的维生素C，这与Love 等（2004）报道的一致。

许多研究表明，维生素C含量在马铃薯冷藏期间迅速降低，其损失可接近60%。Dale 等（2003）将33种基因型的马铃薯置于冷藏中15～17周，相比预先的储藏，发现其维生素C含量大幅下降，不同基因型的马铃薯，其维生素C含量降低20%～60%。作者提出了重要的一点：通过育种来增加维生素C的含量，应将更多的精力集中于马铃薯的后期储藏，并且在多数情况下，这比新鲜收获时的浓度更具有相关性。相比一些发展中国家中有限制地利用冷藏，这对把大部分马铃薯收获于冷库的国家而言，将变得更加正确，其收获后的损失因此也相应地减少。

Tosun 和 Yücecan（2008）研究探讨了冷冻储存、去皮、漂白后油炸的马铃薯效果，发现其维生素C损失为10%，之后在零下 18 ℃中贮存 6 个月。研究发现，51% 的损失是由预冷冻处理引起的，这听起来是一个与马铃薯在加工期间是如何被处理相关重要性的警告性提示。一些烹饪研究发现，对马铃薯表皮使用微波、蒸熟、烘烤及煮熟处理，显示出维生素 C 的损失是可以忽略不计的。因此，在冷藏期间没有哪个品种具有稳定的维生素 C 水平，对一些商业马铃薯产品而言，有一个办法可有助于将收获后的马铃薯中的维生素 C 含量损失降低到最小，而该方法可将收获不久后的马铃薯块茎的破坏性降低，随后通过快速冷冻产品达到目的。

创伤可大幅提高马铃薯中维生素 C 的含量。Mondy 和 Leja（1986）发现，将马铃薯切片或研碎，储藏 2 天后来检测维生素 C 含量的变化，发现在切片的马铃薯块茎中维生素 C 的含量增加了 400%，但是在研碎的马铃薯块茎中其维生素 C 的含量却降低了 347%。有研究发现新鲜切片的马铃薯储藏于空气中其维生素 C 水平增加，而储藏于冷冻环境或空调包装下的马铃薯其维生素 C 水平却降低。该结果和一些类似的研究结果表明，在商业产品中，可以使用将马铃薯切片来极大地提高维生素 C 的含量。

之前，这是被广泛采纳来增加维生素 C 含量的一种策略，同时我们必须找到一种方法来降低马铃薯的切割组织变成棕色，后来消费者发现其并不可取。

叶酸

叶酸（维生素 B9）是四氢叶酸（THF）的通用名称，是其一碳单位（C1）的衍生物（图 3-1）。叶酸是参与一碳单位转移反应的重要辅助因子。在哺乳动物和植物细胞中，涉及一碳单位转移反应发生的两个关键性途径是 DNA 合成和"甲基化循环"。叶酸分子由喋啶、对氨基苯甲酸（pABA）和部分谷氨酸组成。植物通常含有对氨基苯甲酸化结构的叶酸，这是通过增加约 6 个谷氨酸残基（形成了 γ- 谷氨酸尾结构）与第一个谷氨酸残基连接，每一个谷氨酸残基部通过 γ- 羧基与前一个谷氨酸分子形成酰

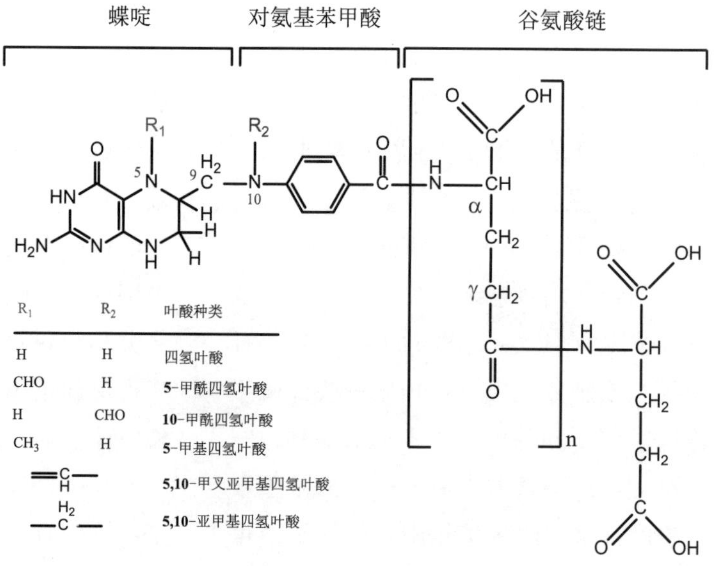

R₁	R₂	叶酸种类
H	H	四氢叶酸
CHO	H	5-甲酰四氢叶酸
H	CHO	10-甲酰四氢叶酸
CH₃	H	5-甲基四氢叶酸
=CH₂		5,10-甲叉亚甲基四氢叶酸
—CH=		5,10-亚甲基四氢叶酸

图 3-1 叶酸的化学结构

胺键连接起来。不同氧化水平下的一碳单位（C1）可与 N5 和（或）N10 结合，如 R1 和 R2 所示（图 3–1）。

叶酸是在人类饮食中必需的微量营养素。事实上，植物和微生物能合成叶酸，而人类却缺乏这种能力，需要通过膳食营养供给。植物中的叶酸是人类饮食中的主要来源。

1. 马铃薯叶酸在饮食中的重要性

众所周知，马铃薯在饮食中是一个很重要的叶酸来源，是由于其高消耗水平远远超过它的内源性含量。在荷兰，Brussaard 等（1997）报道在蔬菜中，马铃薯是饮食中最重要的叶酸来源，提供人类对总叶酸摄入量的 10%。马铃薯在荷兰饮食中是第三大最重要的叶酸来源，提供总叶酸摄入量的 7%。在挪威的一项研究中，马铃薯提供的总叶酸摄入量为 9%～12%。在芬兰，马铃薯是饮食中叶酸的最佳来源，提供总叶酸摄入量高于 10%。在西班牙，马铃薯提供 3.6% 的总叶酸摄入量。Hatzis 等（2006）在希腊人口中检测血清叶酸状况与食品消费之间的关联，研究表明增加马铃薯的消费量与降低低血清叶酸风险相关联。

2. 叶酸在马铃薯和其他作物中的浓度

相关研究报道了在一些通常未被详细说明的基因型马铃薯中的叶酸浓度，所报告的数值可根据所使用的分析方法产生显著变化。除了 McKillop 等（2002）在研究中报道的一个异常高的叶酸浓度值以外（125 μg / 100 g FW），成熟和生的马铃薯中的叶酸浓度值在 12～37 μg / 100 g FW 之间变化。美国农业部国家营养数据库提供了标准参考，在生马铃薯中叶酸的浓度值为 14～18μg / 100 g FW。近年来我们从超过 70 个品种的马铃薯块茎中确定其总叶酸浓度，在先进育种品系和野生种中发现其范围为 0.46～1.37μg / g DW（干重）或 11～35μg / 100 g FW。在最优良的 10 个品种中，有 7 个品种是黄色果肉，有 2 个是红色果肉，有 1 个是白色果肉。黄色果肉并不总是与高的叶酸浓度相关联，这是由于黄色品种的叶酸浓度涵盖了整个范围。Winema 和 Ranger Russet 品种在白色果肉的品种中有最高的叶酸浓度（分别为 0.95～1.04 μg / g DW）。在黄色品种中为 Golden Sunburst、Satina 和 Carola（分别为 1.19、1.25 和 1.37 μg / g DW）。在红色品种中为 Colorado Rose（1.03 μg / g DW）。另外，排名前 10 的品系分别来自华盛顿州、俄勒冈州和科罗拉多州，*Solanum Pinnatisectum* 和 Gayna 基因型在野生品种和原始种质中具有最高的叶酸浓度（0.99 和 1.05 μg / g DW），且在鲜重的分析基础上，*S. Pinnatisectum* 基因型在所有基因型中具有最高的叶酸浓度（0.35 μg / g FW）。尽管只有少数的野生品种被分析，但在最低和最高的基因型间约发现了两倍的差异，这表明大量现有的本土马铃薯间可能有一些含有更高的叶酸浓度。

马铃薯在植物性食物中有较低范围内的叶酸含量（表 3–1），因为马铃薯

表 3-1　不同植物性食物中叶酸的含量

作物	叶酸含量（μg/100g FW）
大米（白色，非强化的）	6~9
甘薯	11
洋葱	10~19
番茄	8~30
马铃薯	11~37
香蕉	13~20
胡萝卜	16~19
黄玉米	19
橙子（去皮）	18~30
木薯	27
豌豆（绿）	25~65
草莓	13~96
四季豆	37
小麦（白色，硬的）	38
生菜（新鲜）	38~43
甜玉米（白色或黄色）	46
黑麦（谷粒）	95
野生稻	95
花椰菜	63~114
菠菜	100~194
花生	110~240
扁豆	151~479
豆类（海军豆、花腰豆、北方大豆）	143~525

为地下器官，其排名领先于优良的大米，但落后于绿叶蔬菜和豆类。许多因素可能影响来自植物性食物中叶酸的生物利用度。这些包括消化过程中某些不稳定叶酸衍生物的不稳定性，食品基质、食品成分在消化过程中可能会提高叶酸稳定性，还有肠部对多聚谷氨酰化叶酸的早期解离效率，而常规的吸收位于近端小肠。

3. 叶酸衍生物组成和糖基化在马铃薯块茎中的水平

所有天然的还原型的叶酸衍生物都对 C9 和 N10 键的氧化裂解反应非常敏感，然而它们的稳定性差异非常显著（图 3-1）。5- 甲酸基 -THF 是最稳定的天然叶酸，THF 是最不稳定的，5- 甲基 -THF 介于中间。叶酸在吸收前，其早期分离是多聚谷氨酸，必须经肠道被水解为相应的单糖基形式，但是多聚谷氨酸是否比单糖基有较低的生物利用度这仍然存在争议。Vahteristo 等（1997）在生的马铃薯中检测到 5- 甲基 -THF 含有 21μg/100 g FW 的叶酸，THF 含有 3 μg/100 g FW 的叶酸，而 10- 甲酰基叶酸含有微量叶酸，其为 10- 甲酸基 –THF 的氧化剂。Konings 等（2001）研究表明在马铃薯块茎中，超过 95% 以上的叶酸存在于 5- 甲基–THF 衍生物中，其余的构成了 10- 甲酰基叶酸和叶酸，总的叶酸衍生物超过 90% 以上为多聚谷氨酸。然而在马铃薯块茎中，正如绝大多数水果和蔬菜一样，5- 甲基 –THF 的多聚谷氨酸形式似乎组成了最多的叶酸。

4. 食品基质

叶酸可以共价结合到食品基质中的大分子，结合的叶酸在肠道吸收之前必须从植物的细胞结构中释放。有很少资料报道关于马铃薯中有多少基质结合到叶酸。Konings 等（2001）报道，在加入蛋白酶和淀粉酶后，并不能显著增加马铃薯中叶酸的含量，Goyer 和 Navarre（2007）发现与最后进行蛋白酶处理相比，先进行蛋白酶处理紧接着进行淀粉酶处理，其结合的叶酸值超过了 20%，这表明在蛋白酶处理后，与蛋白质结合的叶酸量显著增加，且变得易于结合。

5. 稳定剂

一些饮食成分可以保护叶酸在消化过程中被降解（在加工和烹饪过程中也一样）。叶酸结合到叶酸依赖性蛋白上（如甘氨酸脱羧酶的 T 蛋白），可大大提高其稳定性。抗氧化剂如抗坏血酸或硫醇化合物也可防止叶酸氧化降解。

6. 储藏、加工和烹饪对叶酸的影响

已有大量文献表明，一些蔬菜、豆类和谷物中的叶酸含量受储藏、加工和烹饪的影响。相比之下，很少报道马铃薯在储藏和加工过程中对叶酸含量的影响，大部分有用的信息涉及烹饪的对马铃薯叶酸含量影响。McKillop 等（2002）已表明，不管在煮熟过程中是否去皮，所有马铃薯在煮熟 60 分钟后都会导致叶酸含量降低（＜20%）。Konings 等（2001）报道分别将马铃薯进行法式油炸、煮熟和炸薯条，其叶酸浓度与那些生的马铃薯相似。

通过 Vahteristo 等（1997）早先的报告显示，相比生的马铃薯而言，法式油炸和煮熟的马铃薯中叶酸跌幅为 35% 和 52%。Augustin 等（1978）在四个不同的马铃薯品种中采用四种烹饪方法检测其对叶酸浓度的影响，并表明叶酸的整体保持率都大于 70%。但是，叶酸保持率有品种依赖性，Norchip 和 Pontiac 品种具有最低的叶酸保留值（例如 Pontiac 品种煮熟，去皮后为 46%），Russet Burbank 和 Katahdin 品种具有最高的叶酸保留值。相比煮熟没有去皮的样本而言，煮熟去皮的样本具有一贯较低的叶酸浓度值。除了对叶酸保持具有积极作用以外，果皮比果肉具有更高的叶酸浓度值。最高的叶酸保留值总是从未削皮煮熟或微波处理的样品中获得，在少数情况下，与生的马铃薯块茎相比，煮熟或微波处理导致叶酸浓度增加（最大可增加 111%）。用烤箱烤的马铃薯具有最低的叶酸保留值。

7. 在植物类食物中提高叶酸含量和生物利用度的策略

叶酸缺乏与神经管缺陷（如脊柱裂、

无脑畸形）、心脑血管疾病、巨幼细胞贫血和患有癌症的风险增加息息相关。不幸的是，叶酸摄入量在大多数国家人口中欠缺，甚至在发达国家也有不足。因此，我们迫切需要在主食中增加叶酸的含量和生物利用度。

近年来，叶酸的生物合成研究已经取得了很好的进展，从而能够完整地对其代谢工程进行描述。de La Garza（2007）通过表达对氨基苯甲酸和蝶啶合成的第一个酶，成功地提高了番茄中叶酸的含量，Storozhenko（2007）采用相同的方法同样提高了水稻籽粒中叶酸的含量。该方法能很好地运用到其他作物中，如马铃薯块茎中包含所有叶酸合成的必需基因。有一些综述文章对于代谢工程的其他可能的方法进行了详细总结，包括增加 5- 甲酸基 -THF 的比例，它是最稳定的天然叶酸，阻止叶酸进入液泡，增加了叶酸含量或提高植物细胞中与叶酸相关的蛋白质的表达（尚未被确定）。

在种质资源中许多作物的叶酸浓度在一个品种中的自然变种已被报告，并且在育种项目中开发以增加作物中的叶酸浓度。我们发现在 70 多种基因型马铃薯中其叶酸值约有 3 倍之间的差异。在 9 种草莓基因型中报道了其叶酸值的差异高于 7.5 倍。据报道，在豆类和黑麦中叶酸值的差异只有较小的变化，但只有极少数的基因型在每种情况下被进行分析。

从食物中改善叶酸生物利用度的建议已被提出，特别是对于发展中国家，其叶酸的补充和食品的强化仍远未达到可利用的程度。传统的热加工促进了蛋白质和碳水化合物的消化，因此使叶酸从食物基质中释放。饮食中某些食物的联合摄取，比如食物中含有丰富的抗氧化剂，也可提高叶酸的稳定性。各种不同的马铃薯种质资源具有明显的抗氧化性能和很高的抗氧化剂基因型，各自具有内源性叶酸含量，相比具有较低抗氧化剂含量的品种可提供更多的具有生物利用度的叶酸。

维生素 B6

叶酸、维生素 C 和维生素 B6（四氢化吡咯）都是水溶性的，叶酸具有几个同效维生素。相比其他营养素而言，维生素 B6 可参与到更多的机体功能中去，它是许多酶的辅助因子，特别是在蛋白质代谢中发挥作用，也是叶酸代谢的辅助因子。维生素 B6 具有抗癌活性，是很强的抗氧化剂，参与免疫系统和神经系统中血红蛋白的合成、脂质及糖代谢。维生素 B6 缺乏会导致贫血、免疫功能受损、抑郁、精神错乱和皮炎。维生素 B6 缺乏症一般不会在发达国家中存在，对老年人摄入量欠缺所造成的后果还尚未被详细说明。

马铃薯是膳食维生素 B6 的重要来源，一个中等大小的烘烤马铃薯（173克），提供约 26% 的 RDA（美国农业部国家营养数据库 SR20）。对马铃薯中维生素的研究还很少，因此很少有人知道在不同的基因型中其浓度大概为多少，Rogan 等（2000）报道称其浓度范围为 0.26 ~ 0.82 mg/200 g FW。Augustin（1928）研究发现，其浓度在储存期间增加，且在烹调过程中的损失小于 10%。

最近许多研究已在植物中了解到维生素 B6 的合成，包括关键基因 PDX1 和 PDX2 的确认。这些信息应启用新的方法来进一步提高马铃薯中维生素 B6 的含量。

矿物质

矿物质元素

水果和蔬菜中广泛存在矿物质元素。矿物质元素通常可以分为主要矿物质元素如钙（Ca）、钾（K）、镁（Mg）、钠（Na）、磷（P）、钴（Co）、锰（Mn）、氮（N）、氯（Cl）和营养必需元素及微量矿物质元素如铁（Fe）、铜（Cu）、硒（Se）、镍（Ni）、铅（Pb）、硫（S）、硼（B）、碘（I）、硅（Si）、溴（Br）。维持人类身体健康的最佳矿物质元素摄取的重要性已被广泛认可。

马铃薯是不同膳食矿物质的重要来源。它已被列为提供钾的建议每日摄取量（RDA）的 18%，铁、磷、镁的 6%，钙和锌的 2%。马铃薯带皮煮熟后，其大多数的矿物质含量依旧很高。带皮烘烤马铃薯是一个很好的保留矿物质的烹饪方法。

在不同基因型的马铃薯中，主要矿物质元素和微量矿物质元素的含量差异显著。钾含量变化最大，锰最小。在安第斯山脉 74 个地方品种的研究中，铁的含量范围为 29.87 ~ 157.96 μg/ g DW，锌的含量范围为 12.6 ~ 28.83μg/ g DW，钙的含量范围为 271.09 ~ 1092.93 μg/ g DW。

许多因素会影响马铃薯的矿物质成分，例如地理位置、发展阶段、土壤类型、土壤 pH 值、土壤有机质、施肥、灌溉和天气。遗传型变异也很重要。Arabidopsisis 品种中的阳离子矿物质含量受遗传控制，且被确定的候选基因是阳离子转运体。由于环境的相互作用，种植在不同地方的同一基因型也可能有不同的矿物质浓度。

在生理上成熟的马铃薯块茎中，钾、磷、钙和镁的浓度变化与灌溉和施肥有关。铁、钙和锌的总含量随施肥量的增加而增加，而磷和钼的含量随施肥量的增加而减少。被报道的马铃薯中宽泛的矿物质含量范围可能不仅是由于基因型和环境因素造成的，也可能是采样问题。

云南省农业科学院隋启君团队对 2011 年云南省的 45 个马铃薯品种的矿物质元素进行了分析，结果表明 45 个马铃薯品种的锌含量、镁含量受品种和年际变化的影响显著，钙含量和钾含量受品种和年际变化的影响不显著，磷含量受年际变化的影响显著，品种对其影响不显著。通过最长距离法将 45 个品种聚为两类，发现马铃薯的矿物质元素含量同时受到品种和年际变化的影响，云南地区的马铃薯富含锌、镁、钾元素，钙元素含量低，磷元素含量相对较低。

钾

就矿物质含量而言，马铃薯是最有名的饮食中钾的重要来源，钾在酸碱调节和体液平衡中起着基础性的作用，也是心脏、肾脏、肌肉、神经和消化系统功能所需的最佳元素。钾的足够摄取对健康的好处包括降低患有低钾血症、骨质疏松、高血压、中风、炎性肠病（IBD）、肾结石和哮喘的风险。若摄入高钾低钠，可减少中风的危险。然而，大多数 31 ~ 50 岁的美国女性对钾的摄入量不超过建议量的一半，男性对钾的摄入量偏高。

马铃薯有资格获得美国食品和药物管理局健康要求的认可，其中明确："饮食中含有的食物为钾的良好来源并且是低钠的，则可降低患高血压和中风的风险。"马铃薯的钾含量在 20 种最常食用的蔬菜和水果中排名最高（来源：美国马铃薯协会）。马铃薯中钾的含量范围为 3 550 ~ 8 234 μg/g FW。一项报告中列出的钾含量最低为 5.6 μg/g FW。马铃薯中钾的含量在整个生长季节不断增加。平均来说，一个烘烤马铃薯（156 g）中含有的钾的含量为 610 mg。相比香蕉而言，这是一个更高的含钾值，营养学家经常向人们建议需要补充钾的消耗。成年男女对钾的膳食参考摄入量是每天 3 000 ~ 6 000 mg。美国国家科学院最近增加了对钾的推荐摄入量，为每天至少 3 500 ~ 4 700 mg。

王颖等报道 2011 年 45 个云南马铃薯供试材料的钾含量的平均值为 4 771.78 mg/kg，标准差为 1 140.20，紫云一号的钾含量最高，约为 7 270.00 mg/kg。2012 年马铃薯供试材料钾含量的平均值为 4 886.89 mg/kg，标准差为 2 258.10，云薯 501 的钾含量最高，为 14 760.00 mg/kg，比合作 88 高 179.54%，比会-2 高 248.94%。45 个品种两年平均值表明，云薯 501 的钾含量较高，约为 9 885.00 mg/kg。2012 年的 45 个马铃薯供试材料钾含量的平均值高于 2011 年。结果显示，品种与年际变化均对钾含量的影响差异不显著，这说明马铃薯中的钾含量相对比较稳定，不易受品种及其他环境条件的影响，这个变化趋势与钙含量的变化趋势一致。

磷

除了钾，磷是存在于马铃薯块茎中的主要矿物质。它在人体内起到许多作用，是健康的细胞、牙齿和骨骼不可或缺的矿物质元素。磷的摄入不足会导致低血磷水平异常，从而引起食欲不振、贫血、肌无力、骨痛、骨软化佝偻病，易感染，四肢极度发麻疼痛，行走困难。马铃薯中磷的含量为 1 300 ~ 6 000 μg/g DW。每日需求量是 800 ~ 1 000 mg。

王颖等（2014）报道2011年45个云南马铃薯供试材料的磷含量的平均值为539.69 mg/kg，标准差为112.00，合作88的磷含量最高，为812.00 mg/kg，其次是云薯303，磷含量为800.00 mg/kg，比会−2高24.00%。2012年45个云南马铃薯供试材料的磷含量的平均值为389.58 mg/kg，标准差为87.44，高于平均值的品种有19个，占总品种数的42.20%，其中磷含量高于合作88的品种有23个，高于会−2的品种有36个，S06−809磷含量最高，为702.00 mg/kg，比合作88高93.90%，比会−2高128.70%，45个品种两年平均值表明，云薯303的磷含量较高，约为640.00 mg/kg。2011年的45个云南马铃薯供试材料的磷含量的平均值显著高于2012年的。结果表明，品种对磷含量的影响不大，但年际变化对磷含量的影响差异显著。

钙

马铃薯是钙的主要来源已有广泛的报道。Lisinska和Leszynski（1989）报道了马铃薯块茎中钙的含量为100 μg/g DW，Randhawa等（1984）报道了其含量高达459μg/gFW。在74种安第斯山脉的地方马铃薯品种中，钙的含量为271~1093 μg/g DW。野生的茄属植物在块茎中积累钙的能力有所不同。块茎中高含量的钙与相关的病原体和非生物胁迫有关。钙对骨骼和牙齿的结构及血液凝固和神经传递十分重要。钙缺乏与骨骼畸形和血压异常有关。钙的RDA被设定是为了减少骨质疏松症，其含量根据年龄和性别有所不同，但对于年轻的成年人为每日1 300 mg。

王颖等报道2011年45个云南马铃薯供试材料的钙含量的平均值为54.67mg/kg，标准差为15.20；S04−109的钙含量最高，为99.40mg/kg，比合作88高66.80%，比会−2高55.30%。2012年45个云南马铃薯供试材料的钙含量的平均值55.19mg/kg，标准差为16.72，S06−277钙含量最高，为105.00mg/kg，比合作88高55.80%，比会−2高64.10%。45个品种两年平均值表明，S06−277的钙含量较高，约为85.25 mg/kg。2011年的45个马铃薯供试材料的钙含量的平均值低于2012年。结果显示，品种与年际变化均对钙含量的影响差异不显著，这说明马铃薯中钙含量相对比较稳定，不易受品种及其他环境条件的影响。

镁

马铃薯中镁的含量为142~359 μg/g FW。镁是肌肉、心脏和免疫系统正常运行所必需的矿物质元素。镁也有助于维持正常的血糖水平和血压。镁的建议每日摄取量（RDA）是400~600 mg。

王颖等（2014）报道2011年45个云南马铃薯供试材料的镁含量的平均值为275.64mg/kg，标准差为48.32；S03−3417的镁含量最高，为360.00mg/kg，比合作88高9.10%，比会−2高40.10%。

维生素、矿物质和植物营养素

2012年45个云南马铃薯供试材料的镁含量的平均值为242.60mg/kg，标准差为42.48；S04－2336镁含量最高，为347.00mg/kg，比合作88高50.20%，比会－2高80.70%，45个品种两年平均值表明，S04－2336的镁含量较高，约为342.50mg/kg。

锰

Rivero等（2003）报道的马铃薯中锰的含量为0.73～3.62 μg/g FW，Orphanos（1980）报道的含量为9～13 μg/g DW。锰具有调节血糖、机体代谢和甲状腺激素的作用。

铁

铁的摄入量影响着全球超过17亿人的健康，被世界卫生组织称为世界上最普遍的健康问题。由于严重缺铁，每年有6万多妇女死于怀孕和分娩，且将近有5亿的育龄妇女身患贫血症。膳食铁的要求取决于许多因素，例如年龄、性别以及饮食搭配。在美国建议每日摄取铁的量因性别和年龄有所不同。马铃薯是铁元素的适当来源。对栽培品种的研究显示，在100 g的块茎中含铁量为0.3～2.3 mg。Andre等（2007）和Will等（1984）报道马铃薯中的含铁量为6～158 μg/g DW。一些安第斯山脉的马铃薯品种中的铁含量比在一些谷类如大米、玉米和小麦中铁含量要高。

马铃薯中的铁元素完全具有生物利用度，因为它具有非常低水平的植酸，这一点与谷物不同。

锌

马铃薯中锌的含量差别很大。锌的含量范围为1.8～10.2 μg/g FW。Dugo等（2004）报道来自不同品种黄色果肉的马铃薯中含有的锌含量为0.5～4.6 μg/g FW。锌是机体免疫系统正常运行所需要的矿物质元素，并参与细胞分裂、细胞生长和伤口愈合。在美国，锌的RDA是15～20mg。

王颖等（2014）报道2011年45个云南马铃薯供试材料的锌含量的平均值为3.49 mg/kg，DE03–34–6锌含量最高，为6.33mg／kg，比合作88高61.50%，比会－2高115.00%。2012年45个云南马铃薯供试材料锌含量的平均值2.22mg／kg，标准差为0.52；DE03－34－6锌含量最高，为3.76mg/kg，比合作88高74.10%，比会－2高87.10%。结果表明，品种与年际变化均对锌含量的影响差异显著，其中年际变化对锌含量的影响较大。

铜

马铃薯中铜的含量为0.23～11.9 mg/kg FW。和锌一样，铜在黄色果肉的马铃薯中含量也很高。铜是合成血红蛋白、适当的铁代谢和维护血管所必需的矿物质元素。在美国，铜的RDA为1.5～3.0 mg。

植物营养素

酚类化合物

酚类化合物也是马铃薯的次生代谢产物，Friedman 对马铃薯当中的酚类化合物进行了综述。马铃薯中的酚类物质主要包括绿原酸、肉桂酸、对香豆酸、咖啡酸、芥子酸等。绿原酸是由一个奎宁酸分子和一个咖啡酸分子脱掉一个水分子缩合而成的，除了绿原酸，还会生成隐绿原酸、新绿原酸以及异绿原酸"a""b"和"c"（图 3-2）。新绿原酸又有三种异构形式：3-新绿原酸、4-新绿原酸和 5-新绿原酸。紫外光谱可以鉴定出天然存在的绿原酸的同分异构体。Fernandes 等（1996）报道马铃薯当中 5-新绿原酸和 4-新绿原酸两种同分异构体的含量比例为 8.5:1，检测图谱中响应值比较低峰为 4-新绿原酸。

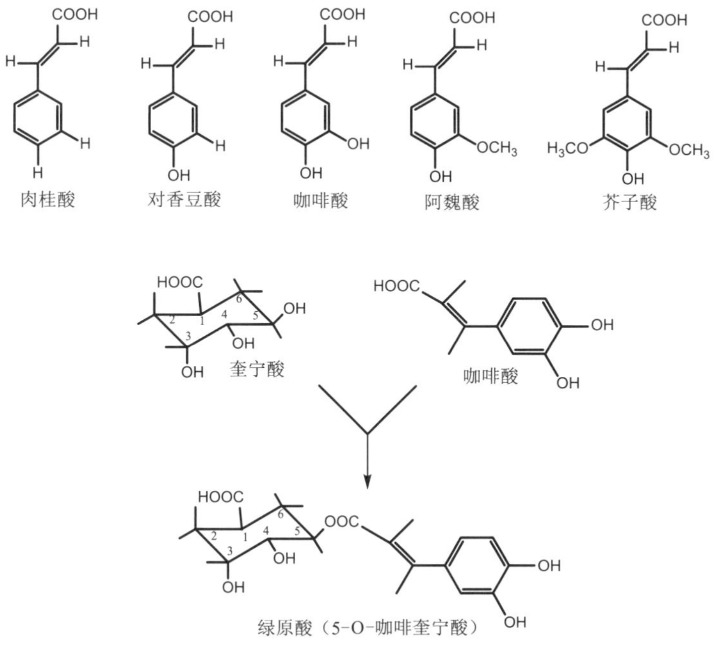

马铃薯块茎中最丰富的酚类化合物是咖啡酰酯，最典型的为绿原酸，占块茎总酚含量的 90% 以上。鉴于绿原酸对马铃薯总酚含量的巨大贡献，一个有趣的问题是，如果绿原酸的形成受到反义 RNA 或 RNA 干扰（RNAi）方法的抑制，那么块茎中酚的含量将会产生什么变化？植物中绿原酸的生物合成途径已被阐明，为在马铃薯中研究绿原酸的合成创造了新的机遇。

有证据表明，绿原酸具有许多促进健康的

COOH ... COOH ... COOH ... COOH ... COOH

肉桂酸　　对香豆酸　　咖啡酸　　阿魏酸　　芥子酸

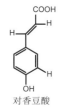 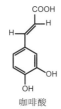

奎宁酸　　　　咖啡酸

绿原酸（5-O-咖啡奎宁酸）

隐绿原酸 ＝ 4-O-咖啡奎宁酸

新绿原酸 ＝ 3-O-咖啡奎宁酸

异绿原酸 "a" ＝ 4, 5-二-O-咖啡奎宁酸

异绿原酸 "b" ＝ 3, 5-二-O-咖啡奎宁酸

异绿原酸 "c" ＝ 3, 4-二-O-咖啡奎宁酸

图 3-2　马铃薯中的酚类物质

维生素、矿物质和植物营养素

81

作用，绿原酸补充剂在保健店里也可买到。膳食中的绿原酸在人类中是具有生物利用度的，绿原酸因保护动物抵抗退行性，抵抗与年龄有关的疾病而被人们所熟知，当将它加入到饮食中，可能会降低某些癌症和心脏疾病的风险，绿原酸也被认为是可以抗高血压的。据报道，绿原酸可以抵抗病毒和细菌。绿原酸可降低 II 型糖尿病的危险，也显示出可减缓葡萄糖释放到血液中。这可能是降低马铃薯血糖指数值的一个很重要的研究方向。

研究人员通过酚酸含量的高低来确定不同品种马铃薯的食用方式及选择合适的加工条件以避免酚类物质的损失，用来检测马铃薯花、叶子、块茎、块茎的皮和肉、冷冻干燥的和加工后的商品马铃薯产品当中酚类化合物含量和分布的方法，在评估马铃薯中酚类化合物在宿主抵抗、育种、分子生物学、营养学、食品化学和医药方面的应用具有十分重要的意义。商品马铃薯中酚类化合物的含量以及消费者在家里加工马铃薯时酚类化合物含量的变化方面的分析检测，也可以帮助消费者对不同品种的马铃薯做出正确的选择，选择酚类化合物含量较低品种不容易变色，选择酚类化合物含量高的马铃薯对促进健康有一定作用。消费者和马铃薯加工企业可以采用对马铃薯酚类物质具有最小破坏的加工处理条件，而且还能科学地控制马铃薯的酶促褐变，这样既可以防止马铃薯发生不受欢迎的变色，也能避免降低马铃薯的营养品质。

关于要不要开发高酚类物质含量的马铃薯品种需要考虑的一个问题是，它们是否将会产生不可接受的褐变水平或烹饪后颜色变深的程度是否能被接受。但是，有一项研究结果表明，新鲜切制马铃薯的褐变水平与马铃薯中总酚、绿原酸和多酚氧化酶的含量都没有关系。此外，还有一篇报道通过数量性状位点分析（Analysis of quantitative trait loci，QTL），发现有一组实验马铃薯样品的褐变和绿原酸含量之间没有相关性。

1. 马铃薯中酚类物质的含量

Verde Méndez Cdel 等（2004）报道了 5 个生长在加那利群岛的马铃薯品种中绿原酸和咖啡酸平均含量分别为 21.0 ~ 28.3 mg/100 g FW 和 0.73 ~ 1.12 mg/100 g FW；Andre 等（2007）报道了南美洲安第斯山脉的 74 个马铃薯品种中总酚酸的含量（以没食子酸当量 / 干燥重量计）为 1.12 ~ 12.37 mg/100 g 鲜重，含量最低与含量最高相比相差 11 倍。Andre 等（2007）还报道了马铃薯酚类物质含量和总抗氧化能力之间存在较高的相关性。

Navarre 等（2009）对数百个马铃薯栽培品种和野生马铃薯品种中的酚类物质含量进行了分析，发现在不同基因型马铃薯中的酚类含量会有超过 15 倍的差异。许多酚类是无色的，因此相关的植物营养素为白色果肉品种，这是许多国家消费者的偏爱类型。Russet Norkotah 在白色果肉品种中酚类物质含量最高的

马铃薯百科全书 马铃薯营养与安全

82

品种，约为 4 mg/g DW。*S. Pinnatisectum* 是一个野生的紫色果肉品种，拥有超过 5 mg/g DW 的总酚含量。如图 3-3 所示，有两种基因型马铃薯品种（39 和 40）含有超过 6.5 mg/g DW 的总酚含量，这两个品种马铃薯肉为紫色。

如果将马铃薯与其他公开报道的植物性食物相比较，如西红柿、豌豆、洋葱、四季豆、黄瓜、白菜、胡萝卜、生菜、黄瓜，会发现马铃薯有超高的酚类含量（图 3-4）。此外，这些马铃薯中的酚类含量与一些报道中的西兰花、甘蓝和菠菜中的酚类含量要高。Navarre 等已经确定有几个马铃薯基因型，相比其他马铃薯而言，有超过两倍的酚类含量，如图 3-3 和图 3-4 所示。因此，马铃薯在饮食中是酚类物质的重要来源，相比其他蔬菜更优。一项研究评估在美国饮食中的 34 种水果和蔬菜对酚类摄入量所做出的贡献，并得出结论认为，马铃薯是继苹果和橘子之后的第三个酚类物质的重要来源。在此研究中所使用的马铃薯是从超市购买的未指定的品种，相比一些高酚含量的品种，这种马铃薯品种含有少量酚。从马铃薯中

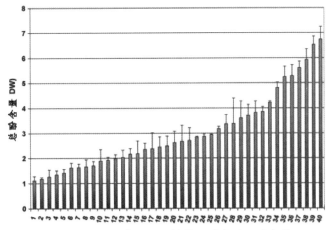

图 3-3　40 个基因型马铃薯品种中总酚的含量

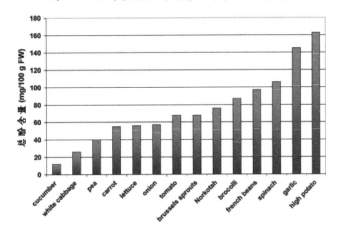

图 3-4　不同蔬菜中的总酚含量（Norkotah 和 "high potato" 为两个不同品种马铃薯）

酚类物质的含量变化来研究其变种，是通过更加充分地利用现有的种质资源来进一步提高其潜在营养价值的一个很好的例子。

许多马铃薯营养素的区别在于积聚在果皮与果肉的量。大多数酚类化合物被发现在果皮中的浓度更高，在果肉中也大量存在。因为一个相当大的成熟马铃薯的重量大多数为果肉的重量，总的来说，相比块茎的果皮，果肉含有更多的酚类。马铃薯皮含有营养成分已众所周

83

知，因此消费者可根据这个来选择含有皮的烹饪法和产品。马铃薯皮是酚类的丰富来源，且是一个潜在的"增值"产品。

Reddivari 等（2007）报道了德克萨斯地区的马铃薯总酚酸含量范围相当于221～1252 μg 绿原酸，含量最低的与最高的相比相差 5.7 倍，紫色果肉的马铃薯酚类物质含量最高，其次为红色果肉和黄色果肉的马铃薯品种。还有一些研究结果表明，不同马铃薯品种咖啡酸含量的差异很大，在块茎中为 0.3～3.6 mg/100g，在薯皮中为 18.8～28 mg/100g。

Friedman 等用紫外光谱测量过 7 个马铃薯品种的绿原酸含量。块茎中绿原酸的含量为 9.6～18.7 mg/100g FW，不同时期收获的马铃薯叶当中绿原酸含量为 132～242 mg/100g FW。采用电泳法检测冷冻干燥马铃薯样品，当中绿原酸含量的结果与采用 HPLC 法检测接近，为 145 mg/100 g 的冻/干马铃薯，电泳法没有检测到其他酚类化合物。Dao 和 Friedman（1994）、Griffiths 等（1995），Percival 和 Baird（2000）等报道了光照使马铃薯块茎绿原酸含量明显增加，研究结果得到了其他科研人员的确认，贮藏过程会增加马铃薯块茎中酚类物质的含量。Mehta 和 Singh（2004）报道印度种植的马铃薯贮藏 120 天以后，总酚

酸含量从 50.6 mg/100g FW 增加到 83.7 mg/100g FW。遗传修饰可以不经意地或者有目的地提高一些马铃薯品种中酚酸的含量。但是，在转基因马铃薯 Spunta 品种当中发现酚类物质含量没有增加。

Mattila 和 Hellström（2007）分析了马铃薯和芬兰消费的一些其他蔬菜及其加工产品中酚类物质的组成及含量，用含甲醇的醋酸溶液将可溶性酚类物质萃取出来，然后用碱和酸水解再进行HPLC 分析。结果表明可溶性的酚类物质中绿原酸衍生物是最主要的，咖啡酸是最主要的酚类物质的糖苷配基。在生的和煮熟的马铃薯皮当中可溶性酚酸含量最高，用糖苷配基来计，达到了 23.5～45 mg/100 g FW。其他一些蔬菜如莴苣、大白菜、花椰菜、胡萝卜等以及去皮的马铃薯当中，对应的含量也均超过了 5 mg/100 g，马铃薯是在实验蔬菜当中最好的总酚类物质的来源。

表 3-2 为马铃薯花、叶子和茎中酚类物质的含量，数据显示绿原酸及其同分异构体占马铃薯总酚类物质含量的96%～98%，马铃薯花中总酚类物质的含量是马铃薯叶当中的 21.37 倍，是马铃薯茎中的 58.5 倍。虽然目前还不知道马铃薯花中酚类物质含量高的具体原因，但可能和免受病原体的攻击有一定关系。

表 3-1　不同植物性食物中叶酸的含量

部位	绿原酸	绿原酸同分异构体	咖啡酸	总量
花	424	189	13.5	626
叶子	14.8	13.3	1.2	29.3
茎	4.2	6.1	0.4	10.7

表 3-3 为韩国种植的商品马铃薯的皮和肉中三种酚类物质的含量,可以看出马铃薯皮和肉中酚类物质的含量差异非常大,Jasim 品种马铃薯皮当中的酚类物质含量是马铃薯肉中的酚类物质含量的 2.6 倍,Jowon 品种马铃薯皮当中的酚类物质含量是马铃薯肉中的酚类物质含量的 21.1 倍。

表 3-4 为韩国栽培的 Superior 马铃薯品种大、中、小和非常小四类马铃薯皮和肉中三种酚类物质含量的检测结果。数据表明,土豆的大小似乎并不影响马铃薯块茎总酚的含量,但是对于非常小的马铃薯,皮和肉中总酚类物质的比例为 7.95,是其他三类马铃薯相应皮与肉之比的一半。

表 3-5 列出了 25 种冷冻干燥制备的商品马铃薯粉中酚类物质的含量。数据表明,马铃薯冻干粉中绿原酸含量范围从 Kenebec 品种的 3.28 mg/100g 鲜重到 Purple Peruvian 的 637.3mg/100g 鲜重,含量最低与最高相差 194 倍。绿原酸同分异构体的含量从 0.34 mg/100g 到 90.5 mg/100g 鲜重,含量最低与最高相差 266 倍;咖啡酸的含量从 0.47 mg/100g 到 29.3 mg/100g 鲜重,含量最低与最高相

表 3-3　五个韩国商品马铃薯的皮和肉中酚类物质含量（mg/100 g 鲜重）

品种		绿原酸	绿原酸同分异构体	咖啡酸	总量	皮 / 肉
Jasim	皮	34.4	6.8	1.2	42.1	2.6
	肉	12.0	4.4	0.11	16.5	
Atlantic	皮	4.4	1.8	0.96	7.2	14.6
	肉	0.35	0.13	0.01	0.5	
Jowon	皮	10.2	3.0	0.7	13.9	21.1
	肉	0.45	0.17	0.04	0.66	
Superior	皮	8.7	0.99	1.2	10.9	20.2
	肉	0.47	0.06	0.01	0.54	
Jopung	皮	4.9	1.3	0.39	6.6	7.6
	肉	0.57	0.26	0.26	0.85	

表 3-4　不同大小马铃薯的皮和肉中酚类物质的含量（mg/100 g 鲜重）

马铃薯大小	马铃薯部位	绿原酸	绿原酸同分异构体	咖啡酸	总酚类物质	皮 / 肉
大个	皮	7.4	0.92	1.1	9.3	15.8
	肉	0.53	0.04	0.02	0.59	
中等	皮	8.7	0.99	1.2	10.9	20.2
	肉	0.5	0.06	0.01	0.54	
小个	皮	5.3	0.61	1.6	7.5	16.7
	肉	0.39	0.05	0.01	0.45	
非常小	皮	8.3	1.0	0.04	9.4	7.9
	肉	1.0	0.11	0.04	1.2	

表 3-5　不同商品马铃薯冻干粉中酚类物质的含量（mg/100 g 鲜重）

品种	绿原酸	绿原酸同分异构体	咖啡酸	鲜薯水分（%）	总酚类物质	
					干块茎	湿块茎
Kennebec	3.28	0.34	0.47	75.0	4.09	1.03
Russet（烘焙 / 批次 1）	18.2	1.0	1.8	79.5	21.0	4.3
White（大个 / 批次 2）	14.5	4.9	2.0	83.4	21.4	3.6
Yukon Gold（A 级 / 大个）	14.3	4.7	4.6	76.9	23.6	5.5
Yukon Gold（B 级 / 中等 / 批次 1）	19.0	6.0	5.0	75.5	30.0	7.4
White（大个 / 批次 1）	21.6	6.7	2.8	79.9	31.2	6.3
Russet（焙烤 / 批次 2）	25.9	10.7	2.5	79.6	39.1	8.0
Yukon Gold（C 级 / 小个 / 批次 1）	26.7	7.5	7.9	82.3	42.1	7.5
Yukon Gold（C 级 / 小个 / 批次 2）	26.0	12.3	5.3	82.7	43.6	7.5
Red（中等大 / 有机马铃薯）	35.0	8.0	4.0	82.3	47.0	8.3
White（中等大）	34.1	12.8	6.0	79.4	53.0	10.9
Yukon Gold（B 级 / 中等大 / 批次 2）	35.6	8.9	9.3	82.4	53.8	9.5
Butterball Creamer（有机 / 德国）	35.95	13.4	7.1	80.5	56.5	11.0
White Greamer（小个）	41.9	10.4	9.8	83.4	62.1	10.3
Ruby Red Crescent	49.5	16.4	6.5	78.9	72.4	15.3
Red（A 级 / 大个 / 批次 1）	56.4	17.0	7.9	80.9	81.3	15.5
Red（A 级 / 大个 / 批次 2）	64.5	16.7	10.4	83.1	91.7	15.5
Red Creamer Marble	65.6	37.2	1.1	84.2	103.9	16.4
Red（C 级 / 小个）	73.1	22.4	15.2	81.3	110.7	20.7
Fingerling（奥泽特 / 批次 3）	92.3	44.9	10.4	79.5	147.6	30.3
Purple（大个）	108.6	37.9	5.3	75.3	151.7	37.5
Fingerling（奥泽特 / 批次 1）	104.6	49.7	13.8	80.0	168.0	33.6
Fingerling（奥泽特 / 批次 1）	113.5	41.9	12.7	78.5	168.0	36.1
Fingerling French	203.0	69.7	7.8	79.3	280.5	58.0
Purple Peruvian	637.3	90.5	29.3	77.3	757.0	171.8

差 62.3 倍；酚类化合物的总量干块茎从 4.09 mg/100g 到 757 mg/100g 鲜重，含量最低与最高相差 185 倍；新鲜块茎从 1.03 mg/100g 到 172 mg/100g 鲜重，含量最低与最高相差 167 倍。

2. 酚类物质的提取

Singh 等（2011）对亚临界水从马铃薯皮中提取酚类物质进行了研究，提取的酚类物质中包含没食子酸、绿原酸、咖啡酸、原儿茶酸、丁香酸、p- 羟基苯甲酸、阿魏酸和香豆酸 8 种，酚类物质回收率为 81.83 mg/100 g FW，萃取温度为 180℃，萃取时间为 30 分钟。提取物中最主要的两种酚类物质绿原酸含量为 14.59 mg/100 g FW，没食子酸含量为 29.56 g/100 g FW。

内蒙古大学马超美教授团队（2012）采用甲醇溶液回流萃取方法从马铃薯皮中分离出 11 种化合物，最主要的为绿原酸和其他酚类物质，还包含 2 种糖苷生物碱、3 种低分子量的氨基化合物和 2 种不饱和脂肪酸。马铃薯皮清除自由基活性的能力比马铃薯肉强，因为酚类物质含量高。他们的研究结果认为从法式炸薯条和薯片加工副产物皮渣中提取对人体健康有益的物质是可行的。

3. 酚类物质与酶促褐变

植物中的酚类化合物具有防御病原体（细菌、真菌、病毒等）入侵的功能，然而，酚类物质也参与酶促褐变反应（图 3-5），这种反应可能对马铃薯的颜色、风味和营养品质有不良影响。以前经常使用亚硫酸钠作为蔬菜加工的护色剂，但由于亚硫酸钠会引起哮喘病人的过敏

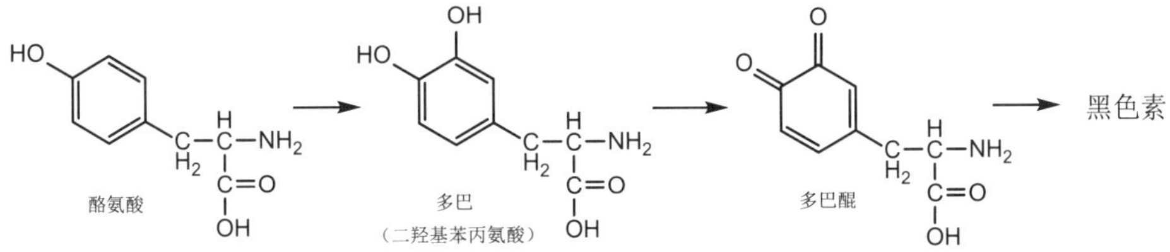

图 3-5　酪氨酸由多巴和多巴醌（酶促褐变）转化成黑色素

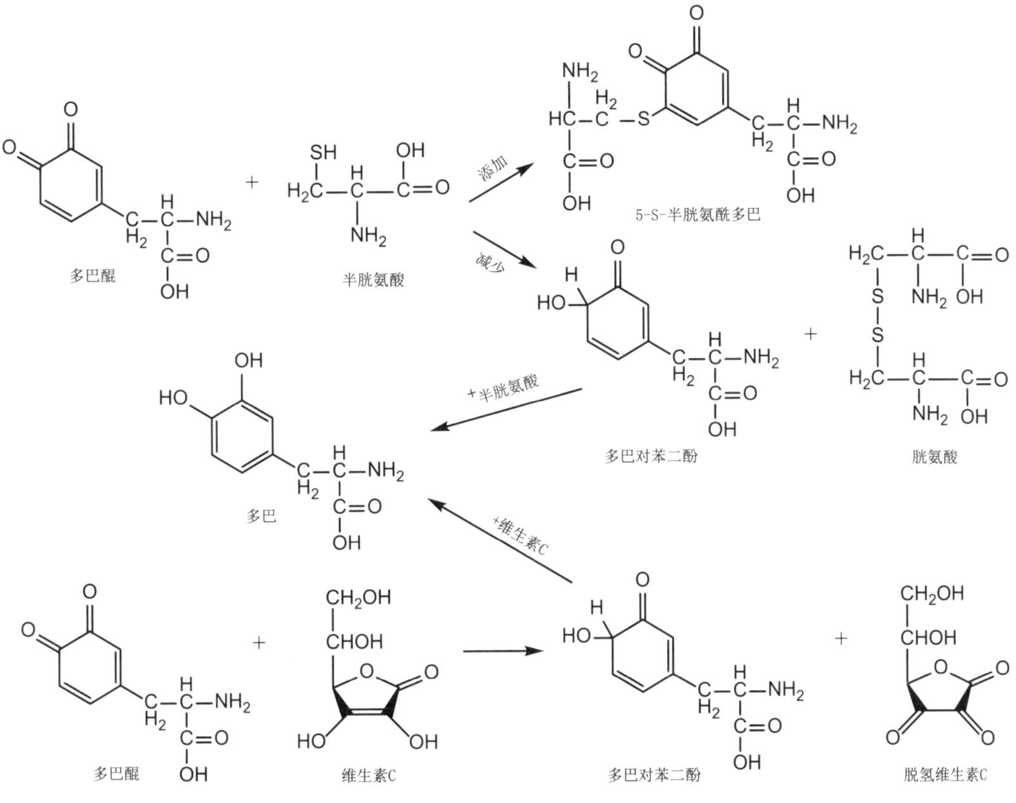

图 3-6　半胱氨酸和维生素 C 通过捕获多巴醌中间体抑制酶促褐变的机理

87

反应而被停止使用。含有巯基（SH）的化合物，如半胱氨酸、N- 乙酰基 -L- 半胱氨酸和还原型谷胱甘肽以及维生素 C 和柠檬酸等都能抑制由多酚氧化酶（PPO）引起的酶促褐变，半胱氨酸和维生素 C 抑制酶促褐变的机理如图 3-6 所示。

山东农业大学王庆国教授团队（2019）对鲜切马铃薯褐变控制技术的研究进展进行了综述，总结了国内外抑制鲜切马铃薯褐变得物理、化学和生物新技术，并提出相关建议。抑制鲜切马铃薯褐变的物理方法包括回温、高温处理、精准包装、气调处理（真空包装、气调包装）、冷杀菌（超高压处理、超声处理、高压静电场处理）等，化学方法包括褐变抑制剂、可食性涂膜，生物方法包括基因工程、利用天然提取物等。

4. 酚类物质的抗氧化作用

抗氧化酚类化合物属于能促进健康的植物化学物质，它们已显示出有益的抗突变、抗癌、降血糖、抗胆固醇和抗菌等性能。

López-Cobo 等（2014）采用 HPLC-DAD-q-TOF 分析了 Blue Bell 和 Melogy 两个品种马铃薯块茎中皮、肉和整个马铃薯中的酚类物质和其他极性物质，还研究了其抗氧化活性。一共检测到 24 种极性物质，3 种咖啡酰奎宁酸同分异构体，咖啡酸、3,5- 咖啡酰奎宁酸和 N-[2- 羟基 -2-(4- 羟基苯) 乙酯] 阿魏酸酰胺是两个品种三个组分当中最主要的酚类物质。Blue Bell 品种马铃薯中酚类物质含量比 Melogy 品种马铃薯酚类物质含量高，抗氧化活性也更强。

5. 加工对酚类物质的影响

Mattila 和 Hellström（2007）采用 HPLC 法测得生马铃薯皮中可溶性酚酸的含量为 23 ~ 45mg/100 g 鲜重，煮熟以后的马铃薯皮可溶性酚酸含量降低。Andlauer 等（2003）报道在少量的水中煮马铃薯和其他蔬菜能将大部分的酚类化合物保留下来。企业薯片加工过程中蒸马铃薯片能保留初始生马铃薯中绿原酸含量的 42%，油炸过后的马铃薯片绿原酸含量剩余 24%，家庭加工过程中也观察到咖啡酸有类似的减少现象。图 3-7 为几种家庭加工方法对马铃薯酚类物质含量的影响：绿原酸在 3% 的盐水里煮的过程损失是最大的，说明绿原酸更容易被盐水萃取掉；烤箱加热能最好地保留绿原酸及其同分异构体。

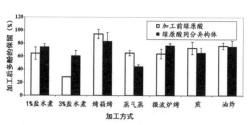

图 3-7　加工方式对马铃薯酚类物质的影响

Tierno 等（2015）将马铃薯纵横切成四大块放到不锈钢锅中加 2 L 水煮 30 分钟，研究了煮对马铃薯中酚类物质、花青素和胡萝卜素含量的影响（图 3-8）。实验结果表明，三种生物活性物质含量都降低，未煮之前酚类物质、花青素和胡萝卜素含量高的马铃薯品种煮过以后相应含量仍然高。总花青素含量和总酚类物质含量在煮之前和煮之后都存在很好的相关性（p≤0.05），将马铃薯去皮切成更小块，由于切成小块时的表面积增加，此时三类生物活性物质在煮的过程中含量降低便更为明显。

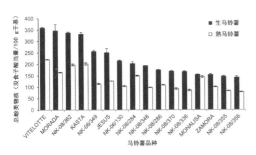

图 3-8　煮对马铃薯块茎中酚类物质含量的影响

6. 酚类物质的分析

马铃薯是人类主要的食物或食品生产原料，酚类物质又是马铃薯块茎中非常重要的化学物质，准确、定量分析马铃薯中的酚类物质含量具有非常重要的意义。马铃薯酚类物质的分析方法包括：高效液相色谱法、毛细管电泳、比色/分光光度法、气相色谱/质谱和液相色谱—质谱联用法。HPLC 法、LC/MS 法既可以用于马铃薯中糖苷生物碱和维生素 C 含量的测定，也能适用于马铃薯酚类化合物的分析。接下来详细介绍 HPLC 法和 LC/MS 联用法检测马铃薯酚类化合物的含量和分布，包括马铃薯块茎、马铃薯皮、块茎肉以及马铃薯加工产品的抗氧化酚类化合物。

（1）样品处理

从马铃薯皮和肉中提取：马铃薯块茎的去皮深度为 2～3 mm，新鲜表皮重

量占土豆总重量的 21.19%～23.9%。新鲜的皮和肉均被切为 4 mm 厚的片。每个马铃薯取 10 g 皮和肉作为样品，放入带有回流管的烧瓶中，在烧瓶中加入 50 mL 80% 的乙醇，然后在 80 ℃下加热 10 分钟。样品在捣碎机中捣碎后转移入烧瓶中进行再萃取，之后在 5 ℃下 12 000 g 离心 10 分钟。残渣用 20 mL 80% 的乙醇提纯两次并离心。混合的提取物中加入 80% 的乙醇使其体积达到 100 mL。取 10 mL 的溶液在 20 ℃下进行减压蒸发浓缩，将蒸余物溶解在 1 mL 的 80% 的乙醇中并离心。取 20 μL 上清液进行高效液相色谱分析。

（2）HPLC 分析

Im 等采用 665-II 型日立液相色谱仪分析了马铃薯花、叶子、茎和块茎中酚类物质的含量，HPLC 系统配置了岛津公司 SPD-10Avp 型紫外—可见光检测器，检测波长为 280 nm 和 340 nm。柱温用岛津公司 CTO-10Asvp 柱温箱进行控制，色谱图峰面积用日立 D-2500 色谱积分器进行分析。色谱柱选用 GL 科技有限公司的 Inertsil ODS-3v（5 μm, 4.0 × 250 mm），流动相为（A）乙腈和（B）0.5% 甲酸。梯度洗过程为：5% A（0～5 分钟），18% A（30 分钟），70% A（90 分钟），5% A（120 分钟）。流速为 1 mL/min，柱温为 20 ℃。每一个样品平行测定 3 次，图 3-9 为 5 种酚类物质标准品的 HPLC 图谱，图 3-10 为 Superior 品种马铃薯块茎肉中酚类物质的 HPLC 图谱（进样时添加了 5 种标

维生素、矿物质和植物营养素

89

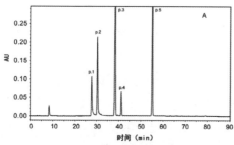

准品）。

图 3-9　5 种酚类物质标准品 HPLC 图谱
（p.1：绿原酸，p.2：咖啡酸，
p.3：对香豆酸，p.4：阿魏酸，
p.5：反式肉桂酸）

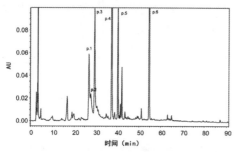

图 3-10　Superior 品种马铃薯块茎肉酚类
物质 HPLC 图谱
（p.1：绿原酸，p.2：绿原酸同系物，
p.3：咖啡酸，p.4：对香豆酸，
p.5：阿魏酸，p.6：反式肉桂酸）

（3）LC-MS/MS

LC-MS 联用仪用赛默飞世尔科技公司的 LCQ 离子阱质谱仪与一个安捷伦 1100 型液相色谱系统串联，检测器为 G1315A 型二极管矩阵检测器。将 15 μL 样品溶液上样到 GL 科技有限公司的 Inertsil ODS-3（3 μm, 2.1 × 150 mm）色谱柱进行梯度洗脱分离分析，流速为 200 μL/min。A 液为乙腈，B 液为 0.5% 甲酸，逐步增加 A 液的比例：5%A（0~5 分钟），18% A（30 分钟），70% A（90 分钟）。进样 3 分钟后，液相色谱洗出液进入质谱仪进行分析，用负离子模式进行 MS/MS 分析。图 3-11 为 Superior 品种马铃薯皮提取物的 LC-MS 图谱。

类黄酮

马铃薯中含有黄酮醇类，如芦丁（图 3-12），但马铃薯还没有被认为是膳食黄酮醇的重要来源，研究人员对于黄酮醇类在不同种质资源下性质和含量变化的了解少之甚少。一组数据显示，黄酮醇在新鲜切制块茎时增加，分析其含量高达 14 mg/100 g FW。对马铃薯种质的筛选，Navarre 等（2009）发现在不同的马铃薯中黄酮醇的含量差异达 30 倍。众多的研究表明，槲皮素和相关黄酮醇具有多重促进健康作用，包括降低患有心脏疾病的风险，降低患有某些呼吸系统疾病的风险，如哮喘、支气管炎和

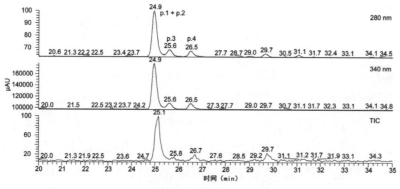

图 3-11　Superior 品种马铃薯皮提取物的 LC-MS 图谱

肺气肿,以及降低患有某些癌症的风险,包括前列腺癌和肺癌。

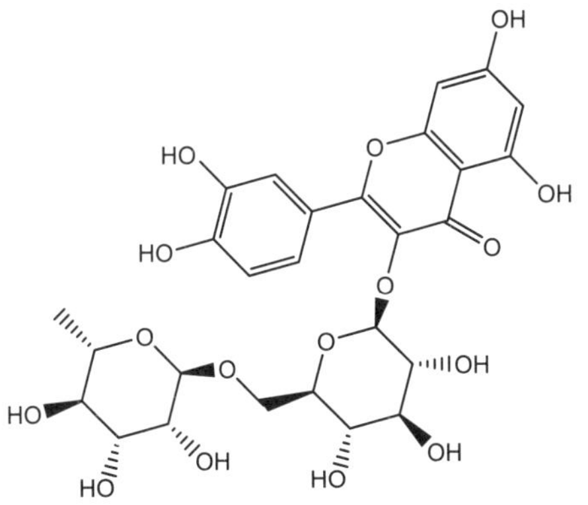

图 3-12　芦丁分子结构

内蒙古农业大学蒙美莲团队(2018)分析了干旱胁迫及复水对马铃薯类黄酮合成途径中关键酶及基因表达的影响,以克新 1 号为试验材料,利用高通量测序技术分析了苗期干旱处理(40% 土壤相对含水量维持 14 d, DT)与对照(70% 土壤相对含水量维持 14 d, DCK)、复水处理(40% 土壤相对含水量持续 14 d,然后恢复到 70% 土壤相对含水量维持 7 d, RT)与对照(70% 土壤相对含水量维持 21 d, RCK)之间类黄酮合成途径中基因表达的差异。结果表明,干旱胁迫后,马铃薯中类黄酮合成途径变化显著(p<0.01),该途径共有 10 个基因发生了差异表达,影响 7 个酶的合成,其中查尔酮合酶(EC 2.3.1.74)、柚皮素 3- 双加氧酶(EC 1.14.11.9)、类黄酮 3′,5′-羟化酶(EC 1.14.13.88)的基因表达显著上调,从而可能促进了异黄酮、黄酮醇和黄酮以及高圣草素、二氢杨梅素的形成。

花色苷

酚类物质由一大群有机物质组成,类黄酮是其中重要一族,类黄酮族物质包含花色苷。花色苷一词取自两个希腊语 Anthos 和 Kyanos(蓝色),花色苷在植物当中的分布非常广泛,这是植物呈现蓝色、红色和紫色等不同颜色的原因,Robinson 爵士(1886—1975 年)和 Richard Willstätter 教授(1872—1942 年)因其对植物色素所做的贡献而获得诺贝尔化学奖。

马铃薯,尤其是彩色果肉品种,含有大量花色苷,其化合物可以作为抗氧化剂并有其他保健作用。A 基因编码二氢黄酮醇 4- 还原酶被用于生产马铃薯中的花葵素,还有一些候选基因也已被确定。Reddivari 等(2007)发现,马铃薯中浓缩的花青素基团具有抗癌特性。Lewis 等(1998)筛选出 26 个有色果肉品种,发现花色苷含量在果皮中的浓度高达 2 mg/g FW,在果肉中的浓度高达 7 mg/g FW。另一项研究评估 31 种有色基因型,发现花色苷含量在果皮中的浓度范围为 0.5 ~ 3 mg/g FW,在果肉中的浓度高达 1 mg/g FW。Brown 等(2005)评估了多个花色苷的基因型,发现整个块茎含有高达 4 mg/g FW 的花色苷浓度,且其浓度与抗氧化值相关。

1. 花色苷分子结构特征

云南农业大学郭华春教授团队(2009)对"彩色马铃薯"块茎花色苷分子结构的研究进展进行了综述,

图 3-13 为在有颜色的马铃薯块茎中发现的花色苷的结构，花色苷是以 3- 或 3,5- 形式在花色素（苷配基）分子上链接一个或两个糖苷（苷配基），葡糖基的侧链往往还含有一个乙酰基和肉桂酰基团。马铃薯花色苷分子当中的花色素主要为花葵素（pelanin）、矮牵牛素（petanin）、锦葵花素（malvanin）和芍药素（peonanin），花色苷的化学结构决定了马铃薯的颜色、着色力及稳定性。

花色素

花色苷

图 3-13　马铃薯中花色苷的结构

花色苷分子中的咖啡酰残基不仅使得花色苷颜色稳定，而且对颜色多样化也有重要作用。肉桂酸连接到花色苷分子上颜色就会呈紫色，花色苷的水合作用和抗氧化能力也增加，肉眼观察颜色的阈值也会降低。3 号和 5 号碳原子连

接上糖分子也会出现相同的效果。花色苷的摩尔吸光系数从 15 600（花葵素 -3- 葡萄糖苷与对香豆酸组成的花色苷）到 39 600（花葵素 -3- 芸香糖苷 -5- 葡萄糖苷与对香豆酸组成的花色苷）不等。花色苷化学结构的微小差异就会导致颜色和着色力产生很大的变化。

2．花色素

当花色苷上的糖基部分被水解后，糖苷配基（水解产物的非糖部分）就是花色素。不同植物中发生糖苷化的位点（C3、C5 和 C7 位等）和数目的差异，以及酰化程度的不同使植物中存在着不同的花色苷谱，其结构复杂，但都以花色素为基本结构。彩色马铃薯花色苷主要类型及花色苷颜色如图 3-14 所示。花色苷、花色素和花青素的概念经常被混淆，花色苷的概念最大，花青素的概念最小，花青素属于花色素当中的一种。

图 3-14　彩色马铃薯花色苷主要类型及花色苷颜色

食品中通常含有的 6 种花色素分别为天竺葵色素、矢车菊色素（又名花青素）、飞燕草色素、芍药花色素、矮牵牛花色素及锦葵色素。天竺葵色素呈砖

红色，矢车菊色素和芍药花色素呈紫红色，而飞燕草色素、矮牵牛花色素和锦葵色素则呈蓝紫色。这6种花色素在马铃薯中均有发现，但是不同品种彩色马铃薯块茎中花色素种类和含量存在差异。目前，研究中常用到的彩色马铃薯主要有红肉品种、紫肉品种、红皮黄肉品种和深蓝皮黄肉品种等。

彩色马铃薯块茎皮和肉的颜色根本上是由块茎中积累的花色苷的苷元即花色素决定的，但彩色马铃薯块茎的花色苷和鲜花花瓣的花色苷种类是有差别的。彩色马铃薯块茎的蓝色通常是由矮牵牛素＋花葵素或矮牵牛素决定的；紫黑色通常是由花葵素或矮牵牛素＋锦葵色素决定的；紫色主要是由矮牵牛素决定，也可以由矮牵牛素＋锦葵色素，或矮牵牛素＋芍药色素，或矮牵牛素＋花葵素＋花青素＋锦葵色素，或矮牵牛素＋花葵素＋花青素＋锦葵色素＋芍药色素＋花翠素，或芍药色素决定；红色主要由花葵素决定的，也可以由花葵素＋芍药色素，或芍药色素，或花翠素决定；橙色主要由花葵素决定。可见，彩色马铃薯的紫色块茎含的花色素种类最多、最为多样化。不同颜色块茎所含的花色素种类不同，同一颜色块茎所含花色素种类也可能不同。

Rosalinde、Herbie、Highland Burgundy Red、红云1号、云薯603、S06-277和剑川红等红肉品种含有的最主要花色素类型是天竺葵色素。紫肉品种中，根据不同的品种，所含有的主要花色素类型有所不同。Salad Blue、Valfi、Blue Congo、紫云1号、云薯303、S03-2685、S06-1693、S05-603和师大6号等紫肉品种中含有一种主要的花色素是矮牵牛花色素，Vitelotte品种则含有2种主要的花色素是锦葵色素和矮牵牛花色素。红皮黄肉品种 Red Laura 含有的主要花色素类型是天竺葵色素。深蓝皮黄肉紫维管束环品种 Shetland Black 含有的最主要花色素类型是矮牵牛花色素和芍药花色素。云南地方紫肉品种 YNZH 含有的最丰富花色苷是锦葵色素，紫色马铃薯转心乌和黑美人所含色素相近，主要为酰化矮牵牛色素、锦葵色素、芍药色素类衍生物，红色马铃薯剑川红的色素主要为天竺葵色素类花色苷和少量的芍药色素类花色苷。

彩色马铃薯品种总花色苷含量远远高于其他普通马铃薯品种，不同彩色马铃薯品种之间总花色苷含量也有一定差异。国内外很多研究机构对彩色马铃薯总花色苷含量进行了比较：红肉品种 Highland Burgundy Red 花色苷含量为 171.08 mg/100g 干重，紫肉品种 Vitelotte 的花色苷含量为 184.75 mg/100g 干重。不同品种花色苷总量不同，即便同一品种在不同的研究中也不一样，表明花色苷总量的差异不仅与品种的遗传因素相关，而且栽培条件、气候环境、贮藏条件以及提取方法等都可能影响花色苷的含量变化。

3. 花色苷的生物合成

云南农业大学郭华春团队（2012）

对彩色马铃薯花色苷生物合成相关基因的研究进展进行了综述：花色苷的生物合成需要数种酶基因的参与才能完成，经过研究已经探明的有苯丙氨酸解氨酶基因（PAL）、类黄酮-3'-羟化酶基因（F3'H）和类黄酮-3',5'-羟化酶基因（F3'5'H）、花青素合成酶基因（ANS）、查尔酮合酶基因（CHS）、黄烷酮3-羟化酶基因（F3H）、二氢黄酮醇-4-还原酶基因（DFR）和UDP-葡萄糖：类黄酮3-O-糖基转移酶基因（3GT）等多种酶基因。

20世纪90年代末，多名研究人员通过生物化学分析表明：马铃薯块茎皮和肉的紫色根本上是由于矮牵牛素所致。从分子结构分析，矮牵牛素的生物合成有2种可能：（1）由花青素（矢车菊素）经过甲氧基取代而成；（2）由飞燕草素（花翠素、翠雀素）经过甲基取代而成。因此，矮牵牛素生物合成的前提是花青素或飞燕草素的合成。花青素合成的关键酶是类黄酮-3'-羟化酶（F3'H），飞燕草素合成的关键酶是类黄酮-3',5'-羟化酶（F3'5'H），紫色马铃薯块茎花色苷生物合成的关键酶基因是类黄酮-3'-羟化酶基因和类黄酮-3',5'-羟化酶基因。

4．花色苷的健康益处

花色苷对于植物具有多种功能，包括视觉上吸引传粉的昆虫，作为拒食剂、作为光受体防止由紫外线辐射引起的伤害，还可以作为金属离子的螯合剂。马铃薯块茎中的花色苷对预防软腐病和细菌感染也有一定作用。

彩色马铃薯品种中富含花色苷，这些植物中的化学物质具有很强的自由基清除能力，可以帮助降低慢性疾病的发病率和随着年龄增长引起的神经退化，对健康具有促进作用。花色苷在水果和蔬菜中具有两个功能：一方面改善了食物的整体外观，另一方面对消费者的健康有益。花色苷有益于健康的一个重要原因是这些色素是膳食当中非常有效的抗氧化剂，人们日常摄入的花色苷大约为180 mg/天。红色马铃薯和紫色马铃薯品种的皮和肉里面都含有丰富的花色苷，可以保护人体免受氧化剂、自由基和低密度脂蛋白胆固醇的侵害。

马铃薯的肉色呈红色或紫色是薯肉中含有花色苷所致。花色苷是多酚类天然色素混合物，是一种对人体健康非常有益的有色物质，被认为是食品工业中的合成染色剂。目前，对彩色肉质马铃薯在天然色素利用和抗肿瘤活性研究等方面已经成为一些发达国家的研究热点。

花色苷具有抗氧化作用，对促进健康有一定的好处。花色苷也可以作为天然的抗氧化剂、稳定剂和色素，用于食品加工业和制药工业替代人工合成的抗氧化剂、稳定剂和色素。在pH=3的条件下，红肉和紫肉马铃薯的提取液与染料FD&C Red #40具有相同的色调，可以作为其潜在的色素替代品。花色苷属于天然物质并有益于健康，因此很容易得到广大消费者和政府食品监管部门的肯定。

Giusti 等（1999）的研究结果表明，马铃薯花色苷提取物的抗氧化性比预期值要高，提取物中花色苷混合物的抗氧化活性具有协同效应。Hayashi 等（2003）的研究结果表明，红肉马铃薯中花色苷的抗病毒效果与各种不同花色苷的协同作用有很大关系。Hayashi 等（2003）报道了马铃薯花色苷提取物和蒸熟的马铃薯对老鼠具有抗胃癌的作用。Han 等（2006, 2007a, b）报道了富含花色苷的薯片对老鼠血清脂质过氧化物具有抗氧化作用，对过氧化歧化酶 mRNA 引起的肝病具有治疗作用，还能够防止由于高胆固醇饮食和肝损伤造成的氧化应激。Charepalli 等报道了富含花色苷的紫色马铃薯能够通过消除结肠癌干细胞进而抑制结肠癌肿瘤的发生。

5. 块茎中花色苷的含量

Lewis 等（1998）采用 HPLC 分析了 26 个茄属植物块茎的皮、肉、花和叶子中的花色苷、黄酮类和酚酸类物质，这个有创意的研究揭示不同颜色块茎的皮和肉当中花色苷的含量，块茎当中花色苷的含量达到了 5 mg/kg FW，红肉马铃薯中总糖苷生物碱的含量为 2.0 ~ 36.3 mg/100g FW，花色苷含量最高的两个马铃薯品种中糖苷生物碱的含量最低。Rodriguez-Saona 等（1998,1999）报道为了防止提取过程中花色苷的降解，建议采用 pH 值为 8 将 90% 的糖苷生物碱沉淀下来，而不要采用 pH>9.2 将 100% 的糖苷生物碱沉淀下来。

Fossen 和 Andersen（2000）报道了刚果栽培的紫色马铃薯品种的花色苷当中含有 petanin 和两种含有牵牛花色素和锦葵色素的新型花色苷。Jansen 和 Flamme 等（2000）对 27 个马铃薯栽培品种和 4 个无性繁殖马铃薯品种的花色苷进行了分析，结果表明马铃薯皮中花色苷平均含量最高为 0.65 g/kg 鲜重，马铃薯整薯含量为 0.31 g/kg，马铃薯肉为 0.22 g/kg 鲜重。"Peru Purple"这个马铃薯品种表皮的花色苷含量最高，达到了 2.96 g/kg 鲜重。

Andre 等（2007）报道氮肥、收获年份和马铃薯的栽培地区和收获后存储 135 天都没有影响块茎中花色苷的含量，马铃薯块茎表皮、整个马铃薯和马铃薯肉中糖苷生物碱的平均含量分别为 17.2、4.4 和 2.3 mg/100 g 鲜重，南美洲的马铃薯品种花色苷含量高，土壤中矿物质对紫色马铃薯中酚类物质的含量也没有什么影响。

Giusti 等（2014）分析了安第斯山脉地区马铃薯的花色苷和其他酚类物质，紫肉马铃薯中最主要的花色苷是矮牵牛素 -3- 对香豆酰芸香糖苷 -5- 葡萄糖苷，红肉马铃薯中最主要的花色苷是花葵素 -3- 对香豆酰芸香糖苷 -5- 葡萄糖苷。绿原酸及其同分异构体是最主要的酚类物质，占总酚类物质的 43%。

彩色马铃薯可以为消费者提供丰富的花色苷，紫肉马铃薯和红肉马铃薯中花色苷的含量分别为 17 ~ 20 mg/100 g FW 和 20 ~ 38 mg/100 g FW，这个值完全可以和红葡萄酒的 24 ~ 25 mg/100 g

和红树莓的 10 ~ 60 mg/100 g 相提并论，马铃薯与其他富含花色苷的食物相比而言，马铃薯是获取花色苷的廉价资源。

Nayak 等（2011）报道了紫色马铃薯品种（Purple Majesty）中的花色苷的热降解及对抗氧化性的影响，科研人员将花色苷从马铃薯中分离出来，将盐、糖和没有颜色的非花色苷酚类物质去除掉，加热到 100 ~ 150℃，用 HPLC 和分光光度计对热分解后的产物进行分析。实验结果表明，花色苷的分解属于一级反应动力学，通过 DPPH 和 ABTS 法测定抗氧化活性，热分解后的花色苷抗氧化活性比纯化得到的花色苷高。

马铃薯采收后的机械损伤能促进紫肉马铃薯中花色苷和总酚含量的增加。对马铃薯植株进行生物和非生物胁迫可以刺激花色苷含量的增加，从而消费者摄取的花色苷含量也更高，更加有利于健康。

Friedman 和 Levin（2008）报道切片能提高大约 60% 马铃薯总酚类物质的含量（包括花色苷），相应的抗氧化能力增加 85%。这一点对于法式炸薯条和薯片非常重要，薯条和薯片加工都需要进行切剁，但是还得权衡马铃薯切片以后由于多酚氧化酶导致的酶促褐变以及糖苷生物碱含量的增加。如果马铃薯切片过程中酚类物质含量增加而褐变程度和糖苷生物碱含量能够维持不变，这样的结果才是比较完美的。机械损伤能提高马铃薯酚类物质的含量，会不会因此能抑制薯片和薯条加工过程中丙烯酰胺的生成，这是一个有待于进一步研究且非常有意思的课题。

6. 花色苷的分析

固相萃取、逆流色谱、制备型高效液相色谱、HPLC-DAD 和 LC-ESI-MS2 等方法都可以用于从有颜色的马铃薯中分离分析香豆酸花色苷衍生物。总花色苷含量可以利用比色法通过 pH 值引起的颜色变化来进行测定，将花色苷进行酸水解以后采用色谱法分析花青素（苷配基）是非常常用的方法，HPLC 可用于分析不同的花色苷。下面介绍的马铃薯花色苷分析方法来源于 Giusti 等的报道。

（1）花色苷提取

这里描述的提取方法除了适用于提取花色苷还包括提取其他酚类物质。取冷冻干燥的马铃薯粉末样品大约 3 g，添加 45 mL 萃取液，萃取液为含有 0.1% HCl 和 0.2% 三氯乙酸的水溶液与丙酮的混合物（20/80，V/V），萃取液使用前置于 4℃冰箱中冷藏，萃取过程中可以降低糖苷酶、多酚氧化酶和过氧化物酶的活性，这些酶都能降解花色苷。用组织均质器在冰水混合浴条件下均质 5 分钟，然后 4℃离心 5 分钟（3400 g），抽滤。滤渣继续添加 25 mL 萃取液重复萃取和抽滤。将两次抽滤所得滤液合并置于分液漏斗中，添加 2 倍体积的三氯甲烷混匀，于 4℃冰箱中避光放置 4 小时。将水相（上层）分离出来并离心 7 分钟（3400 g）。上清液用旋转蒸发仪 40℃减压蒸馏，将残留的丙酮 / 三氯甲烷挥发掉。再将残留的水溶液置于 5 mL 的容量瓶，用 0.01% HCl 定容。

（2）固相分离

萃取液用 Waters 公司的 Sep-pak C18 固相萃取柱进行处理。先将 C18 固相萃取柱用 10 mL 甲醇进行活化，然后用 0.01% HCl 清洗。将 1 mL 马铃薯提取液上样到 C18 柱，花色苷和其他酚类物质结合到 C18 柱上，糖和其他极性物质用 10 mL 0.01% HCl 清洗干净。结合到柱子上的花色苷用含 0.01% HCl 的甲醇洗脱下来，洗脱液中的甲醇继续用旋转蒸发仪于 40℃蒸发掉，剩余的酚类物质溶液转移到 5 mL 的容量瓶，用 0.01% HCl 定容。纯化以后的酚类物质提取液用 0.45 μm 的膜过滤用于 HPLC 分析。

（3）花色苷的皂化

取 1 mL 马铃薯酚类物质提取液置于螺纹帽试管中添加 10 mL NaOH 溶液，室温下在暗处皂化 10 分钟。在溶液中添加 4mol/L 的 HCl 调节 pH 直到溶液呈红色，然后上样到 Sep-pak C18 柱，先用 10 mL 0.01% HCl 清洗柱子，再用 10 mL 乙酸乙酯清洗。皂化过的花色苷用含 0.01% HCl 的甲醇洗脱下来，用旋转蒸发仪 40℃将甲醇去除。将皂化过的花色苷水溶液置于 5 mL 容量瓶中用 0.01% HCl 定容，用 0.45 μm 的膜过滤后用于 HPLC 分析。

（4）酸水解花色苷

取 3 mL 皂化过的花色苷提取液于带螺纹帽的试管中，再添加 10 mL 4N HCl，在氮气保护下的沸水浴中将其避光水解 60 分钟，然后用冰浴进行冷却。

将溶液用活化过的 Sep-pak C18 柱进行纯化，用 10 mL 0.01% HCl 清洗柱子，再用含 0.01% HCl 的甲醇将花色苷水解物洗脱下来，用旋转蒸发仪 40℃将甲醇去除。将洗脱液用 0.01% HCl 定容到 2mL，用 0.45 μm 的膜过滤用于 HPLC 分析。

（5）花色苷单体和花色苷聚合体含量分析

花色苷单体含量可以用 pH 示差法进行分析：将马铃薯花色苷提取液用 pH=1.0 和 pH=4.5 的醋酸钠缓冲液进行稀释，避光平衡 15 分钟。用 1 cm 宽的比色杯测溶液的吸光值，红肉马铃薯的检测波长为 510 nm，紫肉马铃薯的检测波长为 520 nm 和 700 nm。通过公式计算即可得到花色苷单体的含量。

花色苷聚合体含量的测定方法为：分别取 1.85 mL 前面所讲的稀释液置于两个比色杯中，一个添加 0.15 mL 水，另一个添加 0.15 mL 焦亚硫酸钾溶液，避光平衡 15 分钟。用 1 cm 宽的比色杯测溶液的吸光值，红肉马铃薯检测波长为 420 nm 和 510 nm，紫肉马铃薯检测波长为 520 nm 和 700 nm。通过公式计算可以得到花色苷聚合体的含量。

（6）总酚类物质含量分析

总酚类物质含量可以用 Folin-Ciocalteu 比色法进行测定：分别取 20 μL 提取物（样品）、不同浓度的没食子酸溶液（标准品）和水（空白）置于 3 个 1 cm 的比色杯，分别添加 1.58 mL 水，再分别添加 100 μL Folin-Ciocalteu 试剂，混匀后放置 7 分钟。然后分别添加 300 μL 碳酸钠溶液，混匀后室温下放置 2 小时。样品、标准品和空白用紫外可见分光光度计在 765 nm 波长下检测吸光值。样品和标准品溶液的吸光值都减去空白对照吸光值，制作标准曲线，计算样品中没食子酸的含量。

（7）HPLC-MS 分析

可以用岛津 LCMS-2010 EV 型 HPLC-MS 联用仪进行分析。泵为 LC-20AD，自动进样器为 SIL-20AC，检测器为 SPDM20A 光电二极管阵列（PDA），质谱仪检测器的离子化方式为电喷雾离子源（ESI）。分离红肉马铃薯提取物中的花色苷和其他酚类物质用 Waters 公司的反相 Symmetry C18 柱（3.5μm，4.6×150 mm），配置 Waters 公司的 Symmetry 2 保护柱（4.6×22 mm），色谱条件为：流速 0.8 mL/min，流动相 A，4.5% 甲酸（用 LCMS 级水配置）；流动相 B，LCMS 级乙腈。梯度洗脱：0 ~ 5 min，5%B；5 ~ 20 min，5 ~ 15%B；20 ~ 30 min，15%B；30 ~ 40 min，15% ~ 20%B；40 ~ 50 min，20% ~ 30%B；45 ~ 48 min，30 % ~ 5%B。每检测完一个样运行 5min 平衡柱子。进样体积从 60 μL 到 120μL，然后收集整个检测过程的频谱数据（250 ~ 700 nm）。检测洗脱总酚类物质的波长为 280 nm，肉桂酸为 320 nm，花色苷为 510 ~ 520 nm。

分离紫肉马铃薯花色苷和其他酚类物质用的色谱条件为：流速 0.8 mL/min，流动相 A，10% 甲酸（用 LCMS 级水配置）；流动相 B，LCMS 级乙腈。梯度洗脱：0 ~ 5 min，5%B；5 ~ 16 min，5% ~ 13%B；16 ~ 26 min，13%B；26 ~ 40 min，13% ~ 20%B；40 ~ 50 min，20% ~ 30%B；45 ~ 48 min，30% ~ 5%B。每检测完一个样运行 5 min 平衡柱子。进样体积从 60 μL 到 120μL，收集整个检测过程的频谱数据（250 ~ 700 nm）。检测洗脱花色苷的波长为 510 ~ 520 nm。分离酸水解样品中花色苷的色谱条件为：流速 0.8 mL/min，流动相 A，4.5% 甲酸（用 LCMS 级水配置）；流动相 B，LCMS 级乙腈。梯度洗脱：0 ~ 30 min，5% ~ 35%B；30 ~ 35 min，35%B；35 ~ 38 min，35% ~ 5%B；38 ~ 41 min，5%B；进样体积为 120μL。收集整个检测过程的频谱数据（250 ~ 700 nm），检测洗脱花色苷的波长为 510 ~ 520 nm。

进入到质谱仪的流速为 0.2 mL/

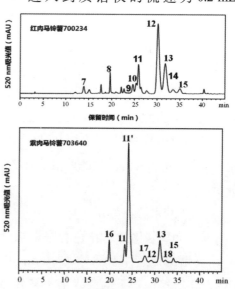

图 3-15　红肉和紫肉马铃薯花色苷 HPLC 图谱

min，6 种普通花色苷的糖苷配基和 2 种普通酚酸的质荷比（m/z）分别为：咖啡酸，181；花葵素，271；矢车菊素（花青素），287；芍药素，301；花翠素，303；矮牵牛素，317；锦葵花素，331；绿原酸，355。

（8）数据分析

图 3-15 为国际马铃薯中心（CIP）编号的两个马铃薯品种花色苷的 HPLC 图谱，HPLC 鉴定结果见表 3-6，具体花色苷结构见图 3-16。

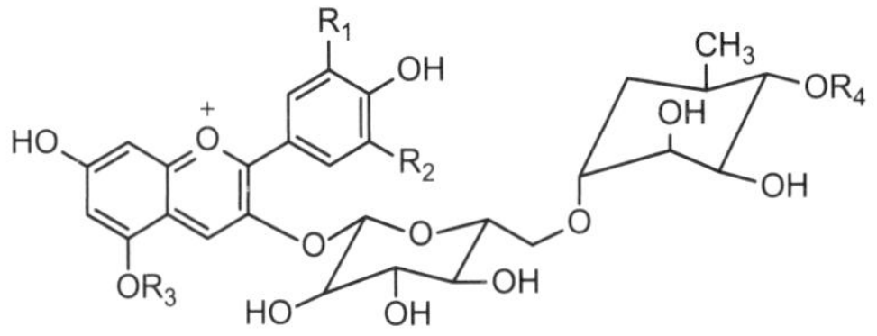

图 3-16　花色苷分子结构

地骨皮胺

2005 年 6 月，英国的一个研究组报道了在马铃薯中发现了一种叫地骨皮胺的化合物 。这些化合物是酚—聚胺的结合物（图 3-17），先前只在中国的一种药用植物——枸杞中被发现，因为可以降低血压，所以研究人员便开始进行研究。至于它在烹饪过程中是否可以保持，是否具有足够的生物利用度以及对人类有什么作用仍然需要被确定。然而，这些化合物的存在预示着马铃薯块茎中复

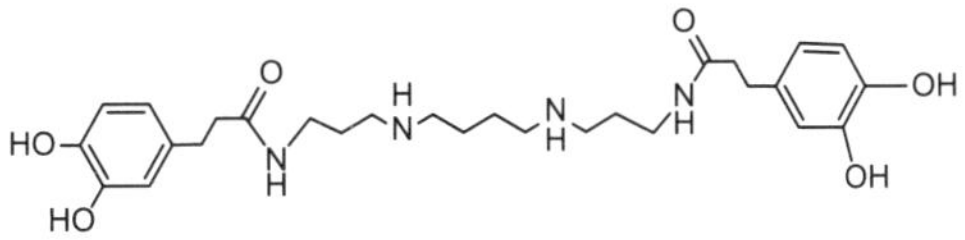

图 3-17　地骨皮胺 A 的分子结构

表 3-6　HPLC-MS 分离鉴定彩色马铃薯中的花色苷

花色苷	峰	R_1	R_2	R_3	R_4	保留时间（min）	M+（m/z）	碎片离子
花葵素 -3- 芸香糖苷 -5- 葡萄糖苷	7	H	H	葡萄糖	–	13.4	741	271
花葵素 -3- 芸香糖苷	8	H	H	–	–	19.5	579	271
花葵素 -3- 咖啡酰芸香糖苷 -5- 葡萄糖苷	9	H	H	葡萄糖	咖啡酸	24.3	903	271
芍药素 -3- 咖啡酰芸香糖苷 -5- 葡萄糖苷	10	OCH3	H	葡萄糖	咖啡酸	25.1	933	301
矢车菊素 -3- 香豆酰芸香糖苷 -5- 葡萄糖苷	11	OH	H	葡萄糖	香豆酸	25.6	903	287
矮牵牛素 -3- 香豆酰芸香糖苷 -5- 葡萄糖苷	11'	OCH3	OH	葡萄糖	香豆酸	26.3	933	317
花葵素 -3- 香豆酰芸香糖苷 -5- 葡萄糖苷	12	H	H	葡萄糖	香豆酸	29.5	887	271
芍药素 -3- 香豆酰芸香糖苷 -5- 葡萄糖苷	13	OCH3	H	葡萄糖	香豆酸	31.1	917	301
花葵素 -3- 阿魏酰芸香糖苷 -5- 葡萄糖苷	14	H	H	葡萄糖	阿魏酸	32.9	917	271
芍药素 -3- 阿魏酰芸香糖苷 -5- 葡萄糖苷	15	OCH3	H	葡萄糖	阿魏酸	34.4	947	301
矮牵牛素 -3- 咖啡酰芸香糖苷 -5- 葡萄糖苷	16	OCH3	OH	葡萄糖	咖啡酸	19.6	949	317
矮牵牛素 -3- 阿魏酰芸香糖苷 -5- 葡萄糖苷	17	OCH3	OH	葡萄糖	阿魏酸	27.3	963	317
锦葵素 - 香豆酰芸香糖苷 -5- 葡萄糖苷	18	OCH3	OCH3	葡萄糖	香豆酸	31.9	948	331

杂的化学组成。在对块茎的 LC/MS 分析中，Navarre 等发现一个单一的块茎中有 30 种多胺。块茎中多胺的作用包括淀粉的生物合成、打碗花精的合成调控及抗病性和发芽。

类胡萝卜素

一、类胡萝卜素的结构

类胡萝卜素是一种有效的抗氧化剂，马铃薯块茎中的类胡萝卜素主要包括叶黄素、玉米黄质和 β- 胡萝卜素（图 3-18），其余类胡萝卜素的含量非常低，具体包括 α- 胡萝卜素、顺式—花药黄质 -5,6-环氧化物、顺式—新黄质、顺式—紫黄质、隐黄质、隐黄质 -5,6- 双环氧化物、次黄嘌呤、番茄红素、反式—玉米素等。

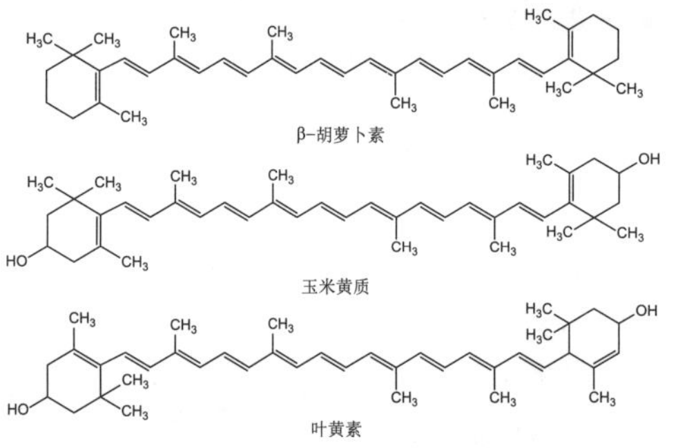

图 3-18 马铃薯块茎中的主要类胡萝卜素

二、分子育种提高类胡萝卜素含量

已经有许多研究项目试图通过分子育种的策略来提高马铃薯中类胡萝卜素的含量。Ducreux 等（2005）在 Desiree 马铃薯品种中隐去一个来源于细菌的番茄红素合成酶，可将类胡萝卜素的含量从 5.6μg/g DW 提高到 35 μg/g DW 并改

变个别类胡萝卜素的比例。β- 类胡萝卜素的含量从微量增加到 11 μg/g DW，叶黄素浓度增高了 19 倍。类胡萝卜素含量的增加也可通过一些不是直接涉及类胡萝卜素生物合成基因的手段来实现，正如 Lu 等报道的，在 Desiree 品种中引入花椰菜的 Or 基因（Orange gene，橙色基因），可导致块茎类胡萝卜素的含量增加约 6 倍，高达 20 ~ 25 μg/g DW。两年以后，来自于同一个研究团队的 Lopez 等（2008）报道了 Or 基因表达的马铃薯块茎冷藏 6 个月之后，类胡萝卜素的含量相对于冷藏前增加了 2 倍，但是在野生型或空载体转化的植株中没有发现类胡萝卜素含量的增加。这一点与 Morris 等（2004）报道的马铃薯块茎冷藏后类胡萝卜素含量降低是相反的。

Diretto 等（2007）在 Desiree 马铃薯品种中通过引入 3 个来源于细菌的基因，使得类胡萝卜素的总量增加了 20 倍，高达 114 μg/g DW，其中 β- 类胡萝卜素的浓度增加了 3 600 倍，高达 47 μg/g DW。类胡萝卜素含量如此之高，一份 250 g 的马铃薯即可满足人体维生素 A 的 RDA （Recommended dietary allowance，推荐的日摄食量）的 50%。Bub 等报道了高玉米黄质含量的马铃薯具有非常好的生物利用度。

三、类胡萝卜素含量分析方法

1. 总类胡萝卜素含量分析

《GB/T 12291-1990 水果、蔬菜汁类胡萝卜素全量的测定》已经早在 2005 年 10 月 14 日废止，新的总类胡萝卜素含量测定标准尚未出台。通常分析总类胡萝卜素含量的方法为分光光度法，其原理为果蔬滤液通过溶剂萃取，分离提取类胡萝卜素，在特定波长下（450 nm）用分光光度计测其吸光度。该吸光度与类胡萝卜素含量呈线性关系，通过换算即可得知总类胡萝卜素的含量。

2.类胡萝卜素组成分析

高效液相色谱法可以将马铃薯块茎中各种不同的类胡萝卜素含量精准地检测出来。

（1）样品制备

取大约 15 g 马铃薯块茎样品用研钵和杵捣成泥，转移到 50 mL 的塑料离心管，用 30 mL 丙酮涡旋 2 分钟萃取类胡萝卜素，4000 r/min 离心 5 分钟收集有颜色的上清液。重复用丙酮萃取直到残渣没有颜色。将 20 mL 石油醚添加到提取液中涡旋混匀 5 分钟，再倒入分液漏斗中静置分层后将石油醚相分离出来。在石油醚相中添加等体积的 10% 的 KOH 甲醇溶液，于室温下避光过夜皂化类胡萝卜素 16 ~ 20 小时。为了防止类胡萝卜素氧化，在石油醚中添加 0.1% 的抗氧化剂 BHT（2,6-二叔丁基 -4- 甲基苯酚），皂化完毕将混合溶液的 pH 值用 0.5 mol/L 的 HCl 调成中性。静置 30 分钟后样品分层，将下相过 0.22 μm 有机超滤膜后用于 HPLC 分析。类胡萝卜素含量的样品处理

比较复杂，检测时需要用标准品计算类胡萝卜素的回收率。

（2）色谱条件

马铃薯类胡萝卜素含量分析的 HPLC 条件为：PAD 检测器的检测波长设定为 450 nm，色谱柱为 YMC C30 类胡萝卜素测定专用柱，流动相 A 为甲醇，B 为甲基叔丁基醚。梯度洗脱程序为: 7% B（0 ~ 15 分钟），10% B（35 分钟），40% B（45 分钟），最后维持 40%B 15

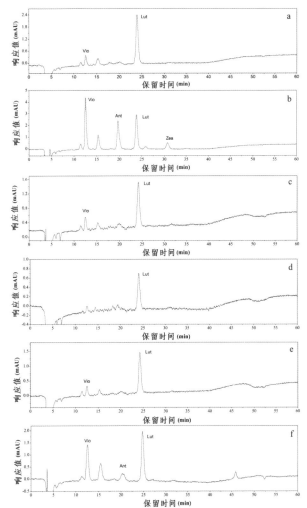

图 3-19　马铃薯类胡萝卜素 HPLC 图谱

分钟。流速为 0.8 mL/min，样品之间检测平衡时间为 15 分钟。

图 3-19 为 6 个不同马铃薯品种中类胡萝卜素的 HPLC 图谱，从检测结果可以看出，6 个检测的黄肉马铃薯品种中主要的类胡萝卜素为叶黄素（Lut）、紫黄质（Vio）和花药黄质（Ant）。

有一种非常重要的类胡萝卜素 β- 类胡萝卜素在 6 个马铃薯样品中均未检测到，尽管有不少文献报道 β- 类胡萝卜素属于马铃薯块茎中非常重要的类胡萝卜素。当然也有很多文献报道马铃薯块茎中 β- 类胡萝卜素含量很低或者检测不到。甚至有文献报道，马铃薯作为消费量很大的蔬菜主要提供维生素 C，并不是 β- 类胡萝卜素的主要来源食物，因为其含量很低。当然，马铃薯中的 β- 类胡萝卜素含量同其他蔬菜一样，可以通过降低 β- 类胡萝卜素羟基化酶的活力来强化。

彩色马铃薯加工

花色苷的稳定性

pH 值对花色苷的影响

花色苷的稳定性受到 pH 值、光、热和机械应力的影响，颜色的变化依赖于存储过程中的 pH 值、质子化作用和水化反应。矢车菊素 3-O- 葡萄糖苷的分子结构及颜色随 pH 变化而变化，如图 4-1 所示，不同 pH 条件下呈现出不同的颜色。花色苷在低 pH 值条件下以阳离子盐形式存在最为稳定，即使这样依然受到光和热的影响。同样在 pH=3 的条件下，红肉马铃薯中提取的花色苷比紫肉马铃薯提取的花色苷稳定性好，且更耐热降解。在 pH<3 时花色苷的稳定性和 pH=3 时花色苷的热降解遵循一级动力学，亮度和色相的变化遵循零级动力学，而浓度的变化遵循一级动力学。

对紫色和红色马铃薯水溶性花色苷的降级机理的研究结果表明，从紫胡萝卜和红色马铃薯中提取的花色苷稳定性比从葡萄和紫色马铃薯中提取的高，紫色马铃薯中提取的花色苷避光放置 28 天前后的颜色对比如图 4-2 所示，图下面

图 4-1 水溶液中花色苷（矢车菊素 3-O-葡萄糖苷）的颜色随 pH 变化

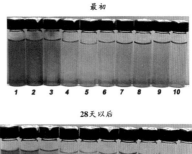

图 4-2 从紫色马铃薯提取花色苷颜色的稳定性

103

的数字为 pH 值。在酸性条件下（pH≤3）马铃薯花色苷的稳定性和热降解遵循一级反应动力学，亮度和色调的变化符合零级动力学，彩度变化符合一级动力学。从紫色和红色马铃薯提取的花色苷作为天然色素在 pH 值大约为 3 的产品中有潜在的应用价值。

油炸对花色苷的影响

Nemś 等（2018）报道了将彩色马铃薯加工成油炸小吃食品的花色苷和抗氧化活性，将四个不同品种的彩色马铃薯加工成马铃薯全粉和油炸小吃食品，研究了加工过程的高温对产品花色苷、总酚类物质和抗氧化活性的影响。结果表明品种之间花色苷、总酚类物质和抗氧化活性差别很大，抗氧化活性最高的品种是 Salad Blue 和 Herbie 26，用 Blue Congo 品种加工成的马铃薯全粉总酚类物质和花色苷含量最高。用彩色马铃薯与用不是彩色马铃薯加工出来的小吃食品相比，抗氧化活性前者比后者高 2~3 倍，酚类物质含量也高 40%，颜色更具吸引力，油炸膨化性能也更好。小吃食品制作过程中花色苷损失最小的两个品种是紫肉 Blue Congo 和红肉 Herbie 26。

Kita（2015）等分析了红肉和紫肉马铃薯的总酚类物质和花色苷的含量，并对加工出来的薯片的抗氧化性进行了检测。用于试验的 5 个紫肉马铃薯品种分别为 Blaue Elise、Blaue St. Galler、Blue Congo、Valfi 和 Vitelotte，4 个红肉

马铃薯品种分别为 Highland Burgundy Red、Herbie 26、Rosalinde 和 Rote Emma。将 9 个不同品种马铃薯贮藏 9 个月以后油炸成薯片，测定多酚、花色苷、还原糖以及抗氧化活性。试验结果表明，红肉和紫肉马铃薯的总多酚物质含量为 250～526 mg/100 g 干物质，花色苷的含量为 16～57 mg/100 g 干物质，多酚的含量与抗氧化活性呈正相关。油炸过程造成了花色苷严重降解，但多酚表现出较好的稳定性，尤其是红肉马铃薯（图4-3）。紫肉马铃薯的抗氧化活性加工成薯片以后显著降低，而红肉马铃薯贮藏以后以及加工成薯片以后的抗氧化活性相对稳定一些。

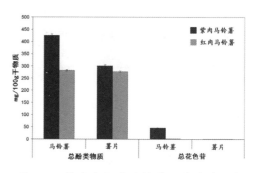

图 4-3　紫肉和红肉马铃薯及薯片总酚类和总花色苷含量

煮对花色苷的影响

将 16 个不同品种马铃薯纵横切成四大块放到不锈钢锅中，加 2 L 水煮 30 分钟，研究煮对马铃薯中花色苷含量的影响，检测结果以"mg 花青素（矢车菊素）3-O- 葡萄糖苷 /100 g 鲜重"计。研究结果表明：煮过以后所有品种马铃薯块

茎中花色苷的含量均降低（图 4-4），
但降低幅度比总酚类物质小。

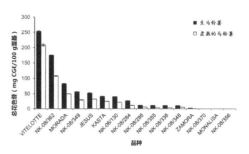

图 4-4　煮对马铃薯块茎中花色苷含量的影响

类胡萝卜素

马铃薯类胡萝卜素的含量

马铃薯块茎中大部分化合物是亲水性的，也含有亲脂性化合物，在饮食营养中起到非常重要的作用，如类胡萝卜素。

全球范围内马铃薯块茎中总类胡萝卜素的含量大约为 2.7 mg/kg，不同文献报道的马铃薯块茎中类胡萝卜素的组成各不相同，主要是受到品种的影响。同一个马铃薯品种不同栽培条件和不同栽培年度，其类胡萝卜素含量也可能不同。

据报道，马铃薯中的类胡萝卜素的含量从最低到最高差异超过 20 倍，马铃薯的种质变化多在转录水平受到控制。

Brown 等 (1993)分析了从 *S. Stenotomum* 和 *S. Phureja* 这两个品种衍生而来的二倍体马铃薯，发现其含有高达 2 000 μg/100g FW 的玉米黄质。Andre 等（2007）对 74 个安第斯地方马铃薯品种进行了分析，发现其类胡萝卜素的含量为 3 ～ 36 μg/g DW。Andre 等（2007）的另一项研

究分析了安第斯马铃薯品种中的类胡萝卜素的含量，发现有 24 个品种的叶黄素和玉米黄质含量为 18 μg/g DW 左右，β-胡萝卜素浓度也超过 2 μg/g DW。黄肉马铃薯块茎中类胡萝卜素的平均含量为 4 mg/kg。Mader（1998）报道 35 个捷克黄肉马铃薯品种中总类胡萝卜素的含量范围为 0.16 ～ 6.36 mg/kg，平均含量为 1.94 mg/kg。Van Dokkum 等（1980）报道马铃薯总类胡萝卜素平均含量为 0.75 mg/kg。

黄色与总类胡萝卜素含量的关系

通常情况下，黄颜色越深的马铃薯其总类胡萝卜素含量越高。马铃薯块茎的黄或橙色的果肉颜色是由于类胡萝卜素的存在而引起的，马铃薯块茎的橙色是由于玉米黄质引起的，叶黄素的浓度与薯肉黄色的强度密切相关。白色果肉的马铃薯通常含有比黄色或橙色品种少的类胡萝卜素。一项研究发现，白色薯

彩色马铃薯加工

肉品种的马铃薯含有 27 ~ 74 μg/ 100g FW 的胡萝卜素。

中国科学院兰州化学物理研究所采用高效液相色谱法对山东省乐陵市栽培的 6 个马铃薯品种克新 1 号（a）、希森 6 号（b）、大西洋（c）、希森 5 号（d）、夏波蒂（e）和费乌瑞它（f）的类胡萝卜素组成进行了分析（图 4-5），总类胡萝卜素的含量为 96.48 ~ 875.08 μg/100g 鲜薯，其中希森 6 号的总类胡萝卜素含量最高，CIE L*a*b* 颜色测定结果表明，b* 值与总类胡萝卜素含量呈显著正相关（p < 0.001）。CIE L*a*b* 是一种定量测试颜色的国际标准方法，亮度 L* 反映样品的明暗度，取值从 0（黑）

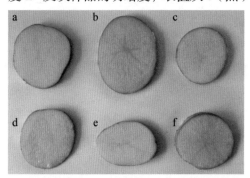

图 4-5　用于分析类胡萝卜素的 6 个黄色肉马铃薯品种

到 100（白），a* 反映颜色是从绿色（-128）到红色（127），b* 反映颜色从蓝色（-128）到黄色（127）。

类胡萝卜素的健康益处

类胡萝卜素具有多种促进健康的特性，包括具有维生素 A 的活性，可降低多种疾病的风险。马铃薯块茎中类胡萝卜素的含量因品种而异，最丰富的类胡萝卜素是叶黄素和玉米黄质，马铃薯块茎有益于眼部健康，还可降低与年龄相关的黄斑变性风险。

马铃薯块茎中叶黄素含量高，对身体健康具有重要的意义，人体摄入叶黄素可预防老年性黄斑变性病的发生。老年性黄斑变性大多发生在 45 岁以上，其患病率随年龄增长而增高，是当前老年人致盲的重要疾病。紫黄质是不能够被人体吸收的，然而，马铃薯块茎中的紫黄质是玉米黄质通过环氧酶转化而来的，因此可以采用基因操作技术降低环氧酶的活性，将高紫黄质含量的马铃薯转变成高玉米黄质的马铃薯。

彩色马铃薯的加工方式

紫色马铃薯的功效

紫色马铃薯既可以用于鲜食也可以加工成薯片或者雪花粉，紫色马铃薯的干物质含量高，淀粉含量也高，有泥腥

味且轻带有坚果的风味。长大成型后个头大，长圆形的紫色马铃薯可以用于焙烤和制作土豆泥。与白肉马铃薯不同，紫肉马铃薯和红肉马铃薯天然色素含量高，具有抗氧化特性，这是因为其花色

苷含量高。其他一些食物如蓝色、红色和紫色浆果以及石榴中花色苷的含量也非常丰富，花色苷可以提高免疫力并对某些癌症也有一定预防作用。紫色马铃薯可以为人类提供大量的维生素、蛋白质和抗氧化物质，营养价值和保健功能使得紫色马铃薯成为全球范围内 20 世纪下半叶和 21 世纪上半叶非常有影响力的食物。食用水果和蔬菜的经验法则是颜色越深营养价值越高，紫色马铃薯也不例外。这些深颜色的抗氧化物质对于保护 DNA 结构的完整性和促进细胞激素的分泌进而提高免疫力非常重要。紫色马铃薯还有消炎作用，帮助保护毛细血管的健康和完整性并强化细胞膜，同时在调节雌激素活性方面有一定作用，从而可以降低与激素有关的疾病的发病率。

彩色马铃薯除作为淀粉、色素来源以外，还有很大的利用空间。马铃薯已成为世界各国饮食和烹饪文化中不可或缺的一部分，如果能利用其自身色彩鲜艳、营养丰富等特点来开发特色食品，如彩色马铃薯片、薯条、配菜等，将大大提高彩色马铃薯的经济价值。彩色马铃薯薯片加工的关键是在加工过程中保持薯片颜色的同时，让花纹不被破坏，这也是今后彩色马铃薯薯片研究的一个重点和难点，营养丰富、色泽鲜亮的薯片，必然能吸引更多消费者购买。

目前，国内对彩色马铃薯花色苷的研究还处于起步阶段，其产量高、成本低、营养丰富的特性还有待于进一步开发。今后主要的研究方向是培育富含花色苷的彩色马铃薯新品种，改进花色苷提取工艺，提高色素产率，同时加大色素的应用研究，以便在获取花色苷的基础上，更大程度地利用彩色马铃薯资源。

马铃薯沙拉酱

沙拉酱由于其组织细腻、风味独特、营养丰富、食用方便，已经是西餐不可缺少的调味品之一，目前国内市场上出售的沙拉酱品种较单一，带有特殊风味的品种较少，为了满足人民多样化的需求和方便快捷的用餐习惯，可以用新鲜的彩色马铃薯或者脱水干燥的马铃薯全粉为原料制作成具有马铃薯风味的沙拉酱。

以彩色马铃薯全粉为原料工业化生产沙拉酱的配方为：色拉油（100%）、彩色马铃薯全粉（30%）、水（80%）、蛋黄（33%）、白砂糖（25%）、醋酸（19%，浓度为 5%）、变性淀粉（5%）、食盐（4%）、芥末（1.6%）、黄原胶（0.5%）、单甘脂（0.2%）、山梨酸钾（0.15%）、EDTA（0.13%）。

彩色马铃薯沙拉酱的生产工艺如图4-6 所示，用到的所有设备均要清洗消毒，确保原材料卫生干净，鸡蛋用 3%双氧水浸泡 10 分钟后用水冲洗干净。黄原胶提前用 20 倍的水溶解泡胶，浸泡 3小时以上。单甘脂用少许油混合均匀。变性淀粉需要提前糊化，冷却后备用；马铃薯全粉需要用开水冲泡冷却后备用。

芥末粉需要进行研磨，研磨越细与蛋黄结合产生的乳化效果越好。

图4-6　彩色马铃薯沙拉酱制作工艺

花色苷的提取

据统计，目前已在27个科、73个属、数万种植物中发现花色苷的存在，从植物中已分离得到500多种花色苷。研究工作者们以黑莓、葡萄、红萝卜、蓝莓和马铃薯等彩色蔬果为研究材料在花色苷的提取方面开展了大量的工作，根据提取材料、提取目的及花色苷类型的不同，提取方法也略有差异。

对红色马铃薯的研究发现，其红色色素安全无毒，可代替合成色素 FD&C Red#40 和 FD&C Red#3。随着人们对人工合成色素的毒性及花色苷抗氧化能力和生理功能认识的增强，用彩色马铃薯来生产花色苷具有很好的开发前景。

花色苷通常带有若干未被取代的羟基或糖基，是一种极性化合物。根据"相似相溶"原理，花色苷易溶于水、甲醇和乙醇等极性溶液，而其稳定性受酶、温度、氧气、光、pH值和金属离子等理化性质的影响，在中性和碱性条件下不稳定。经典的传统溶剂法采用的就是将酸和极性溶液相组合的方式进行提取。最早用甲醇和盐酸混合溶剂（97/3，v/v）

在室温下抽提马铃薯花色苷，随后丙酮和氯仿溶液、15%（v/v）的乙酸甲醇溶液、0.1%（v/v）的盐酸甲醇溶液、5%乙酸和70%乙醇等溶液组合和比例都被用来提取马铃薯花色苷。

马铃薯花色苷的提取条件，除了提取溶剂外，还包括光照、温度、提取时间和pH值等，因此，最佳的提取条件是上述各种条件的较优组合。但是考虑到食品中残留甲醇和氯仿的毒性，通常选用乙醇溶液。在酸的选择上，通常考虑使用盐酸，但为了获得更接近于天然状态的花色苷，也采用弱有机酸或中性溶剂做初步提取。弱有机酸多用甲酸、乙酸、丙酸、柠檬酸和酒石酸，中性溶剂一般采用丙酮作提取剂。

花色苷提取方法的优点和缺点

为了使提取过程对环境的影响较小，减少溶剂的消耗、降低温度、缩短时间等绿色提取技术被开发出来，如超临界流体萃取法、超声波辅助萃取法、加压溶剂萃取法、微波辅助萃取法和高压脉冲电场辅助提取法等。不同研究人员用超声波辅助萃取法提取马铃薯花色苷，研究人员都发现这种方法与传统的溶剂法相比，可以显著提高提取效率。不同花色苷提取方法的优缺点如表4-1所示。

表 4-1　花色苷不同提取方法的优点和缺点

提取方法	提取原理	优点	缺点
固液萃取法	利用各种物质在选定溶剂中溶解度的不同，分离固体混合物中组分。	方法简单； 不需要特殊的仪器； 提取产物安全，可用于食品加工。	提取时间长； 提取剂用量大； 酸、空气和光照可能造成提取过程中的花色苷的降解。
超临界流体萃取法	利用超临界流体的特性，在较高压力下，将溶质溶解于流体中，然后降低流体溶液的压力或升高流体溶液的温度，使溶解于超临界流体中的溶质因其密度下降、溶解度降低而析出，从而实现特定溶质的萃取。	允许除去非极性的干扰物； 减少在空气和光中的暴露时间； 提取产物安全（GRAS），可用于食品添加剂； 可以阻止相关酶对花色苷的降解。	相关费用较高； 必须使用极性提取剂； 需要 CO_2。
超声波辅助萃取法	利用超声波辐射压强产生的强烈空化作用、扰动效应、高加速度、击碎和搅拌作用等多级效应，增大物质分子运动频率和速度，增加溶剂穿透力，从而加速目标成分进入溶剂，促进提取的进行。	提取剂用量少； 能量消耗少； 容易提高提取率； 食用安全。	相关费用较高； 提取过程中的热量耗散可能导致花色苷的降解。
加压溶剂萃取法	在密闭容器中，通过升高压力使得提取剂沸点升高，在高温下仍保持液态，从而使易挥发物质不挥发，同时使得溶剂快速充满萃取池，加速提取过程；通过高温增加目标物的溶解度，克服分子之间的各种作用力，加快动力学解析过程，同时降低溶剂黏度，加速溶剂分子向基体中的扩散。	提取剂用量少； 提取时间较短； 过程全自动。	提取所用温度较高，可能导致花色苷的降解。
微波辅助萃取法	在微波场中，吸收微波能力的差异使得基体物质的某些区域或萃取体系中的某些组分被选择性加热，从而使被萃取物质从基体或体系中分离，进入到介电常数较小、微波吸收能力相对差的萃取剂中。	提取时间较短； 提取剂用量少； 重复性好。	提取温度可能导致花色苷的降解。
高压脉冲电场辅助提取法	在处理室内两块电极之间施以高压脉冲，在极板间形成高压脉冲电场区域，使得生物细胞膜发生电穿孔或电渗透，通透性增加，小分子如水透过细胞膜进入细胞内，致使细胞的体积膨胀，最后导致细胞膜的破裂，细胞的内物质外漏。	提取温度较低； 利用电穿孔法提高细胞膜的可渗透性，提高提取效率。	脉冲电场可能会造成花色苷的降解。

彩色马铃薯加工

109

彩色薯片加工

优质的彩色肉质马铃薯经高温油炸后仍可保持原有的天然色彩，因此开发彩色马铃薯油炸产品是可行的。彩色薯片、薯条、全粉的工业化加工方式与普通薯片、薯条和全粉的加工工艺是一致的，彩色马铃薯油炸加工产品相对于普通马铃薯油炸产品具有一个优势，对原料薯还原糖含量的要求可以宽松一些，因为彩色马铃薯本身具有颜色，因还原糖发生美拉德反生生成的色素对彩色马铃薯本身的颜色影响较小。彩色马铃薯对人体健康有促进作用，开发彩色薯片、薯条和全粉非常有前景。

鲜切型彩色薯片的加工工艺如图4-7所示。有些薯片厂使用间歇型滚筒去皮机，但目前更多的是使用各种不同连续型去皮机。摩擦去皮通常去皮损失要比蒸汽去皮或碱液去皮高。尽管如此，薯片厂根本不会用蒸汽去皮，使用碱液去皮的也是凤毛麟角。切片厚度一般为0.85～1.69 mm，具体根据马铃薯状况如薯龄、膨胀度、品种和含糖量以及油炸温度和油炸时间等因素来确定。理想的状况是生产出厚度一致、表面光滑且细胞破裂或浸软最少的薄切片。厚度不一致的薯片几乎不可能油炸成所有部位颜色和熟度都理想的状况。油炸温度通常为185～190℃，油炸时间为120～180分钟，油炸前应将烫漂后的薯片尽量晾干，薯片表面和内部的水越少，油炸时间越短，产品中的含油量也越低。

图4-7　鲜切型彩色薯片加工工艺流程

彩色薯条加工

彩色薯条加工工艺流程如图4-8所示。薯条厂通常采用机械摩擦、蒸汽去皮或碱液去皮，蒸汽去皮的更多一些。摩擦去皮损失比较大，蒸汽去皮损失少但常常会产生严重的高温圈，对成品的质量有影响。薯条的切条规格有差异，6.35mm或9.53mm横截面的薯条比较常见。切条以后应将长度小于一定规格（30～50 mm）的碎屑、短条分离出去。薯条油炸温度一般为177～190℃，不允许超过199℃，因为高温会大大加速脂肪降解。薯条油炸时间通常为30～90秒，具体多长时间要看薯条规格、油炸温度及特定消费者对质地的要求。油炸以后的薯条采用振动方式沥去表面多余的油脂，经过预冷以后进行速冻使薯条中心温度快速降至-18℃。冷冻薯条必须在冷冻状态下运输，消费者从冰箱里取出冷冻薯条在热油锅里炸至完全熟即可食用。

图4-8　彩色薯条加工工艺流程

彩色马铃薯全粉加工

生产马铃薯全粉的技术已经相当成熟，彩色马铃薯全粉参照普通马铃薯全粉进行生产,彩色马铃薯全粉生产工艺流程如图4-9所示。

加工彩色马铃薯全粉（雪花粉）用的马铃薯可采用任何商业上可行的方法去皮,包括蒸汽去皮、摩擦去皮、碱液去皮。去皮以后的马铃薯块茎切成大约15 mm的薄片进行漂烫（预烹制）,将生马铃薯薄片在71～74℃水中煮20分钟。水的温度能让淀粉在马铃薯细胞内糊化,但又不能高到让细胞间结合发生弱化,预煮后的马铃薯片要进行冷却。马铃薯片的蒸煮时间取决于马铃薯固形物含量和其他许多因素,为15～60分钟,常见的是30分钟,达到煮熟的要求即可。马铃薯雪花粉采用滚筒干燥机进行干燥,是整个生产线最为核心的技术,其原理为利用注入滚筒内腔蒸汽传递到滚筒表面的热能,将其表面薄薄的薯泥迅速脱水干燥。滚筒表面的温度要达到170℃以上,转速为2～8 r/min。

图4-9　彩色马铃薯全粉加工工艺流程

彩色马铃薯综合加工

彩色马铃薯的淀粉含量较高,因此可作为生产淀粉的来源。但单纯的加工淀粉,没有充分利用彩色马铃薯的价值。彩色马铃薯加工淀粉过程中,其副产物如薯皮、含花色苷的废液可以用来提取花色苷,这将使马铃薯具有更高的综合利用价值。另外,针对彩色马铃薯泥腥

味相对普通马铃薯较轻且果糖含量高等特点,可以采用图4-10所示的综合加工方式开发马铃薯饮料来提升彩色马铃薯的附加值。这种加工方式可以获得三个主要产品,分别为马铃薯淀粉、花色苷和彩色马铃薯饮料。

不管是什么样的马铃薯品种,除了水分以外,其主要化学组成均为淀粉。将马铃薯淀粉进行水解用于彩色马铃薯果汁的生产不太现实,一方面工艺较为复杂,另一方面将淀粉转化成糖需要较长时间。马铃薯果汁所需要补充的糖完全可以通过添加白砂糖来完成。

然而,这种彩色马铃薯综合加工的方式对原料要求比较严格,需要采用颜色相同的马铃薯品种,且最好是同一个彩色马铃薯品种。因此,加工企业需要有自己的彩色马铃薯种植基地以稳定原料来源,或者也可以通过协议的方式,指导农民种植指定的彩色马铃薯品种。

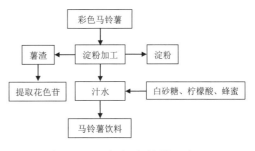

图4-10　彩色马铃薯深加工

彩色马铃薯加工新趋势

相对于传统白色和奶油色肉的马铃薯品种,红色、紫色和蓝色肉马铃薯及其加工产品比较新颖,且非常具有吸引

力。彩色马铃薯含有丰富的对人体健康有促进作用的抗氧化物质，包括多酚类物质（绿原酸 CGA 及其同分异构体、咖啡酸和类黄酮）、花色苷、抗坏血酸、氨基酸、类胡萝卜素等，除了很强的抗氧化能力，彩色马铃薯还具有抗细胞增殖作用。红色肉和紫色肉马铃薯的抗氧化活性比普通白色肉或者黄色肉马铃薯高 2~3 倍，具体也会受到品种的影响，这一点跟马铃薯块茎中的糖苷生物碱含量一样，影响因素包括栽培条件（种植地、气候条件、栽培管理）、贮藏、去皮和加工（烹饪）方式等，这些因素都会影响彩色马铃薯块茎的花色苷含量。彩色马铃薯可以加工成沙拉，也可以加工成彩色的薯片和薯条，相对于传统马铃薯油炸产品更具有吸引力。

马铃薯加工领域的科学家们针对红色和紫色等彩色马铃薯的研究兴趣主要是关于其花色苷的药理学和营养特性，不同彩色马铃薯的花色苷的组成各不相同。彩色马铃薯中各种花色苷和酚类物质的药理学作用、营养特性以及抗氧化作用还有待于进一步研究。目前已经形成了一个基本观念：长期食用彩色马铃薯，其中的花色苷等抗氧化剂对人体健康非常有利。这意味着发展彩色马铃薯产业，利用彩色马铃薯块茎所含的花色苷是马铃薯产业乃至食品工业将来的一个新的发展趋势。目前，马铃薯育种专家正在努力培育新的彩色马铃薯品种，以提高花色苷含量，强化彩色马铃薯及加工产品的营养价值。另外，彩色马铃薯也是一种非常重要的天然色素来源，相对于合成色素在食品工业中应用具有广阔的前景。

发展我国彩色马铃薯产业需要大力培养专业种植户，利用现代生物技术和高新农业技术，不断优化新品种的种植结构，把好种源关。加快彩色马铃薯的基地建设，为加工企业和广大客户提供优良的货源，延长产业链，使彩色马铃薯产品增值，逐步实现良种化、规模化、系列化、产销一体化的产业新格局。同时，也要加强贮藏加工技术的研究，重视彩色马铃薯食用价值的研究及宣传。

丙烯酰胺

食品中的丙烯酰胺含量

丙烯酰胺

丙烯酰胺（Acrylamide，ACR），分子质量为71.09，是一种高水溶性的α，β-不饱和羰基化合物，无色结晶，熔点为85.5℃。丙烯酰胺是非常活泼的化合物，有胺基和双键两个活性中心，可发生羟基化反应、水解反应、迈克尔型加成反应等，分子结构如图5-1所示。20世纪50年代，丙烯酰胺作为生产聚丙烯酰胺聚合物和共聚物的中间产物在化学工业中被广泛应用，作用是提高黏附性和聚合物的交联度。聚丙烯酰胺是水处理、造纸和纺织行业广泛应用的絮凝剂，其应用也延伸到灌浆剂，如大坝地基、污水渠和隧道等，在化妆品和生化试验的电泳凝胶中也广泛应用。没有完全聚合好的丙烯酰胺可能会存在于最终产品当中导致单体残留，允许残留的单体最大量为5 mg/kg。另外，过滤嘴香烟燃烧产生的烟雾中也含有丙烯酰胺。

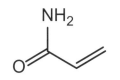

图5-1 丙烯酰胺的分子结构

瑞典哈兰省的隧道施工中发生过丙烯酰胺泄露，在工作人员的血液中发现了高浓度的丙烯酰胺，由此证明丙烯酰胺进入人体方式的多样性。瑞典国家食品管理局2002年报道了多种富含碳水化合物的食品在进行高温烹饪以后丙烯酰胺含量均很高，结果得到了很多其他研究机构的确认，丙烯酰胺因此成为食品科学研究的重点，研究人员分析其在食品中的形成机理、对消费者健康的影响以及可能降低丙烯酰胺含量的策略。

研究人员在多种高温加工（大于120℃）碳水化合物含量丰富的食品中，发现丙烯酰胺的含量很高，如油炸、烘烤和焙炒的食品。2007年，欧盟开始推荐成员国每年检测一些指定食品的丙烯酰胺含量，2007年和2008年检测结果如表5-1所示。联合国粮食与农业组织和世界卫生组织（FAO和WHO）专家委员会对2004—2009年来自于31个国家12582份食品的丙烯酰胺含量的检测结果进行了公布，薯片的丙烯酰胺含量为399 ~ 1202 μg/kg，法式炸薯条的丙烯酰胺含量为159 ~ 963 μg/kg，饼干的丙烯酰胺含量为169 ~ 518 μg/kg，薄脆饼

113

干和咸饼干的丙烯酰胺含量为 87 ~ 459 μg/kg，咖啡（可直接饮用的）的丙烯酰胺含量为 3 ~ 68 μg/kg。

从表 5-1 可以看出，在同一种食品中，丙烯酰胺含量的差别很大。而且在同一种食品同一批次加工出来的产品中丙烯酰胺的含量差异也可能很大。比较 2008 年和 2007 年的数据，可以发现 2008 年的薯片、速溶咖啡和咖啡替代品的丙烯酰胺含量明显比 2007 年的高，其他食品，包括法式炸薯条和家庭马铃薯

油炸产品，2007 年的检测结果比 2008 年的高。这是因为影响丙烯酰胺含量的因素包括前体物质含量差异、其他食品成分组成、加工工艺参数的不同，以及最后的烘焙条件都可能产生波动，而且热加工食品中丙烯酰胺的含量是产生和消除机制同时存在的结果。不同食品或同一种食品中丙烯酰胺含量的巨大差异这一信息非常重要，尤其当研究丙烯酰胺在饮食过程中摄入及评价丙烯酰胺可能的风险控制措施的时候。

表 5-1　2007 年和 2008 年欧洲食品安全局检测报道食品中的丙烯酰胺含量（μg/kg）

		2007				2008				2009		
		样本数量	平均值	标准误	最大值	样本数量	平均值	标准误	最大值	样本数量	平均值	最大值
饼干	咸饼干	66	284	315	1526	131	204	178	1042	99	208	1320
	婴儿饼干	97	204	352	2300	88	110	147	1200	51	108	430
	未注明的饼干	291	303	433	4200	260	209	247	1940	330	140	2640
	煎饼	38	210	256	1378	48	252	416	2353	90	246	725
面包	脆面包	153	228	328	2430	90	235	273	1538	130	223	860
	软面包	123	70	116	910	191	49	56	528	110	37	364
	未注明的面包	54	190	424	2565	17	23	19	86	84	76	1460
咖啡	速溶咖啡	51	357	327	1047	58	502	285	1373	46	595	1470
	未注明的咖啡	41	261	268	1158	10	241	215	720	14	551	2929
	烘焙咖啡	151	253	203	958	253	208	182	1524	172	231	2223
其他产品	德式姜饼	357	425	494	3615	246	437	545	3307	302	384	4095
	牛奶什锦早餐	47	215	183	805	18	43	27	112	92	82	484
	未注明的	378	271	355	2529	445	198	309	2592	249	204	1650
	咖啡替代品	59	800	1062	4700	73	1124	1138	7095	34	1504	4300

其他产品	早餐谷物	132	152	184	1600	120	170	247	2072	153	142	1435
	婴儿谷物食品	92	69	72	353	96	45	81	660	99	70	710
	罐装婴儿食品	87	44	35	162	128	35	39	297	118	47	677
家庭制作的马铃薯食品	深度油炸	54	354	413	1661	39	228	253	1220	49	241	1238
	未注明的	82	277	392	2175	100	192	402	3025	136	265	2762
	烤炉油炸	8	385	342	941	94	235	268	1439	72	317	1665
	法式炸薯条	647	357	382	2668	521	280	279	2466	469	328	3380
	薯片	273	565	259	4180	435	616	634	4382	388	693	4804

2011 年，联合国粮食与农业组织和世界卫生组织（FAO 和 WHO）与食品添加剂专家委员会（JECFA）估算了普通人群平均饮食摄入的丙烯酰胺含量，包括儿童，大约为 1 ~ 4 μg/kg 体重 / 天。按体重来计算，儿童摄入的丙烯酰胺至少是成年人消费者的两倍。受到不同饮食文化的影响，不同国家的人们摄入的食物差别很大，食品加工方式各不相同。然而，很多关于丙烯酰胺的研究结果表明，油炸马铃薯加工产品（法式炸薯条和薯片）、面包和焙烤产品及咖啡和谷物类早餐是人们获取丙烯酰胺的主要食物。其他食品对丙烯酰胺的贡献低于10%。

薯片中丙烯酰胺的含量

薯片相对薯条的比表面积大，丙烯酰胺的含量更高。Power 等（2013）的研究报告列出了研究人员在 2002 年至2011 年针对欧洲 20 个国家的 40455 份薯片的丙烯酰胺含量进行了分析，结果表明随着时代的进步，薯片的丙烯酰胺

表 5-2　2002—2011 年欧洲市场供应的商品薯片中的丙烯酰胺含量

（单位：ug/kg）

年份	样品量	平均含量	标准误	方差	最小值	中值	95% 分位数	最大值
2002	42	763	91.1	348149	70	493	2080	2500
2003	136	573	27.3	101440	160	475	1118	2080
2004	321	624	26.6	227186	130	490	1580	4450
2005	230	621	21.3	103875	100	565	1210	1780
2006	1151	577	11.9	163776	22	460	1350	2830
2007	3206	570	7.0	157220	30	476	1270	5900
2008	5692	472	5.1	145005	30	367	1170	4300
2009	6493	500	5.8	215229	40	350	1400	6000
2010	10971	435	4.1	182087	22	330	1020	12000
2011	12213	358	2.5	74727	17	280	870	3090

丙烯酰胺

平均含量从 2002 年的 763±91.1 ng/g 显著降低到 2011 年的 385±2.5 ng/g，降低幅度为 53%±13.5%。该报告还显示，上半年薯片当中的丙烯酰胺含量显著低于下半年的丙烯酰胺含量，这是由于马铃薯被贮藏的结果。2011 年欧盟推荐薯片的丙烯酰胺含量应低于 1000 ng/g，2002 年欧洲有 22% 的薯片超过该值，2011 年下降到 3.2%。到了 2011 年，仍有少部分薯片的丙烯酰胺含量很高，有 0.2% 的样品超过了 2000 g/g。具体统计结果见表 5-2。

马铃薯加工与丙烯酰胺

马铃薯产品中的丙烯酰胺主要是在工厂加工和零售前的复炸过程中生成的，科研文献已经报道了多种可能的降低丙烯酰胺含量的方法。工业化应用的方法主要包括要选用还原糖含量低的马铃薯品种，将马铃薯贮存在 8℃ 的贮藏窖中。然而，为了避免丙烯酰胺的生成，零售商和消费者可能还不知道品种选择的重要性和最佳贮藏温度。因此，食品安全管理部门和媒体起到了非常重要的作用，需要确保零售市场用于油炸和焙烤的马铃薯还原糖含量低，而且需要找到适合用于加工的这些马铃薯处于理想的贮藏条件和合适的焙烤条件。然而，从农艺学角度考虑，通过培育抗低温糖化的马铃薯品种和低丙烯酰胺含量的品种，可以在马铃薯加工产品当中降低丙烯酰胺含量，即可以通过育种或者基因工程技术来实现。Rommens 等（2006, 2008）已经通过采用基因工程技术培育出新的马铃薯品种，具备抗低温糖化作用，提高了营养价值，降低了丙烯酰胺含量。由于法律约束和公众的接受性，欧盟被禁止使用转基因马铃薯品种。

从加工角度考虑，烫漂条件和添加焦磷酸盐进行酸化处理可以显著降低法式炸薯条中的丙烯酰胺含量。另外，避免使用葡萄糖作为着色剂，采用焦糖和胭脂树红来代替也能有效降低丙烯酰胺含量。一个重要的方面是，胭脂树红的允许日摄入量比焦糖要低很多，而且欧盟禁止在马铃薯加工产品中使用这两种食品添加。

研究人员考虑到在工业化产品加工过程中使用加工助剂，尽管通过天冬酰胺酶处理在预炸法式薯条制作中降低丙烯酰胺没有成功，但该处理方式在"Chilled"法式炸薯条（非预炸）制作中能将丙烯酰胺的含量降低到检测限以下，因此利用天冬酰胺酶也是一种降低丙烯酰胺含量的措施。然而，实际应用还有一些局限性，如最佳的 pH 值和温度对酶活性的影响，生产线的调整，食品法规管理关于酶活性的残留等。因此，有待于进一步研究出新的天冬酰胺酶，使其活性更高（处理速度更快），能耐受更高的温度，在低 pH 条件下活性高。或者作为一种选择，加工处理不是采用浸泡，而是采用喷雾的方式进行处理，这一方式值得开发。

目前，实验室试验采用的所有的丙

烯酰胺消除剂还没有一种在工业化生产中进行实际应用，因此，需要进一步跟工业化应用结合起来，在实验室中努力寻找开发能够降低产品中丙烯酰胺含量的方法。任何降低丙烯酰胺含量的方法都必须确保对最终产品的感官品质不会降低。另外，一些因素如原料的季节性变化、原料特性（烫漂前和烫漂后）、烫漂步骤（一步、两步或者三步）、浸泡罐参数（温度、pH值和时间）等都需要考虑，在工业化应用降低丙烯酰胺含量的方法以达到消费者期望的产品质量要求。其他的包括可行性、食品法规、成本、废水处理、员工的安全性和舒适性、添加量的可控性等等是进行工业化应用时也需要考虑的因素。最后，以法式炸薯条为例，企业实施的丙烯酰胺含量的控制方法的成功与否，很大程度上还受到最终家庭消费者或者零售商油炸条件的影响。为了降低丙烯酰胺含量，油炸温度控制在 160～170℃，将薯条油炸成浅黄色即可。为了更好地控制油炸温度，有必要提高油炸设备对温度控制的可靠性和精准性，这方面已经有文献报道相关的技术。消费者和零售商一定要知道深颜色油炸马铃薯产品的丙烯酰胺含量高，这一点非常重要。

丙烯酰胺的形成机理

简单一点讲，食品中的丙烯酰胺是天冬酰胺与还原糖在加热条件下发生美拉德反应生成的（图5-2）。美拉德反应是淀粉类食品中生成丙烯酰胺的主要原因，这个反应需要氨基酸（天冬酰胺）与还原糖（果糖和葡萄糖）在加热温度 > 120℃ 才会发生。在油炸过程中，热量从温度很高的油脂传递到马铃薯物料，物料表面的温度迅速升高到超过水的沸点（103～104℃），马铃薯物料吸收的大部分能量用于水分的蒸发。当油炸温度 < 150℃ 时，进入马铃薯物料内部的热能会受到限制，物料内部的温度在 10 分钟内是达不到 120℃ 的。然而，当油炸温度足够高（ > 170℃），热能快速传递到马铃薯物料内部，水分快速蒸发，物料表面的温度会升高到 120℃ 或者更高，这时候就非常有利于丙烯酰胺的生成了。

$$\text{天冬酰胺} + \text{还原糖} \xrightarrow[\text{（水分含量低）}]{\text{油炸}>120℃} \text{丙烯酰胺}$$

图5-2 美拉德反应生成丙烯酰胺

科学家们发现食品中含有丙烯酰胺，迅速报道了丙烯酰胺的生成跟美拉德反应的关系非常紧密。目前，国际上通常认为食品中丙烯酰胺生成较为详细的机理如图5-3所示。

天冬酰胺途径：天冬酰胺途径是指由天冬酰胺与含羰基的化合物（还原糖）通过美拉德反应而形成丙烯酰胺，是食品中丙烯酰胺形成的最重要途径。天冬酰胺途径发生在美拉德反应初期阶段，由天冬酰胺与含羟基的化合物（还原糖）通过脱水缩合形成极不稳定的席夫碱后，再分别以两种不同的方式形成丙烯酰胺。一种方式是通过分子的内环化形

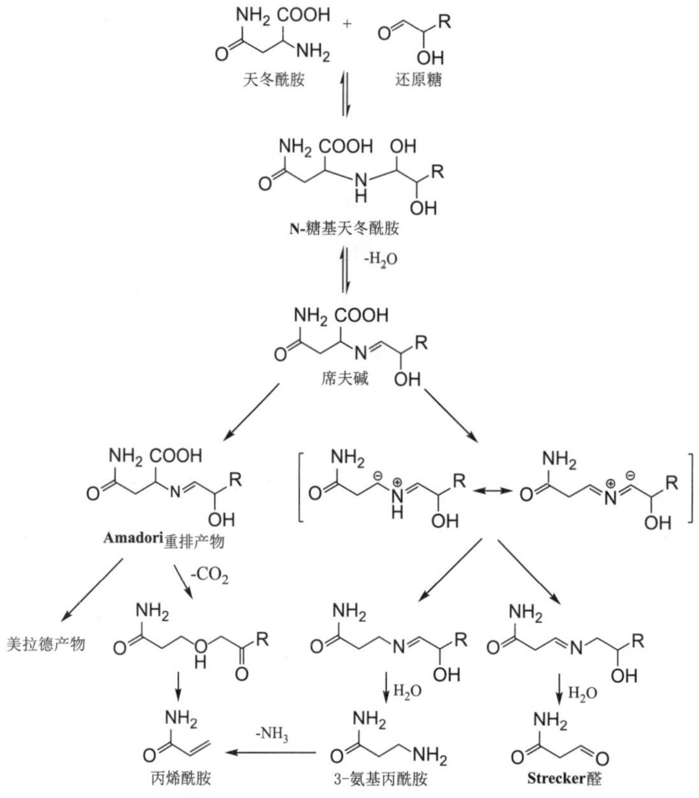

图 5-3　丙烯酰胺生成机理

于此途径的研究，科研工作者通常借用天冬酰胺和葡萄糖的反应作为研究模型。2012 年，有报道称加热天冬酰胺与 HMF 反应模型也能形成大量的丙烯酰胺。

非天冬酰胺途径：在食品加工中天冬酰胺途径并不是形成丙烯酰胺的唯一途径，一些研究表明在缺乏天冬酰胺的条件下也能生成大量的丙烯酰胺，这些途径统称为非天冬酰胺途径。研究发现，丙烯醛和丙烯酸是非天冬酰胺途径能顺利进行的重要物质，它们的化学结构与丙烯酰胺极其相似，被公认

成唑烷酮，接着脱羧为偶氮甲碱叶拉德内翁盐，再经过质子转移生成中性胺去羟基 Amadori 化合物，进而生成丙烯酰胺。另一种方式是席夫碱在分子重排后形成 Amadori 化合物，Amadori 化合物在高温条件下直接分解生成丙烯酰胺或者通过形成 3- 氨基丙烯胺，再脱氨生成丙烯酰胺。在此途径中，单独加热的天冬酰胺可以直接脱羧基和脱氨基形成丙烯酰胺，但是丙烯酰胺形成量极低，而在羰基化合物存在的条件下才能形成大量的丙烯酰胺。通过标记同位素实验证明天冬酰胺是丙烯酰胺形成的主要来源，为丙烯酰胺的形成提供了结构框架。对

为是形成丙烯酰胺的关键中间产物。油脂类物质在高温条件下通过水解、氧化等反应生成三碳化合物丙烯酸，丙烯酸再与氨基化合物作用形成丙烯酰胺。单糖在加热过程中能分解生成许多小分子物质（如甲醛、乙醛），这些物质在适合条件下可以重新形成丙烯酸，进而形成丙烯酰胺。

丙烯酰胺的分析方法

国家标准 GB 5009.204-2004《食品安全国家标准—食品中丙烯酰胺的测定》采用两种不同方法分析食品中丙烯

酰胺的含量，分别为稳定性同位素稀释的液相色谱—质谱—质谱法和稳定性同位素稀释的气相色谱—质谱法。中华人民共和国出入境检验检疫行业标准 SN/T 2096-2008《食品中丙烯酰胺的检测方法—同位素内标法》采用的同样为将丙烯酰胺经溴水衍生以后用同位素标记的内标法，再用气相色谱－质谱联用仪（GC-MS）检测。安捷伦公司开发了一种采用 Bond Elut QuEChERS AOAC 试剂盒及 LC/MS/MS 分析炸薯条中的丙烯

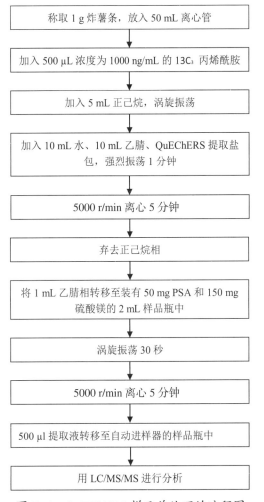

称取 1 g 炸薯条，放入 50 mL 离心管

↓

加入 500 µL 浓度为 1000 ng/mL 的 13C₃ 丙烯酰胺

↓

加入 5 mL 正己烷，涡旋振荡

↓

加入 10 mL 水、10 mL 乙腈、QuEChERS 提取盐包，强烈振荡 1 分钟

↓

5000 r/min 离心 5 分钟

↓

弃去正己烷相

↓

将 1 mL 乙腈相转移至装有 50 mg PSA 和 150 mg 硫酸镁的 2 mL 样品瓶中

↓

涡旋振荡 30 秒

↓

5000 r/min 离心 5 分钟

↓

500 µl 提取液转移至自动进样器的样品瓶中

↓

用 LC/MS/MS 进行分析

图 5-4　QuEChERS 样品前处理的流程图

酰胺方法（图 5-4），该方法前处理步骤简单，不再需要耗时、繁琐而且还可能导致回收率损失的固相萃取步骤。

称取 1 g 炸薯条放入 50 mL 的离心管中，加入浓度为 500 ng/g 的内标（13C₃ 丙烯酰胺），加入 5 mL 正己烷并涡旋振荡，用于去除样品中的脂肪。加入 10 mL 水和 10 mL 乙腈，加入水以利于提取薯条中的丙烯酰胺。然后加入 Bond Elut QuEChERS 提取混合物（即为 4 g MgSO4 和 0.5 g NaCl）用于提取 1 g 样品中的丙烯酰胺，加盐的目的是促使乙腈和水更好地分层。振荡 1 分钟，在 5000 r/min 下离心 5 分钟。

弃去正己烷相，将 1 mL 乙腈提取物转移至 2 mL 的 Bond Elut QuEChERS AOAC 分散固相萃取管中，管中包含 50 mg 的 PSA（N- 丙级乙二胺）和 150 mg 的无水硫酸镁，分散固相萃取的目的是用于样品的净化。振荡 30 秒，然后在 5000 rpm 下离心 1 分钟。上清液转移至自动进样器的样品瓶中用于液质分析。

分析条件：色谱柱，Reversed C-18 column，2.1 mm×150 mm，3 µm；柱温，30 ℃；等度模式（B%），2.5% 的甲醇 /97.5% 的 0.1% 甲酸水溶液；流速，0.2 mL/min；进样体积，10 uL；分析时间，7 min，后运行时间，3 min；质谱仪，喷射流离子聚焦离子源，正离子模式；毛细管电压，4000 V；喷嘴电压，500 V；鞘流气温度，325℃，5 L/min；干燥温度，350 ℃，11 L/min。

丙烯酰胺标准品和加标样的薯条样

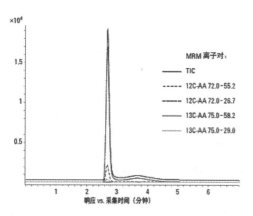

图 5-5 浓度为 10 ng/mL 丙烯酰胺标准品和浓度为 500 ng/mL 内标（$^{13}C_3$ 丙烯酰胺）的分离色谱图

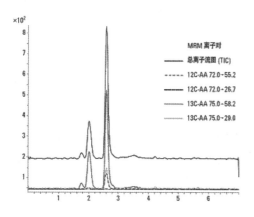

图 5-6 加标薯条样品提取物的色谱图

品检测结果分别如图 5-5 和图 5-6 所示。

回收率和重现性：浓度分别为 50 ng/mL 和 100 ng/mL 的丙烯酰胺加标

的 1∶1 乙腈水溶液，每个浓度水平重复三次。用含有 33 ng/mL 丙烯酰胺的薯条分别添加两个浓度水平的丙烯酰胺（100 ng/mL 和 200 ng/mL）制备加标样品以及不加标的空白矫正样品，回收率和标准偏差如表 5-3 所示。

丙烯酰胺的健康风险及评估

丙烯酰胺包含亲电双键，它可以与亲核基团发生反应。因此，在人体内会跟细胞亲核物质（如巯基）相互作用，如还原性谷胱甘肽、蛋白质（氨基酸的氨基）。丙烯酰胺具有神经毒性，很多毒理学研究表明其具有遗传毒性，存在潜在的危害人体健康的风险。1994 年，国际癌症研究机构（IARC）基于啮齿类动物致癌实验结果，将丙烯酰胺列为可能的人类致癌物质（第 2A 组）。

根据动物研究结果，丙烯酰胺能通过皮肤和呼吸道黏膜被快速吸收。如果孕妇口腔摄入丙烯酰胺，将能够快速吸收并分配给身体组织和传递给婴儿。丙烯酰胺在转化为甘草胺后，形成一种 DNA- 反应环氧化合物，能导致基因毒性途径的致癌。然而，有研究结果表明

表 5-3 丙烯酰胺标样添加的薯条样品和 1∶1 乙腈水溶液的回收率和相对标准偏差（$n=3$）

基质	丙烯酰胺的添加浓度（ng/mL）	回收率 %（$n=3$）	RSD%（$n=3$）
1∶1 乙腈∶水	50	116.6	4.07
1∶1 乙腈∶水	100	114.06	4.85
薯条	100	97.14（背景矫正以后）	5.04
薯条	200	97.50（背景矫正以后）	2.55

丙烯酰胺诱发的致癌是可以通过激素系统进行调节的。与动物实验结果相比，实际情况是人类荷尔蒙系统能调节丙烯酰胺所引发的癌症，因此相对风险会降低很多。通常，流行病学中动物实验的致癌结果比人体致癌预期要高出 10 到 100 倍，因此啮齿类动物可能并不是所有癌症类型中最合适的模型。

丙烯酰胺的毒性主要包括致癌性、遗传毒性、神经毒性和生殖毒性四个方面。

1. 致癌性

自从开展丙烯酰胺的毒理学研究以来，丙烯酰胺对人体是否具有致癌作用一直是科研工作者们争议的话题。科研工作者发现丙烯酰胺能诱导老鼠的肺、胃、乳腺、甲状腺等多个器官长出恶性肿瘤，体现为丙烯酰胺具有致癌性。但是，不少的课题组认为动物实验难以直接证明食品中丙烯酰胺的摄入量在人体内能起到致癌作用。2012 年，有一项研究发现食品中丙烯酰胺摄入量未能增加患癌症的风险，并提出从当前流行病学角度来看，丙烯酰胺与恶性肿瘤形成之间不存在直接联系。

目前，已经开展了许多病例对照和前瞻性的群组研究来探索饮食中丙烯酰胺的摄入和多种人体癌症的关联性。结果表明，乳腺癌和饮食中的丙烯酰胺含量没有什么关联性，但女性绝经前的乳腺癌的患病率与丙烯酰胺摄入量存在比较弱的相关性。2011 年，有一项细胞培养研究结果显示，丙烯酰胺对早期分子改变和乳腺癌的发病有关联性。因此，

丙烯酰胺到底跟乳腺癌有没有关联还有待于进一步研究。目前，还没有任何证据表明丙烯酰胺与人类大脑、膀胱、前列腺、肺、甲状腺、胃肠癌之间有直接的关联性。已经有报道称丙烯酰胺会增加卵巢和子宫内膜癌的发病风险，尽管也有其他报道认为这些癌症与丙烯酰胺摄入关系不大。有报道称丙烯酰胺与肾癌、口腔癌和食管癌有关联性。2010 年，有一篇综述文章总结了丙烯酰胺摄入与动物实验和流行病学的研究进展，提到了很多关于丙烯酰胺致癌的研究实验，采用消费食物的量及其报道的丙烯酰胺含量来计算消费者丙烯酰胺的摄入量，结果显然存在一定的不确定性，导致结果不太可靠。因为，同一种食物中丙烯酰胺含量的差异很大，具体食品要进行丙烯酰胺含量精准测定，这样的实验结果才会可靠，因此目前报道的丙烯酰胺摄入量与癌症的患病率的关联性缺乏足够的可靠性。

2. 遗传毒性

丙烯酰胺的遗传毒性在细菌、动物细胞、人体淋巴细胞等体系已得到评估，表现为能使染色体断裂、减缓细胞分裂等特点。研究发现丙烯酰胺主要由两种方式来表达其遗传毒性，一种方式是通过新陈代谢而转变为能诱导基因中 HPRT 位点突变的环氧丙酰胺；另一种方式是作为 Michael 受体，与 DNA 中的硫醇、羟基、氨基结合形成复合物。

遗传毒性致癌物通常被认为是没有剂量限制的，意味着一个致癌物质的分

子也能引发癌症。由于丙烯酰胺在很多日常消费的食物中含量很高，欧洲食品安全局、联合国世界粮农组织和世界卫生组织委员会推荐采用 MOE（margin of exposure，暴露限值）评价丙烯酰胺的风险，并认为这是最佳的方法。MOE 值的范围表示为实验中动物发生肿瘤的剂量——响应曲线中特定的点的数值与人类的饮食摄入量之间的比值。MOE 值越高，风险越低，丙烯酰胺的 MOE 值范围为 200～50，从高到低分别代表一般人群和丙烯酰胺摄入量比较高的人群。低 MOE 值不仅仅揭示了丙烯酰胺具有遗传毒性和致癌性，会影响人体健康，也表明丙烯酰胺与其他有毒物质相比毒性更强，致癌物苯并芘的 MOE 值范围为 10000～25000，比丙烯酰胺高。因此，各国政府食品管理部门和食品行业从业者都迫切希望找到解决食品中丙烯酰胺问题的方案。

3. 神经毒性

众所周知，丙烯酰胺对人体具有神经毒性。对长期暴露于丙烯酰胺环境的工作人员进行健康调查的报告显示，丙烯酰胺能导致小脑功能障碍和神经系统混乱。有文献报道暴露于以平均每日 30 μg/kg 剂量（以体质量计）的丙烯酰胺中，可致人体周围神经病变。但是其神经毒性作用机理缺乏令人信服的科学依据，还需要进一步的研究。

4. 生殖毒性

在已报告的动物实验中，丙烯酰胺主要通过干扰交配、诱发胚胎细胞核和雄性动物的精子异常等途径影响生殖功能的正常运行，导致生育率下降。有报道称雄性老鼠连续 5 天摄入 50 mg/kg 剂量的丙烯酰胺，会导致精子数量锐减，形态明显异常。然而目前还没有得到丙烯酰胺给人体生殖功能带来不良影响的证据。

丙烯酰胺含量的影响因素

品种对丙烯酰胺含量的影响

不同品种马铃薯块茎的化学组成差别很大，基本含水量为 63%～87%，干物质为 13%～37%，碳水化合物 13%～30%，蛋白质 0.7%～4.6%，脂肪 0.02%～0.96%，纤维 0.2%～3.5%，灰分 0.4%～2%。在马铃薯块茎中，天冬酰胺的含量相对于还原糖的含量要

高很多，因此还原糖是决定丙烯酰胺含量的限制性因素。

有一些马铃薯品种是非常适合加工薯条的，这些品种个头大、长且呈椭球形，干物质含量高，还原糖含量低。至于加工薯片，同样要求还原糖含量低、干物质含量高、中等大小的椭球形马铃薯块茎。有一项采用 16 个不同的马铃薯品种加工油炸产品的研究结果表明，

丙烯酰胺的含量跟还原糖含量呈正相关（$R^2=0.82$，$n=96$），也有很多研究还原糖和丙烯酰胺含量关系的报道称蔗糖和天冬酰胺跟丙烯酰胺的生成量没有相关性。

土壤和施肥对丙烯酰胺含量的影响

土壤类型可能会影响马铃薯块茎的比重，因为不同土壤的持水能力、排水能力、通风、结构、温度和肥沃程度都不一样。有一项针对 16 个不同品种马铃薯分别种植在沙地和黏土土壤的研究结果表明，丙烯酰胺的含量差别不大。2010 年，有一项关于土壤中微量元素和 pH 值对马铃薯块茎的微量元素组成、天冬酰胺和还原糖含量影响的研究，结果表明：不同土壤对马铃薯块茎微量元素组成影响很大，还原糖含量与钾和钙的含量呈负相关，与锌和铜的含量呈正相关。

氮肥对马铃薯块茎中天冬酰胺和还原糖的含量是有影响的。减施氮肥会增加还原糖含量，从而有利于丙烯酰胺的生成。适当的氮肥施用量配合充足的钾肥有利于降低游离天冬酰胺和还原糖含量。高磷肥配合低钾肥将会增加天冬酰胺和还原糖含量。以上结果表明，土壤中的元素组成或者施肥都会对马铃薯加工产品的丙烯酰胺含量造成影响。因此，需要考虑不同肥料的合理搭配以减少马铃薯加工产品中丙烯酰胺的含量，另外也需要考虑施肥对环境的影响以及和施肥相关的法律法规。

气候和成熟度对丙烯酰胺含量的影响

块茎形成和接近收获时期的气候条件可能会对马铃薯块茎中丙烯酰胺的含量有影响。有研究报道了四个马铃薯品种因季节性变化对化学组成的影响（用于炸薯条和薯片加工），结果表明，各种气候条件会显著影响马铃薯块茎的还原糖、干物质、总游离氨基酸和游离天冬酰胺含量。在异常温暖的夏季，还原糖含量很低，因此加工出来的薯条丙烯酰胺含量很低。

在块茎成熟过程中，营养物质从叶子转移到块茎，在薯藤衰老过程中马铃薯块茎收获之前，还原糖含量降低是正常的。还原糖含量的下降预示着马铃薯块茎已经成熟，这个时候收获能够确保贮藏过程中的马铃薯块茎为最好的品质。收获未成熟的马铃薯块茎或者是个头小的马铃薯块茎，里面的还原糖含量会很高，因此最终油炸出来的马铃薯加工产品中丙烯酰胺含量高。马铃薯收获时期的成熟度不仅会影响块茎中的还原糖含量，还会影响整个马铃薯块茎里控制低温糖化的酶系统。

贮藏对丙烯酰胺含量的影响

通常在马铃薯块茎采收以后会进行数个月的贮藏，也确保全年都可以为马铃薯加工厂供应原料。贮藏过程会导致

丙烯酰胺

马铃薯块茎葡萄糖含量增加，甚至达到薯条和薯片加工不可接受的程度，刚采收后进冷库时的马铃薯块茎其还原糖含量是适合用于薯条和薯片加工的。

贮藏过程中马铃薯块茎的自然衰老和低温是还原糖含量升高的两个主要原因。衰老过程的糖化主要是由于贮藏温度高于8℃，块茎中酶的活性增加，与休眠期过后开始发芽生长有很大关系。化学抑芽剂可用于马铃薯块茎抑芽，但个别顾客要求某些马铃薯在贮藏过程中不能使用抑芽剂。另外一种控制马铃薯发芽的解决方案就是采用低于8℃的低温贮藏。然而，这种方法会增加葡萄糖和果糖两种还原糖的含量（图5-7、图5-8），对蔗糖含量的影响不大（图5-9）。由于低温贮藏导致总还原糖含量增加，从而使最终加工出来的马铃薯油炸产品丙烯酰胺含量升高（图5-10）。

低温糖化是马铃薯块茎抵御霜冻的一种防御机制，在低于8℃的温度条件下，马铃薯块茎会自动将淀粉转化为糖。

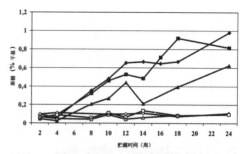

图 5-8　贮藏时间和温度对四个马铃薯品种果糖含量的影响
◆ =Bintje, 4℃；　■ =Ramos, 4℃；
▲ =Saturna, 4℃；　◇ =Bintje, 8℃；
□ =Ramos, 8℃；　△ = Saturna, 8℃。

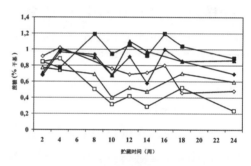

图 5-9　贮藏时间和温度对四个马铃薯品种蔗糖含量的影响
◆ =Bintje, 4℃；　■ =Ramos, 4℃；
▲ =Saturna, 4℃；　◇ =Bintje, 8℃；
□ =Ramos, 8℃；　△ = Saturna, 8℃。

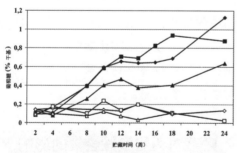

图 5-7　贮藏时间和温度对四个马铃薯品种葡萄糖含量的影响
◆ =Bintje, 4℃；　■ =Ramos, 4℃；
▲ =Saturna, 4℃；　◇ =Bintje, 8℃；
□ =Ramos, 8℃；　△ = Saturna, 8℃。

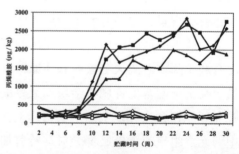

图 5-10　贮藏时间和温度对四个马铃薯品种薯条丙烯酰胺含量的影响
◆ =Bintje, 4℃；　■ =Ramos, 4℃；
▲ =Saturna, 4℃；　◇ =Bintje, 8℃；
□ =Ramos, 8℃；　△ = Saturna, 8℃。

贮藏过程中的温度和贮藏时间长短对天冬酰胺含量影响不大，当贮藏温度为8℃时，马铃薯块茎中还原糖的含量变化不大，因此马铃薯块茎的最佳贮藏温度为大约8℃。衰老糖化是不可逆的，只会随着时间延长结果变得更糟糕，低温糖化是部分可逆的。将马铃薯块茎在15℃贮藏3个星期可能会降低可逆部分的还原糖含量，但是这个解决办法可能会影响马铃薯加工产品的产量，因为干物质含量降低了。对于衰老糖化过程是没有办法来进行修复的，因为升高温度只会加速马铃薯块茎的衰老过程，因此使得问题变得更加严重和棘手。

原料对丙烯酰胺含量的影响

品种、土壤、施肥、气候、成熟度和贮藏等农艺学因素都会不可避免地对马铃薯原料的化学组成造成影响。还原糖是对马铃薯加工产品原料质量控制的一个非常重要的指标，不仅仅是因为其对丙烯酰胺含量造成影响，还会对油炸产品的颜色造成影响。当前对马铃薯原料进行质量控制的方法包括：（1）在进行工业化加工之前，根据块茎大小进行分级，因为小个头马铃薯块茎的还原糖含量比大个头的高。（2）检测干物质含量。（3）采用美国农业部的蒙赛尔色卡对短时间油炸加工产品的颜色进行分析，通常油炸温度为180 ℃，油炸时间为3分钟。客户对马铃薯油炸加工产品的颜色是有要求的，将油炸加工产品的颜色

与原料的品质联系起来，马铃薯加工厂就能做出拒绝收购相应批次的马铃薯原料或者进行适当的调整以满足加工需求（如：优化热烫）。因此，完全可以通过原料的控制来实现控制马铃薯油炸加工产品中丙烯酰胺含量的目的。

当然，完全可以采用一种新的马铃薯油炸加工产品颜色评价方法（CIE L*a*b*），利用颜色定量检测结果中的a*值并建立其与丙烯酰胺含量的相关性，来预测各种不同马铃薯油炸加工产品的丙烯酰胺含量，从而实现控制工业化加工马铃薯原料品质的目的。颜色检测结果中的a*值与法式炸薯条中的丙烯

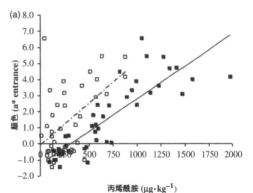

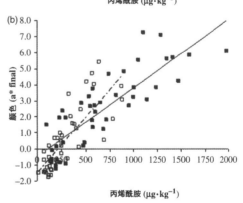

图 5-11　颜色 a* 值与丙烯酰胺含量的相关性，(a) 180 ℃油炸 3 分钟；（b）180℃油炸 90 秒，175 ℃油炸 150 秒。□ ＝油炸前 70 ℃烫漂 20 分钟 ■＝未烫漂

酰胺含量的相关性可参照图5-11，显然a* 值与丙烯酰胺含量呈正相关，a* 值越大，产品中丙烯酰胺的含量越高。图中还表明，烫漂能降低加工产品的丙烯酰胺含量。从实际应用效果来看，由于检测丙烯酰胺和还原糖含量的方法比较复杂，检测比较耗时，因此通过油炸产品的颜色来间接判断丙烯酰胺含量显然更加实用。另外，颜色也是消费者最为关注的马铃薯油炸加工产品的品质。

切分对丙烯酰胺含量的影响

丙烯酰胺是在马铃薯加工产品的表层生成的，因此尺寸和切分的形状（面积与体积的比值）将会影响最终产品的丙烯酰胺含量。基本规律为，薄的和小的形状将会增加最终产品的丙烯酰胺含量。从图5-12可以看出，小尺寸的马铃薯丁（8 mm×8 mm）中的丙烯酰胺含量比大尺寸（14 mm×14 mm）的高。另外，马铃薯块茎接近表皮部分还原糖含量高，这将会导致薯条两端的丙烯酰胺含量比

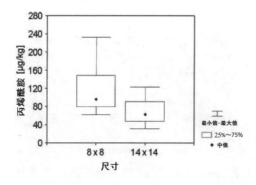

图 5-12　马铃薯丁尺寸对油炸产品丙烯酰胺含量的影响

中间部分高，整体上来看短的薯条比长的薯条丙烯酰胺含量高。因此，加工过程将细碎的薯条清除出去也有利于降低最终产品丙烯酰胺的含量。

烫漂对丙烯酰胺含量的影响

烫漂是工业化生产法式炸薯条的一个非常重要的单元操作，不同的生产线可能会采用一级烫漂、二级烫漂或者三级烫漂。在烫漂过程中，酶被灭活，表层淀粉发生糊化，可以限制油炸过程中脂肪进入薯条从而提高薯条的质构特性。另外，烫漂同样对油炸后薯条颜色的均一性有一定作用。烫漂还有一个作用，就是将生成丙烯酰胺的前体物质清洗下来，从而降低最终产品的丙烯酰胺含量。可以通过控制烫漂的时间和温度来实现最佳的还原糖清洗。为了获得高品质的马铃薯油炸产品，在生产季的后期阶段，生产商往往会增加烫漂的强度，以控制马铃薯块茎由于自然衰老导致的还原糖含量高的问题。当然，极端的烫漂条件是不可取的，会造成质构和营养物质被破坏。用70℃烫漂薯条和薯片10～15分钟，分别降低了65%和96%的丙烯酰胺含量。除了时间和温度，连续烫漂过程中从切分好的马铃薯块茎上萃取出来的可溶性物质不断增加，也会影响糖类物质的析出，从而进一步影响油炸产品中丙烯酰胺的生成量。相对于新鲜水，长时间使用烫漂水由于其可溶性物质浓度增加，糖的提取率降低了10%。另外，

从环保和经济角度来考虑，频繁地更换漂烫水也是不可取的。还有因为右旋糖在随后的步骤中将会添加，这一方面与最终产品的丙烯酰胺含量是不相关的。

添加剂或加工助剂对丙烯酰胺含量的影响

酸式焦磷酸钠（$Na_2H_2P_2O_7$，简称SAPP）和葡萄糖是法式炸薯条加工过程中两种主要的加工助剂，添加SAPP的目的是为了减少已烫漂的马铃薯切分产品的颜色进一步变暗（加工和空气暴露生成了 ferridichlorogenic acid 络合物），

葡萄糖的添加是为了获得最终产品均一的标准化的颜色（根据消费者的要求）。葡萄糖溶液浸泡处理可能会影响最终马铃薯加工产品中丙烯酰胺的生成。在北美，使用色素如焦糖和胭脂树红代替葡萄糖用于加工马铃薯是允许的。使用焦糖和胭脂树红代替葡萄糖可以分别降低86%和93%的丙烯酰胺的生成，然而，这些色素在欧洲是被限制应用于马铃薯产品加工的。控制工业化生产法式炸薯条和薯片丙烯酰胺含量需要考虑的因素见表5-4，在马铃薯加工产品中使用食品添加剂控制丙烯酰胺生成见表5-5。有机酸降低丙烯酰胺含量的机理是在低

表5-4　控制工业化生产法式炸薯条和薯片丙烯酰胺含量需要考虑的因素

工业化生产薯条和薯片			前体物质	美拉德反应
原料生产	采收前	品种	×	
		肥料	×	
		气候	×	
		成熟度	×	
	采收后	贮藏（时间和温度）	×	
加工		原料质量控制	×	
		分类（大小）	与颜色有关	
		去皮（清洗）	×	
		切分		
		烫漂（时间和温度）		× 表面/体积比
		浸泡（葡萄糖、焦磷酸二氢二钠和其他添加剂）	×	
		干燥		×
		预炸[a]		×
		冷冻[a]		×
		包装		
		终端油炸		× 形成产品颜色

注：a 表示薯片加工没有该环节

丙烯酰胺

127

表 5-5　工业化加工马铃薯生成丙烯酰胺的控制方法

产品	添加剂	对照样品条件	结果	感官影响
薯片	CaCl$_2$ (5 g/L)	–	减少 85% ~ 96%	–
冷冻预炸薯条	柠檬酸（pH=4.0 ~ 2.0）	SAPP 处理，pH=4.7 天冬酰胺酶（浓度 111 ± 3.3 到 289 ± 36 µg/kg）	减少 39%（pH=3.0）	对感官品质有不利影响
	醋酸（pH=3.6 ~ 3.3）		三个处理结果不一致（和对照组相比差异不显著）	
	乳酸钙（6 ~ 36 g/L）	SAPP 处理，pH=4.7 丙烯酰胺含量为 247 ± 40 至 298 ± 11µg/kg	降低 36% 丙烯酰胺（pH =3.0）	
	天冬酰胺酶（5000 ~ 20000 ASNU/L）		增加 66% 丙烯酰胺	
Chilled(非预炸)法式炸薯条	天冬酰胺酶（625 ~ 2500 ASNU/L）	SAPP 处理，pH=4.7 天冬酰胺含量为 90 ± 9.1 至 124 ± 21.5µg/kg	减少约 100% 天冬酰胺	没有影响

pH 条件下，天冬酰胺的氨基基团的质子化作用会阻断天冬酰胺与羰基化合物的亲核加成反应，还会阻断相应的席夫碱的生成，席夫碱是美拉德反应过程生成丙烯酰胺非常关键的中间产物。

一价和二价阳离子（如 Na$^+$ 和 Ca^{2+}）对抑制丙烯酰胺生成是有效的，机理是这些离子可以与天冬酰胺反应阻碍席夫碱的生成。钙离子的添加会降低 pH 值，因为可离子化的功能基团（包含氧、氮或硫原子）的质子发生竞争性位移，跟氢原子分享电子。通过模拟体系，发现 NaCl 同样能降低丙烯酰胺的生成。

游离氨基酸如甘氨酸、半胱氨酸和赖氨酸同样可以降低丙烯酰胺的生成，能与天冬酰胺竞争和还原糖发生反应，或者通过迈克尔型加成反应能与丙烯酰胺发生共价结合。因此，除了天冬酰胺，其他的氨基酸对生成或者消除丙烯酰胺都会起到一定的作用。

凝胶作为一种涂层用于油炸马铃薯产品和小吃食品能够非常有效地降低脂肪吸收，也有关于各种凝胶涂层降低马铃薯薯片中丙烯酰胺含量的报道，海藻酸和果胶能降低丙烯酰胺的生成，而槐树豆角、角叉菜胶、羟丙基二淀粉磷酸酯和黄原胶却能促进丙烯酰胺的生成。

抗氧化剂能够影响美拉德反应，因此会对丙烯酰胺的生成造成影响，然而机理还不是太明确。现在存在几种不同的说法，一些抗氧化剂如绿原酸能够促进蔗糖分解，增加羰基化合物的浓度，与天冬酰胺发生反应生成丙烯酰胺。另一方面，抗氧化剂可能诱捕美拉德反应生成中间产物（如表儿茶素）。考虑到丙烯酰胺本身的活性，一些抗氧化剂也可能与丙烯酰胺发生反应。很明显，抗氧化剂能够延缓脂肪的氧化，因此会降低丙烯酰胺的生成。用竹叶提取物和牛至酚提取物都能减少丙烯酰胺的生成。

不含醛基的酚类化合物更有利于降低丙烯酰胺的生成。将16个商品马铃薯品种制成的粉末在185℃下烘焙25分钟，发现高浓度的酚类物质生成的丙烯酰胺含量低，遗憾的是并没有进行真实的马铃薯加工产品焙烤实验。另外，也有报道称抗氧化剂与丙烯酰胺的含量呈正相关或者没有相关性。当然，除了抗氧化剂，也需要考虑添加以后pH值发生变化或者提取物中含有氨基酸影响丙烯酰胺的含量，从而对实验结果的比较造成干扰。

用植物乳杆菌（Lactobacillus plantarum）进行乳酸发酵也能降低最终产品中丙烯酰胺的含量，葡萄糖在乳酸产生过程中会被消耗掉一部分。

油炸对丙烯酰胺含量的影响

油炸会影响马铃薯加工产品的丙烯酰胺含量。与丙烯酰胺生成同步的是，油炸产品的颜色发生改变，组织结构和风味在油炸过程中由于美拉德反应都发生改变。丙烯酰胺的生成与颜色的深浅程度是呈正相关的，两者都与美拉德反应相关，影响因素主要包括油炸温度和时间。长时间高温深度油炸会形成深色和丙烯酰胺含量高的马铃薯加工产品。另外，采用低于140℃的低温油炸会增加油炸产品中脂肪的含量。因此，油炸时间和温度应当得到控制以避免丙烯酰胺的生成，油炸温度不宜超过170~175℃，其他因素如薯条和油脂比例，可能会影响最初的油炸温度，从而延长油炸时间，导致最终产品的丙烯酰胺含量较高。

采用不同的油脂加工出来的马铃薯油炸产品的丙烯酰胺含量是不同的，有研究结果表明棕榈油油炸出来的产品比菜籽油和葵花籽油油炸出来的产品丙烯酰胺含量高，橄榄油油炸出来的产品丙烯酰胺含量比玉米油油炸出来产品的丙烯酰胺含量高，也有一些报道称油脂的种类对最终产品丙烯酰胺含量没有影响。另外，脂肪氧化和水解产物是生成丙烯酰胺的前体物质，但是对最终马铃薯油炸产品的丙烯酰胺含量的影响是微不足道的。采用减压真空油炸是降低丙烯酰胺含量非常有效的方式，Yagua等（2011）报道称能降低94%丙烯酰胺的含量。这是由于真空油炸可以采用很低的温度。另外，真空油炸装置（图5-13）还能进行离心脱油，将油炸好的产品升举到离开油液面，进行高速旋转离心，把吸附在油炸产品上的脂肪像洗衣机脱水一样脱除。

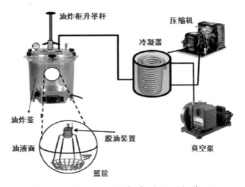

图5-13　马铃薯真空油炸装置

2010年，Palazoglu等比较了油炸和焙烤对薯片中丙烯酰胺含量的影响，得出的结论是：170 ℃ 焙烤所得产品丙烯酰胺的含量比相同温度下油炸所得产品高 2 倍还要多，然而，180℃ 和 190℃ 焙烤所得产品的丙烯酰胺含量比相同温度油炸所得产品的丙烯酰胺含量低。

天冬酰胺酶降低丙烯酰胺含量

天冬酰胺酶是一种将天冬酰胺水解成天冬氨酸和氨气的酶，它可以将形成丙烯酰胺的主要前体物质天冬酰胺转化成不易生成丙烯酰胺的天冬氨酸，进而控制食品中丙烯酰胺的生成量。但是，天冬酰胺酶在应用到马铃薯加工产品过程中，考虑到切分后形状比较复杂，天冬酰胺酶很难有机会与底物接触。由于这个原因，所以在进行酶液浸泡以前，还需要进行一个烫漂步骤，这样会更加有利于天冬酰胺酶与天冬酰胺接触并发生反应。

以水分含量为 79 g/100 g 的 Bintje 品种马铃薯为原料，分析天冬酰胺酶对降低薯条中丙烯酰胺含量的作用，马铃薯原料中天冬酰胺的含量为 14.6 g/kg DW，葡萄糖含量为 17.6 g/kg DW。实验将马铃薯块茎切成横截面积为 $0.64cm^2$（0.8cm×0.8cm），长度为 5 cm 的薯条，将薯条在 10000 ANSU/l 天冬酰胺酶溶液中 40℃ 浸泡 20 分钟可降低 30% 的丙烯酰胺生成量，于 50℃ 和 60℃ 浸泡 20 分钟分别能降低 20% 和 22%。未经过烫漂的对照薯条样品中丙烯酰胺的含量为 2075 μg/kg。

先将薯条于 75℃ 热水中烫漂 10 分钟，再在 40℃ 天冬酰胺酶液中浸泡 20 分钟，得到的薯条丙烯酰胺含量能降低到 483 μg/kg，而没有进行天冬酰胺酶处理的薯条丙烯酰胺的含量为 1264 μg/kg，因此天冬酰胺酶能显著降低薯条中丙烯酰胺的含量，达到了 62%。提高酶处理温度到 50℃ 和 60 ℃，丙烯酰胺的降低率分别为 34% 和 33%。Novozymes A/S 在 pH 为 7 的时候，最佳处理温度为 60 ℃，高于 60℃ 酶的活力会迅速降低，温度越高酶越容易退化，因此最佳处理温度为 40～60 ℃。

如图 5-14 所示，样品 CDPF 为对照薯条在 85 ℃ 干燥 10 分钟，175 ℃ 油炸 1 分钟，在 -30 ℃ 冷冻 2 天，最后于 175℃ 油炸 3 分钟；CE1DPF 为生的薯条在 10000 ANSU/l 天冬酰胺酶溶液中 40 ℃ 浸泡 20 分钟，于 85 ℃ 干燥 10 分钟，170 ℃ 油炸 1 分钟，在 -30℃ 冷冻 2 天，最后于 175℃ 油炸 3 分钟；CE2DPF 为生的薯条在 10000 ANSU/l 天冬酰胺酶溶液中 50℃ 浸泡 10 分钟，于 85 ℃ 干燥 10 分钟，175℃ 油炸 1 分钟，在 -30℃ 冷冻 2 天，最后于 175℃ 油炸 3 分钟；CE3DPF 为生的薯条在 10000 ANSU/l 天冬酰胺酶溶液中 60 ℃ 浸泡 10 分钟，于 85 ℃ 干燥 10 分钟，175 ℃ 油炸 1 分钟，在 -30℃ 冷冻 2 天，最后于 175 ℃ 油炸 3 分钟。

如图 5-15 所示，样品 BDPF 为对照薯条在 75℃ 热水中烫漂 10 分钟，然后 85 ℃ 干燥 10 分钟，175 ℃ 油炸 1 分钟，在 -30 ℃ 冷冻 2 天，最后于 175℃ 油炸

3 分钟；BE1DPF 为生的薯条在 75℃ 热水中烫漂 10 分钟，然后在 10000 ANSU/1天冬酰胺酶溶液中 40 ℃ 浸泡 20 分钟，于 85 ℃ 干燥 10 分钟，170 ℃ 油炸 1 分钟，在 −30℃ 冷冻 2 天，最后于 175 ℃ 油炸 3 分钟；BE2DPF 为生的薯条在 75℃ 热水中烫漂 10 分钟，然后在 10000 ANSU/1天冬酰胺酶溶液中 50 ℃ 浸泡 10 分钟，于 85 ℃ 干燥 10 分钟，175 ℃ 油炸 1 分钟，在 −30℃ 冷冻 2 天，最后于 175 ℃ 油炸 3 分钟；BE3DPF 为生的薯条在 75℃ 热水中烫漂 10 分钟，然后在 10000 ANSU/1天冬酰胺酶溶液中 60 ℃ 浸泡 10 分钟，于 85 ℃ 干燥 10 分钟，175 ℃ 油炸 1 分钟，在 −30℃ 冷冻 2 天，最后于 175 ℃ 油炸 3 分钟。

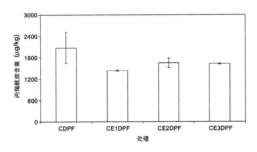

图 5-14　未烫漂的薯条用天冬酰胺酶处理后的丙烯酰胺含量

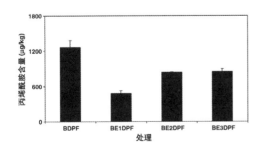

图 5-15　烫漂的薯条用天冬酰胺酶处理后的丙烯酰胺含量

植物提取物对丙烯酰胺含量的影响

植物提取物可以作为热加工食品中丙烯酰胺的抑制剂。以丙烯酰胺生成前体物质还原糖和天冬酰胺为反应底物，在 180 ℃ 条件下加热反应，添加竹叶提取物和绿茶提取物可以有效抑制模拟体系中丙烯酰胺的形成，抑制率可以达到 74% 左右。在模拟体系中植物提取物可以取得很好的抑制效果，采用竹叶抗氧化物在 0.01% ~ 0.1% 浓度范围处理食品原料，同样可使薯片、薯条、炸鸡翅（块）中的丙烯酰胺含量下降 50% ~ 80%，充分表现了植物提取物在抑制丙烯酰胺形成中的有效作用。Urbančič（2014）报道在油炸马铃薯用油中添加迷迭香提取物（1g/kg 油），提取物中鼠尾草酚和鼠尾草酸的含量为 49mg/kg，可以减少大约 38 % 的丙烯酰胺的形成，可能是植物提取物中的黄酮类物质在降低丙烯酰胺含量时起到了重要作用。

柠檬酸和甘氨酸降低丙烯酰胺含量

柠檬酸和甘氨酸在抑制丙烯酰胺形成时具有一定的作用。通过 0.1% ~ 0.2% 或 1% ~ 2% 柠檬酸溶液浸泡玉米片和法式薯片，可以有效减少油炸过程中丙烯酰胺的形成。柠檬酸处理能降低法式炸薯条中丙烯酰胺的含量，这是因为用酸溶液浸泡既能够减少原料中的丙烯酰胺生成前体物质葡萄糖和天冬酰胺的含量，又能降低整个反应过程的 pH 值，不利

丙烯酰胺

于美拉德反应进行，因而可以有效控制食品中丙烯酰胺的形成。在天冬酰胺和葡萄糖的模拟体系中加入 0.5% 的甘氨酸溶液，丙烯酰胺量减少了 95%。另外有一项研究分析了在食品原料中添加柠檬酸和甘氨酸对马铃薯蛋糕中天冬酰胺含量的影响，结果表明：单独添加柠檬酸在 180 ℃ 焙烤时，产品中丙烯酰胺含量随柠檬酸含量增加而有所下降；同样单独添加甘氨酸时，产品中天冬酰胺含量随甘氨酸含量增加而有所下降；当柠檬酸（0.39%）和甘氨酸（0.39%）共同作用时，产品中丙烯酰胺含量比对照组显著下降，进一步说明柠檬酸和甘氨酸可以有效降低食品中丙烯酰胺的含量。

NaCl 溶液处理降低丙烯酰胺含量

用 NaCl 溶液处理食品样品也被认为是控制食品中丙烯酰胺含量的有效办法。分别把 1%、5% 和 10% 的 NaCl 添加到天冬酰胺和葡萄糖的模拟体系中，与无 NaCl 添加的对照组相比，丙烯酰胺含量分别减少了 32 %、36% 和 40%。另外有一项研究发现，在油炸前将马铃薯片浸泡在 0.02 g/L 的 NaCl 溶液中 5 分钟，马铃薯片经过油炸使其中丙烯酰胺的生成量与对照组相比大约减少 90%。

工业化加工马铃薯控制丙烯酰胺含量

马铃薯加工产品很容易出现丙烯酰胺含量高的问题。一方面，马铃薯块茎原料中含有生成丙烯酰胺的前体物质（天冬酰胺和还原糖），另一方面，传统的马铃薯烹饪方式，例如油炸和焙烤的温度都超过了 120℃，很容易生成丙烯酰胺。因此，所有降低产品中丙烯酰胺含量的方法都可以分成两类，降低丙烯酰胺前体物质或者干扰美拉德反应。然而，美拉德反应对形成马铃薯加工产品风味和颜色非常重要，这就给食品科学家带来了挑战：如何在不影响最终产品品质的情况下降低丙烯酰胺含量。应该从农田到餐桌整个环节来思考如何降低马铃薯加工产品的丙烯酰胺含量。工业化生产过程哪些环节可以考虑控制产品中的丙烯酰胺含量见表 5-4，工业化加工油炸马铃薯产品控制丙烯酰胺的方法及效果如表 5-5 所示。

糖苷生物碱和打碗花精

马铃薯糖苷生物碱

植物中的糖苷生物碱

糖苷生物碱被认为是人类饮食中毒性最强的物质之一，马铃薯中的糖苷生物碱主要由 α- 卡茄碱和 α- 茄碱组成，通常 α- 卡茄碱含量比 α- 茄碱高，毒性也更大，两者之和大约占马铃薯总糖苷生物碱的 95%（其余为 β-、γ- 型）。这两种糖苷生物碱含有相同的糖苷配基（茄啶），不同的是 α- 卡茄碱由一个 D- 葡萄糖和两个 L- 鼠李糖组成，而 α- 茄碱由一个 D- 半乳糖、一个 D- 葡萄糖和一个 L- 鼠李糖组成。马铃薯糖苷生物碱发生水解时会逐个脱除糖分子，毒性也相应降低。马铃薯糖苷生物碱的含量受到品种、栽培环境和采后贮藏条件（光

图 6-1 糖苷生物碱含量高的马铃薯

照、机械损伤等）的影响，通常皮发绿和发芽的马铃薯块茎中糖苷生物碱含量比较高（图 6-1），α- 卡茄碱和 α- 茄碱标准品通常都是从马铃薯芽中分离提取出来的。

目前我国马铃薯研究方面的学者描述马铃薯毒素多采用"龙葵素(Solanine)"这一个概念，而国外常采用"糖苷生物碱（Glycoalkaloids）"这一说法。糖苷生物碱包含了卡茄碱（Chaconine）和茄碱（Solanine），两者之和占马铃薯总糖苷生物碱的 95%。"龙葵素"从字面上只是指茄碱，因此使用糖苷生物碱更为准确。马铃薯中 α- 卡茄碱比 α- 茄碱的含量高 2 ~ 3 倍，毒性也更强。200 mg/kg 是指总糖苷生物碱的含量，如果只检测了 α- 茄碱就套用 200 mg/kg 的标准，表面上绿皮马铃薯是安全的，但总糖苷生物碱已经存在超标的风险。因此，理想的计算方法是既检测 α- 卡茄碱又检测 α- 茄碱，将两者之和除以 0.95，所得值看有没有超过 200 mg/kg。

甾族的糖苷生物碱属于植物的含氮次生代谢产物，除了马铃薯，其他植物来源的茄属植物如茄子和番茄中都含有

糖苷生物碱。茄子中最主要的糖苷生物碱是澳洲茄边碱和澳洲茄碱，茄子中的糖苷生物碱与番茄和马铃薯中的糖苷生物碱一样具有良好的热稳定性，常规烹饪方式不能明显降低其含量。番茄中的糖苷生物碱——番茄碱由两种组成：α-番茄碱和脱氢番茄碱，这两种糖苷生物碱在番茄果和叶子中都存在，未成熟的绿色番茄每千克干物质含有高达 500 mg 番茄碱，圣女果中番茄碱的含量是普通大番茄的数倍。番茄中的番茄碱会随着番茄的成熟而分解降低，成熟变红的番茄糖苷生物碱含量非常低，大约为 5mg/kg。

α- 卡茄碱

α- 卡茄碱的 CAS 编号为 20562-03-2，分子式为 $C_{45}H_{73}NO_{14}$，分子量为 852.06，分子结构如图 6-2 所示。α- 卡茄碱分子由一个茄啶与一个 D- 葡萄糖分子相连，D- 葡萄糖分子的 C_2 和 C_4 上再分别接上两个 L- 鼠李糖分子。α- 卡茄碱发生水解时脱除一个 L- 鼠李糖分子，生成 β_1- 卡茄碱和 β_2- 卡茄碱，β_1-

卡茄碱和 β_2- 卡茄碱再分别脱除另一个 L- 鼠李糖生成 γ- 卡茄碱，γ- 卡茄碱再水解脱除 D- 葡萄糖分子即生成茄啶。

α- 茄碱

α- 茄碱的 CAS 编号为 20562-02-1，分子式为 $C_{45}H_{73}NO_{15}$，分子量为 868.06，分子结构如图 6-3 所示。α- 茄碱分子由一个茄啶与一个 D- 半乳糖分子相连，D- 半乳糖分子的 C_2 和 C_3 上再分别接上一个 L- 鼠李糖分子和一个 D- 葡萄糖分子。α- 茄碱发生水解时脱除一个 D- 葡萄糖分子或 L- 鼠李糖分子，生成 β_1- 茄碱和 β_2- 茄碱，β_1- 茄碱和 β_2- 茄碱再分别脱除一个 L- 鼠李糖或 D- 葡萄糖分子生成 γ- 卡茄碱，γ- 卡茄碱再水解脱除 D- 半乳糖分子即生成茄啶。

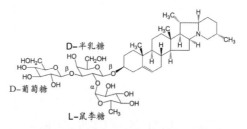

图 6-3　α- 茄碱的分子结构

新鲜块茎糖苷生物碱的含量

北欧人认为马铃薯块茎中总糖苷生物碱含量的安全值为 100 mg/kg，Knuthsen 等（2009）报道了丹麦市场上马铃薯块茎糖苷生物碱的含量，考察了不同品种连续六年糖苷生物碱的含量，一共采集了 386 份样本。检测结果表明

图 6-2　α- 卡茄碱的分子结构

一些年份某些品种马铃薯糖苷生物碱含量超过 100 mg/kg，而在其他年份这些品种马铃薯的糖苷生物碱含量又低于 100 mg/kg。因此作者建议除了需要选择合适的马铃薯品种和控制栽培条件，还应该对上市的马铃薯进行检测以确保消费者购买的马铃薯其糖苷生物碱含量在安全值以内。

在商品马铃薯中，α- 卡茄碱和 α- 茄碱这两种糖苷生物碱占马铃薯块茎总糖苷生物碱的 95%。不同品种马铃薯的皮、肉和整个马铃薯块茎的糖苷生物碱含量如表 6-1 所示，需要注意的是，马铃薯块茎是一个活的生命体，糖苷生物碱的含量也在不停的变化。从表 6-1 可以看出，马铃薯块茎皮中的糖苷生物碱含量比肉中的含量高，Snowden 品种的皮中 α- 卡茄碱和 α- 茄碱的含量分别达到了 2414 mg/kg 和 1122 mg/kg，肉中 α-

卡茄碱和 α- 茄碱的含量较皮中含量低，但也分别高达 366 mg/kg 和 226 mg/kg。另一个品种 Russet Narkota 的皮中 α- 卡茄碱和 α- 茄碱的含量比较高，分别为 288 mg/kg 和 138 mg/kg，但肉中 α- 卡茄碱和 α- 茄碱的含量很低，分别只有 3.7 mg/kg 和 2.7 mg/kg。

马铃薯样品中 α- 卡茄碱与 α- 茄碱的比例范围大约为 1.4 ~ 2.6（表 6-1）。马铃薯皮中 α- 卡茄碱与 α- 茄碱的比例大约为 2，马铃薯果肉中 α- 卡茄碱与 α- 茄碱的比例大约为 1.5，皮中 α- 卡茄碱与 α- 茄碱的比例高于肉中的比例。因此，由于 α- 卡茄碱比 α- 茄碱的毒性更高，所以 α- 卡茄碱与 α- 茄碱的比例越小越好。推测比例差异存在的可能原因是：尽管两种糖苷生物碱有共同的糖苷配基，但是它们的糖侧链不相同（图 6-2 和图 6-3），是通过不同的生物合成途径合成

表 6-1 马铃薯肉、皮和整薯中糖苷生物碱的含量

样品（脱水粉末）	μg/g			
	α- 卡茄碱（A）	α- 茄碱（B）	总量（A+B）	比例（A/B）
Atlantic 马铃薯皮	59.4	24.4	83.3	2.43
Atlantic 马铃薯肉	22.6	13.9	36.5	1.63
Russet Narkota 马铃薯皮	288	138	425	2.09
Russet Narkota 马铃薯肉	3.7	2.7	6.4	1.37
Dark Red Norland 马铃薯皮	859	405	1264	2.12
Dark Red Norland 马铃薯肉	16.0	6.1	22.1	2.62
Snowden 马铃薯皮	2414	1112	3526	2.17
Snowden 马铃薯肉	366	226	591	1.62
Russet 整个马铃薯	65.1	35.5	100	1.86
White 整个马铃薯	28.2	15.3	43.5	1.84
Benji 整个马铃薯	70.7	27.6	98.3	2.56
Lenape 整个马铃薯	413	216	629	1.91

的；另一个可能的合理解释就是两种糖苷生物碱的代谢率不同。栽培条件可能对 α-卡茄碱和 α-茄碱的比例影响很大，这意味着改变 α-卡茄碱与 α-茄碱的生物合成酶的基因编码可能会有不可预知的结果。

加工产品中糖苷生物碱的含量

商业加工马铃薯产品中糖苷生物碱的含量如表6-2所示。从表6-2可以看出，商业加工马铃薯产品中糖苷生物碱的含量相对于新鲜马铃薯块茎中的含量要低很多，原因是商业化加工过程对马铃薯进行了去皮，很多糖苷生物碱被去除。另外，商业化加工对马铃薯原料的品种有要求，会避免采用糖苷生物碱含量高的马铃薯品种原料。且表皮发绿的面积≥1%的马铃薯会被认为存在糖苷生

物碱含量超标的风险，会被挑拣出生产线。

糖苷生物碱的水解

α-卡茄碱和 α-茄碱这两种糖苷生物碱都是由普通糖苷配基——茄啶组成的三糖。这两种糖苷生物碱及它们的水解产物，β-和γ-型茄啶，可能同样也存在，但相对含量非常低。α-卡茄碱和α-茄碱及其水解产物的结构如图6-4所示。α-卡茄碱发生水解时脱除一个L-鼠李糖分子，生成 β₁-卡茄碱和 β₂-卡茄碱，β₁-卡茄碱和 β₂-卡茄碱再分别脱除另一个 L-鼠李糖生成 γ-卡茄碱，γ-卡茄碱再水解脱除 D-葡萄糖分子即生成茄啶。α-茄碱发生水解时脱除一个 D-葡萄糖分子或 L-鼠李糖分子，生成 β₁-茄碱和 β₂-茄碱，β₁-茄碱和 β₂-茄碱再分别脱

表6-2　商业加工马铃薯产品中糖苷生物碱的含量

样品（脱水粉末）	μg/g			
	α-卡茄碱（A）	α-茄碱（B）	总量（A+B）	比例（A/B）
法式炸薯条，Aa	0.4	0.4	0.8	1.00
法式炸薯条，Ba	4.2	4.2	8.4	1.00
马铃薯楔a	23.9	20.1	44.0	1.18
薯片，A	13.0	10.5	23.8	1.23
薯片，B	31.6	17.6	49.2	1.79
薯片，C	58.8	50.2	109.0	1.17
马铃薯皮，A	38.9	17.4	56.3	2.23
马铃薯皮，B	44.0	23.6	67.6	1.86
马铃薯皮，C	116.1	72.3	188.4	1.60
马铃薯皮，D	119.5	83.5	203.0	1.43
薄煎饼粉，A	20.5	24.1	44.6	0.82
薄煎饼粉，B	24.8	19.4	44.2	1.27

a 为脱水的干粉，其余样品为原始样品。

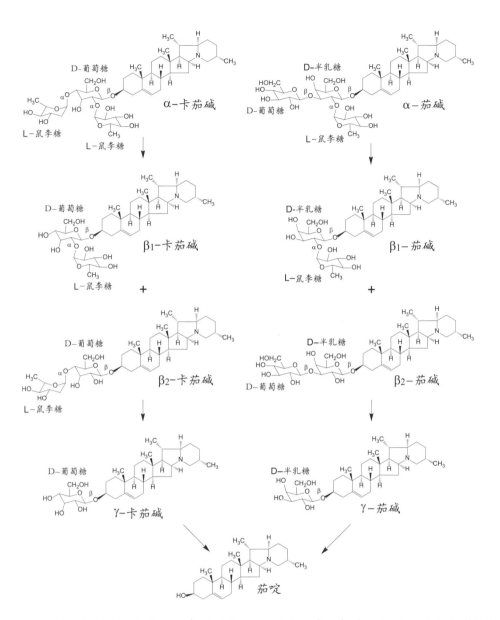

图 6-4　马铃薯糖苷生物碱 α－卡茄碱和 α－茄碱及其水解产物的结构（代谢产物）

除一个 L- 鼠李糖或 D- 葡萄糖分子生成 γ- 卡茄碱，γ- 卡茄碱再水解脱除 D- 半乳糖分子即生成茄啶。

糖苷生物碱水解产物的分析

高效液相色谱法可分析马铃薯糖

苷生物碱及水解产物，液相色谱图如图 6-5 所示。分析 α- 卡茄碱、α- 茄碱、β₁- 卡茄碱、β₂- 卡茄碱、β₂- 茄碱、γ- 茄碱和 γ- 卡茄碱用的色谱柱为 Resolve C18 （5 μm, 3.9×300 mm） （Waters, Milford, MA）。紫外检测器波长设定为 200 nm，流动相为 35% 乙腈和 100 mM

137

磷酸二氢铵（用磷酸将 pH 调成 3.5），流速为 1.0mL/min，温度为室温。

分析水解产物茄啶用的色谱柱为 Supelcosil C18-DB（3 μm，4.6×150 mm），流动相为 60% 乙腈和 10 mM 磷酸二氢铵（用磷酸将 pH 调成 2.5），流速为 1.0 mL/min，柱温为室温，紫外检测器设为 200 nm。

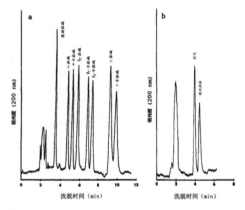

图 6-5　糖苷生物碱水解产物 HPLC 图谱

微生物对糖苷生物碱的分解

马铃薯病原体 Gibberella pulicaris （Fusarium sambucinum）的两个菌株 R-6380 和 R-7843 对马铃薯糖苷生物碱 α-卡茄碱和 α-茄碱有分解作用。α-卡茄碱可以被这两个菌株通过去除 α-1,2-L-鼠李糖生成 β₂-卡茄碱进行分解，β₂-卡茄碱可以转化成糖苷配基茄啶。R-6380 菌株也能通过相同的方式分解 α-茄碱，然后再去除 β-1,3-键糖分子生成 γ-茄碱。R-7843 菌株对 α-茄碱没有分解作用。两个菌株培养液中的粗蛋白都含有能将 α-卡茄碱分解成 β₂-卡茄碱的

酶，但是不含有对 α-茄碱有分解作用的酶。

糖苷生物碱的酸水解

α-卡茄碱在各种醇类溶剂和水当中的水解如图 6-6 所示，水解条件为 97.5% 的醇溶液或者水，HCl 浓度为 0.25 N，水解温度为 60℃。α-卡茄碱在 6 种溶剂中的水解速度为：甲醇 > 乙醇 = 正丁醇 > 丙醇 > 戊醇 >> 水，除了正丁醇以外，基本规律是醇的碳链越长，水解速度越慢，但正丁醇中的水解速度比正丁醇慢，叔丁醇中的水解速度甚至比正戊醇都慢。这个规律可以通过 α-卡茄碱的疏水—亲水性质和醇类的溶解特性来进行解释。

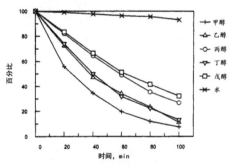

图 6-6　α-卡茄碱在各种醇类溶剂和水中的水解

茄啶是合成荷尔蒙激素的重要前体物质，可以在液—液体系中酸水解马铃薯芽中的糖苷生物碱制备茄啶。以干马铃薯芽为原料，在回流冷凝器中水解糖苷生物碱，先把 HCl 添加到糖苷生物碱萃取液中形成第一相（水相），然后添加氯仿、三氯乙烯或四氯化碳形成第二

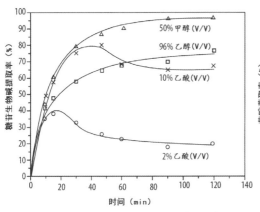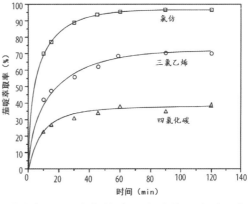

图 6-7　三种溶剂对糖苷生物碱的萃取效果（左）和三种溶剂对茄啶的萃取率（右）

相，糖苷生物碱水解成茄啶以后会溶解到有机相当中，比较 50% 甲醇（v/v）、96% 乙醇（v/v）、10% 乙酸（v/v）和 2% 乙酸（v/v）对糖苷生物碱萃取率的影响。结果表明，最佳的液－液体系是：在 50% 甲醇萃取液中添加 2%、w/v 的 HCl 作为第一相，用氯仿作为第二相（图 6-7）。

糖苷生物碱的分离提取

马铃薯糖苷生物碱的提取可以采用中压液相色谱（MPLC），先用 5% 的乙酸提取马铃薯皮中的糖苷生物碱，然后用 XAD-2 柱将溶液过滤，再用氨水调 pH 为 8 将糖苷生物碱从水溶液中沉淀下来，最后采用硅胶柱通过中压液相色谱将 α- 卡茄碱和 α- 茄碱进行分离，流动相为 $CHCl_3/MeOH/2\%NH_4OH$（70/30/5，v/v/v）。有文献报道，1000 g 马铃薯皮中包含 66.5 mg 茄碱和 86.7 mg α- 卡茄碱，该分离方法 α- 茄碱的回收率为 64.4%（纯度为 85%），α- 卡茄碱的回收率为 74.6%（纯度为 95%）。这种方法制备的 α- 卡茄碱和 α- 茄碱量大，可用于昆虫学和毒理学研究。

茄啶是合成荷尔蒙激素的重要前体物质，以马铃薯茎或芽为原料提取糖苷生物碱，再采用酸水解制备茄啶，从酸水解产物中提取茄啶具有一定的商业价值，有文献报道可以从 100 g 马铃薯芽干粉中获得 1.46 g 茄啶。也有文献报道采用甲醇 / 水 / 醋酸（400/100/50，v/v/v）从马铃薯芽中提取糖苷生物碱，50 g 新鲜马铃薯芽可以获得 2.8 g 含量为 216.5 mg/100 g 的糖苷生物碱粗提取物，然后采用离心分配色谱将 α- 卡茄碱和 α- 茄碱进行分离，通过液相色谱分析两种糖苷生物碱的纯度均 >95%。离心分配色谱还能把马铃薯皮和芽提取物中的糖苷生物碱水解以后得到的茄啶分离纯化出来。

糖苷生物碱和打碗花精

影响糖苷生物碱含量的因素

昆虫对糖苷生物碱含量的影响

采用 C18 柱反相 HPLC 法，检测器为 UV 光电二极管阵列检测器，测量波长为 208 nm，研究马铃薯甲虫和蚕叶微叶蝉对马铃薯块茎糖苷生物碱含量影响的结果表明，马铃薯甲虫破坏马铃薯叶会导致块茎糖苷生物碱含量升高，马铃薯蚕叶微叶蝉对马铃薯块茎糖苷生物碱含量没有影响。

包装材料和温度对糖苷生物碱含量的影响

以 Beate 品种马铃薯为实验对象，用不同的彩色纸、聚酯网眼袋和聚乙烯袋进行包装，分别置于 5℃和 23℃条件下贮藏两个星期和五个星期，研究包装材料和温度对马铃薯块茎糖苷生物碱含量影响的结果表明：高温条件下贮藏，不管用什么包装材料，糖苷生物碱含量显著高于低温贮藏条件；用透光的蓝色聚乙烯袋包装，糖苷生物碱含量最高；用内表面涂有黑色聚乙烯纸袋包装，马铃薯糖苷生物碱含量最低。研究结果还表明，马铃薯在贮藏运输过程中应在低温条件下进行，以避免糖苷生物碱的生成。

光照对糖苷生物碱含量的影响

以 Desiree、King Edward 和 Kerrs Pink 三个马铃薯品种为实验对象，连续光照 15 天，光源分为荧光管式暖白灯、高压钠灯、高压水银灯和低压水银灯，研究光照对马铃薯块茎糖苷生物碱含量影响的结果表明：不同光源对马铃薯糖苷生物碱生成的影响非常大，钠灯和荧光灯的照射能促进糖苷生物碱和叶绿素的生物生成，而高压水银灯和低压水银灯照射下的马铃薯样品中糖苷生物碱生成量低。光照还能改变 α-卡茄碱和 α-茄碱的比例，但对叶绿素 a 和叶绿素 b 的比例没有影响，光照过程中糖苷生物碱和叶绿素的含量相关性非常高。

贮藏条件对糖苷生物碱含量的影响

采用 HPLC 法对正常的、受伤的和皮发绿的 Marfona 和 Granola 品种马铃薯的块茎和芽进行分析，马铃薯贮藏条件包括常温间接光、室温避光、超市冰箱中的曝光零售和避光零售，取样时间分别为刚开始、3 个月和 6 个月以后，6 个月以后对马铃薯芽也进行取样。结果表明：马铃薯块茎中总糖苷生物碱的含量为 0.66 ~ 32.76 mg/kg 鲜重，Marfona 品种马铃薯常温间接光条件下皮发绿的样品芽中的总糖苷生物碱含量最高（332.43 mg/kg 鲜重），Granola 品种马铃薯常温避光条件下皮发绿的样品芽中的总糖苷生物碱的含量最低（1.34 mg/kg 鲜重）。

以马铃薯品种 Monaliza 为实验原料，采用两种不同的光和两种不同温度分析其对马铃薯块茎糖苷生物碱形成的影响。实验时间为 14 天，条件为：（1）间接阳光。（2）荧光。（3）冰箱中避光。（4）室温下避光。结果表明：荧光条件下马铃薯块茎糖苷生物碱含量最高，小

马铃薯糖苷生物碱含量比大马铃薯含量高，但所有马铃薯样品中糖苷生物碱含量都低于 200 mg/kg 安全值。

分析机械损伤、光照和温度对马铃薯糖苷生物碱、打碗花精含量影响的研究结果表明：机械损伤和光照都能促进马铃薯合成糖苷生物碱，但温度的影响却不是很大。打碗花精含量与机械损伤和光照无关，马铃薯块茎中糖苷生物碱和打碗花精的生物合成是相互独立的。

加工对去除糖苷生物碱的作用

家庭烹饪与糖苷生物碱含量的关系

糖苷生物碱具有耐高温性，马铃薯块茎中糖苷生物碱的含量似乎很大程度上不受食品加工条件的影响，如烘焙、烹饪和油炸，马铃薯块茎皮中糖苷生物碱含量比肉中的糖苷生物碱含量高，加工过程一般会去除，另外清洗和高温加工过程对去除糖苷生物碱也有一定作用。

以 Katahdin、Chipbelle 和 Rosa 三个不同品种马铃薯为原料，分别采用不同的烹饪方法研究烹饪对总糖苷生物碱含量的影响。结果表明：马铃薯皮焙烤以后的糖苷生物碱含量为 25～76 mg/100 g（干重），油炸以后糖苷生物碱含量为 27～72 mg/100 g（干重）；马铃薯肉焙烤以后糖苷生物碱含量为 5～12 mg/100g

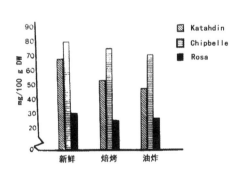

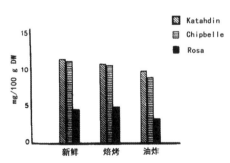

图 6-8　烹饪对马铃薯皮（上）和肉（下）中糖苷生物碱含量的影响

（干重），油炸以后的糖苷生物碱含量为 3～10 mg/100 g（干重）（图 6-8）。结果表明马铃薯皮中的糖苷生物碱含量显著高于肉中的含量（p<0.01）；对于所有焙烤和油炸的马铃薯皮或者肉，糖苷生物碱的含量都显著降低（p<0.05）；Katahdin 和 Chipbelle 总糖苷生物碱含量显著高于 Rosa 品种中的糖苷生物碱含量。

薯片加工与糖苷生物碱含量的关系

马铃薯加工成薯片的 6 个步骤中糖苷生物碱和硝酸盐含量在加工各环节会逐步降低，α-卡茄碱和 α-茄碱的比例基本维持在 2.5∶1。糖苷生物碱主要是在去皮、切片、清洗和油炸过程中被去除的（图 6-9），硝酸盐主要是在去皮和油炸过程中被去除的（图 6-10）。

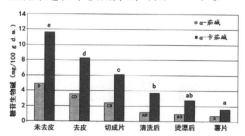

图 6-9　Saturna 品种马铃薯加工为薯片过程中糖苷生物碱含量的变化

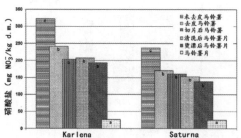

图 6-10　Karlena 和 Saturna 品种马铃薯加工为薯片过程中硝酸盐含量变化

脱水马铃薯丁加工与糖苷生物碱含量的关系

以 Denar、Pasat 和 Innovator 三个品种马铃薯为原料，研究脱水马铃薯丁加工过程中糖苷生物碱和硝酸盐的含量变化的趋势，发现去皮和烫漂对去除糖苷生物碱的贡献最大，分别为 33% 和 17%，脱水薯丁加工过程中 α-卡茄碱的变化如图 6-11 所示；硝酸盐降低最多的是在切丁后的清洗过程（13%）和烫漂（23%）中，最终的产品含有初始原料 44% 的糖苷生物碱和 40% 的硝酸盐。

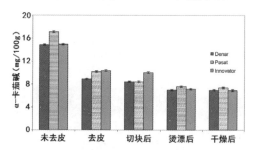

图 6-11　脱水薯丁加工过程中 α-卡茄碱的变化

糖苷生物碱的毒性及检测方法

糖苷生物碱的毒性

马铃薯糖苷生物碱的毒性主要体现在对中枢神经系统中抗胆碱酯酶的活力造成不利影响，能造成肝损伤、破坏细胞膜从而危害消化系统和影响新陈代谢，而且这些毒素能耐高温，烹饪过程仍能保持其结构的稳定性和生物活性，因此会有人因食用皮发绿或发芽的马铃薯而引起中毒的报道。一般情况下人们会将马铃薯芽剜掉，将表皮发绿的马铃薯多削一层皮，但这样终究还是会存在安全隐患，超市货架上摆放的绿皮马铃薯也应该下架。

低剂量时，糖苷生物碱的毒性会体现在导致肠胃紊乱如呕吐、腹泻和腹痛等；高剂量时，它会产生系统性毒性，症状有发烧、脉搏加速、低血压、急喘和神经失调等。

我们日常饮食中若摄入马铃薯糖苷生物碱是令人担忧的，因为它的抗胆碱酯酶性质可能会对麻醉药的作用造成不利影响，这些麻醉药的分解代谢是由乙酰胆碱酯酶和丁酰胆碱酯酶来完成的。组成马铃薯糖苷生物碱分子的茄啶在体外试验中表现出雌性激素的活性，糖苷生物碱进行分解以后会生成茄啶，马铃薯糖苷生物碱的这种雌性激素活性对人

类健康的影响还是未知的。其他一些有关饮食中糖苷生物碱的摄入需要考虑到：（a）α-卡茄碱表现出的生物活性比α-茄碱高 3 到 10 倍；（b）两种糖苷生物碱的特定组合具有协同作用。

马铃薯糖苷生物碱对个体的毒性可能受到其他因素的影响，如饮食和健康状况、体质等，某些个体糖苷生物碱可能不会被很好地吸收。然而，受损的肠壁可能会发生综合效应，当黏膜细胞已经受损时，导致糖苷生物碱被快速吸收，这一点可以解释低毒症状（胃肠道）和高毒症状（急性中度）。值得注意的是：在番茄的糖苷生物碱中出现了明显无毒的α-番茄碱，这是由于在消化道中α-番茄碱与胆固醇生成了络合物，然后通过粪便排出体外，说明开发高α-番茄碱是安全的，还能促进生成健康的马铃薯。

α-型糖苷生物碱水解产物有β-、γ-和糖苷，这些水解产物的毒性比α-型小，将α-型糖苷生物碱进行分解的方法可以用黑曲霉进行处理或者用酸进行处理，都能降低其毒性。另外，在血液中流动的其他一些成分和营养素也可能影响糖苷生物碱的毒性。据报道，叶酸、葡萄糖-6-磷酸盐和尼古丁腺嘌呤二核苷酸（NADP）能够阻止青蛙胚胎中α-卡茄碱毒性的发生。叶酸是现在广泛被孕妇

糖苷生物碱和打碗花精

使用以防止胎儿畸形的药物，有报道称先天性神经系统畸形胎儿、无脑儿和胎儿脊柱裂与母亲食用马铃薯之间有一定的联系。

马铃薯浓缩蛋白糖苷生物碱残留

马铃薯浓缩蛋白（Potato protein concentrate, PPC）是采用酸热絮凝法从马铃薯淀粉加工分离汁水中回收的蛋白，马铃薯蛋白中必需氨基酸含量高、营养价值好，但由于糖苷生物碱残留问题导致其价值大打折扣。马铃薯浓缩蛋白在水产饲料中的应用已有相关文献报道，虹鳟鱼实验结果表明，普通的马铃薯浓缩蛋白由于其糖苷生物碱含量高，导致虹鳟鱼食欲严重下降，甚至在5%添加量的情况下也会影响虹鳟鱼的食欲。

Tusche 等（2011）分别用25%、50%、75% 和100% 马铃薯蛋白替代鱼粉作为原料制作成配方饲料喂养虹鳟鱼，根据糖苷生物碱含量分成的低糖苷生物碱马铃薯浓缩蛋白（7.41 mg/kg）和高糖苷生物碱马铃薯浓缩蛋白（2150 mg/kg），分析了糖苷生物碱的含量对虹鳟鱼的健康状况和生长速率的影响。经过84天喂养，发现没有添加马铃薯蛋白的对照组生长状况最好。用25% 低浓度糖苷生物碱含量的马铃薯浓缩蛋白替代鱼粉显著降低了虹鳟鱼进食量、饲料利用率和生长速度，也导致虹鳟鱼的肝脏组织和肠道组织发生改变。高浓度糖苷生物碱的配方饲料导致虹鳟鱼进食量和生长速率降低更明显，而且大部分虹鳟鱼出现营养不良，组织切片显示虹鳟鱼的肝脏出现蜡样色素堆积（图6-12）和前肠绒毛退化（图6-13），糖苷生物碱还造成了虹鳟鱼血液中甘油三酯、葡萄糖和蛋白质含量降低。结果表明马铃薯蛋白作为饲料只能在糖苷生物碱含量低的情况下才能使用，糖苷生物碱含量过高会造成虹鳟鱼营养不良、低生长率和肠道伤害。

Refstie 和 Tiekstra（2003）研究了

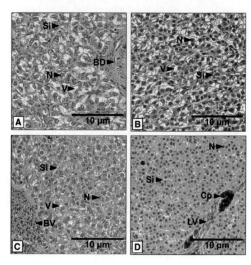

图 6-12　糖苷生物碱对虹鳟鱼肝脏损害（A）严重肥大（B）中等肥大（C）正常状态（D）营养不良
（BD- 胆道，BV- 血管，LV- 淋巴管、蜡样色素，N- 细胞核，Si- 血窦，V-液泡）

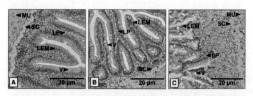

图 6-13　糖苷生物碱对虹鳟鱼前肠的损害（A）正常前肠（B）轻微损害（C）严重损害
（LEM- 黏膜上皮层，LP- 黏膜，MU-肌层，SC- 致密层，V- 液泡）

低糖苷生物碱含量马铃薯浓缩蛋白部分替代鱼粉喂养大西洋鲑鱼，这种马铃薯浓缩蛋白由荷兰 AVEBE 公司位于 Veendam 的一个子公司提供，商品名为 Protastar，与普通马铃薯浓缩蛋白相比，这种马铃薯浓缩蛋白多了一个酸处理过程，几乎全部去除了糖苷生物碱（低于 100 μg/g），灰分含量低，粗蛋白含量高，pH 值低。Refstie 和 Tiekstra（2003）的实验采用的饲料分别添加了 0%、7%、14% 和 21% 马铃薯浓缩蛋白替代鱼粉，实验过程将 82 g 重的大西洋鲑鱼在 18 ~13℃的海水中持续养殖了 84 天，分析大西洋鲑鱼的食欲、饲料转化率、氮保留率等指标，所有大西洋鲑鱼的重量最后都达到了 249 ~ 256 g，结果证明各种不同饲料的常量元素和氨基酸消化率没有差别，低糖苷生物碱含量的马铃薯浓缩蛋白可以作为鱼粉的部分替代物。

如何去除马铃薯浓缩蛋白中的糖苷生物碱的毒性是一个需要迫切解决的问题，文献检索结果表明，目前关于如何分解糖苷生物碱的报道不多，仅有极少量的文献研究了微生物分解或者酸水解来分解糖苷生物碱，而且都是用分离制备的纯的糖苷生物碱做实验，直接用马铃薯浓缩蛋白来做实验的还未见相关文献报道。

糖苷生物碱的限量标准

目前关于马铃薯块茎中糖苷生物碱的含量有一个非正式的安全值，在新的马铃薯品种中总糖苷生物碱的含量不能超过 200 mg/kg。确定这一值的根据是在志愿者体内进行过一个短期临床试验，研究测试了吃含有糖苷生物碱的土豆泥以后对人体肠胃的影响，发现土豆泥中糖苷生物碱的限制量为 200 mg/kg。北欧人能接受的马铃薯块茎中总糖苷生物碱含量的安全值为 100 mg/kg。

糖苷生物碱的应用

尽管高剂量的糖苷生物碱是有毒的，但也有其有用的一面。例如可以降低血液中的胆固醇、预防鼠伤寒沙门氏菌的感染和对癌症的化学预防作用。另外，糖苷生物碱在预防昆虫侵食农作物方面也有潜在的应用价值。

谷斑皮蠹可以以小麦、玉米、高粱、稻谷等粮食为食，对毛皮也有危害。Nenaah（2011）分析马铃薯糖苷生物碱对谷斑皮蠹（*Trogoderma granarium*）的毒性和抗食作用的研究结果表明：马铃薯糖苷生物碱对谷斑皮蠹的 48 小时和 96 小时半致死剂量（LC50）分别为 16.7 μg/mg 昆虫和 11.9 μg/mg 昆虫，糖苷生物碱含量为 20 ~ 30 mg/g 的谷斑皮蠹食物能显著降低谷斑皮蠹的生长速率、食物消费量和食品利用率。对比总糖苷生物碱、α-卡茄碱和 α-茄碱的毒性，发现 α-卡茄碱和 α-茄碱具有协同作用，毒性更大。Nenaah 觉得马铃薯糖苷生物碱可以作为粮食贮藏的一种保护剂来防止虫害。

糖苷生物碱的检测方法

糖苷生物碱含量的测定方法包括高效液相色谱法（HPLC）、液质联用法（LC-MS）、酶联免疫法（ELISA）和生物传感器法等，EnviroLogix公司已开发出分析糖苷生物碱的ELISA试剂盒。HPLC法是现在广泛采用的测定马铃薯块茎及加工产品糖苷生物碱含量的方法，HPLC法也可以用于马铃薯植株各部位如叶和芽当中糖苷生物碱含量的测定，还能用于糖苷生物碱水解产物的分析。

HPLC法通常采用反向色谱柱，这是基于连接到糖苷配基上不同的糖形成了整个分子极性的不同。色谱柱可以采用C18柱（Waters公司的Resolve C18，5 μm，3.9×300 mm），流动相为35%乙腈和100 mM磷酸氢二铵（用磷酸将pH值调至3.5），检测波长为202 nm，流速为1 mL/min，温度为室温。曾凡逵等报道了一种能同时检测α-卡茄碱和α-茄碱含量的HPLC方法：柱子，Inertsil NH$_2$（5 μm，4.0×250 mm）；流动相，乙腈和20 mM KH$_2$PO$_4$（80:20, v/v）；流速，1.0 mL/min；柱温为室温；二极管阵列检测器，检测波长210 nm；进样量为20 μL。

高效液相色谱法

糖苷生物碱及其水解产物，除了糖苷配基，都是可以用HPLC法进行分析的。大部分HPLC法分析马铃薯糖苷生物碱采用反相色谱柱，反相色谱是基于连接在糖苷配基上的糖基的极性不同而分离。极性小的α-型糖苷生物碱最先被洗涤出来，随后是β-型和γ-型糖苷生物碱。在相同条件下，糖苷配基最后被洗涤出来。采用梯度洗脱HPLC法可以实现所有化合物的分析。

C18柱和NH$_2$柱对α-卡茄碱、α-茄碱都具有良好的分离效果，都可以用于马铃薯糖苷生物碱含量的分析，尽管氨基柱分离时间长，但是用于液—质联用效果更好。下面以NH$_2$柱为例阐述HPLC法分析马铃薯块茎中糖苷生物碱的含量，检测过程包括标准曲线制作和样品处理及分析。

1.HPLC条件

色谱柱，Inertsil NH$_2$（5 μm，4.0×250 mm）；流动相，乙腈和20 mM KH$_2$PO$_4$（80:20, v/v）；流速，1.0 mL/min；柱温为室温；检测波长210 nm；上样量为20 μL。

2. 标准样品测定

将α-卡茄碱和α-茄碱标准品用吡啶配制成20 μg/mL的溶液，然后分别取适量用流动相稀释成10 μg/mL、5 μg/mL和1 μg/mL，分别取不同浓度的α-卡茄碱和α-茄碱标准溶液20 μL进行HPLC分析，以糖苷生物碱的量为横坐标，以峰面积为纵坐标绘制标准曲线。α-卡茄碱标准品、α-茄碱标准品及两种标准品的混合物的HPLC图谱如图6-14所示。

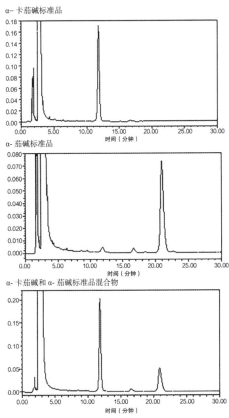

α-卡茄碱标准品

α-茄碱标准品

α-卡茄碱和 α-茄碱标准品混合物

图 6-14　糖苷生物碱标准品的 HPLC 图谱

3. 样品处理及分析

将马铃薯样品洗净，不经去皮直接切成薄片，然后用植物粉碎机按物料比1：40 加 5% 的乙酸于室温下超声 10 分钟萃取糖苷生物碱（对于大批量的新鲜马铃薯样品，可以切成薄片后冷冻干燥再磨成粉，分析时从干粉里萃取即可）。抽滤，再用 40 mL 5% 乙酸重悬浮滤渣，抽滤后再重复 2 遍。将所有滤液合并到一个 200 mL 的锥形烧瓶中，加 10 mL 浓氨水调 pH 成碱性将糖苷生物碱沉淀下来。将碱性溶液置于 70℃ 水浴锅中 50 分钟，然后置于 4℃ 冰箱中过夜。将碱性溶液（50：30：20，V/V/V）18 000

g 离心 10 分钟，然后用 2% 的氨水将沉淀清洗 2 遍。再将沉淀于 30℃ 真空干燥，然后溶于四氢呋喃 / 乙腈 /20 mM KH_2PO_4 溶液（50：30：20，v/v/v），18000g 离心 10 分钟，取 20 μL 上清液用于 HPLC 分析，样品 HPLC 图谱如图 6-15 所示。

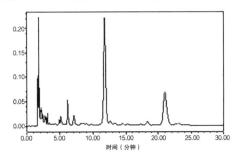

图 6-15　马铃薯块茎中糖苷生物碱 HPLC 图谱

检测结果表明，重量为 116.98 g，1/4 表皮发绿长有一个 5 mm 芽的陇薯 3 号马铃薯块茎中 α-卡茄碱的含量为 150.07 mg/kg，α-茄碱的含量为 57.80 mg/kg，两种糖苷生物碱的总和为 207.87 mg/kg，该值刚好处于 200 mg/kg 安全值附近。

ELISA

ELISA 是一种简单、快速、大量分析样本的方法，可以满足育种、分子生物学家和加工等各行业对马铃薯糖苷生物碱含量检测的需求，科学家们也可以采用该方法研究马铃薯糖苷生物碱在植物保护、饮食和医学上的应用。用于马铃薯糖苷生物碱含量检测的 ELISA 试剂盒具有广泛的用途，为了满足这种需要，学者 Friedman 已经开发了基于他们研究成果的马铃薯糖苷生物碱含量测定

ELISA 试剂盒，并且已经由美国缅因州波特兰市的 EnviroLogix 有限公司进行生产。采用 HPLC 法和 ELISA 法分别对马铃薯块茎和加工产品分析的结果具有良好的一致性（表 6-3），ELISA 法是一个简单的且能被广泛使用的方法。

生物传感器法

Arkhypova 等（2008）开发了一个基于 pH 敏感的场效应晶体管生物传感器用于糖苷生物碱的快速测定，该方法利用了糖苷生物碱的抗胆碱脂酶活性，

类似于酶联免疫反应试验，生物传感器法具有潜在的应用价值。生物传感器和 HPLC 法测定不同品种马铃薯糖苷生物碱含量的比较如图 6-16 所示。

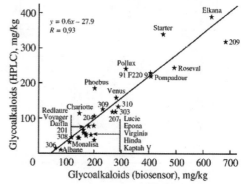

图 6-16　生物传感器和 HPLC 法测定不同品种马铃薯糖苷生物碱含量的比较

表 6-3　HPLC 和 ELISA 对同等条件下马铃薯和马铃薯产品中糖苷生物碱含量测定的比较

样品	分析方法	
	HPLC	ELISA
整个马铃薯块茎	新鲜的（mg/kg）	新鲜的（mg/kg）
Russet（有机）	5.8	5.1
Russet	22	24
Yukon Gold	40	38
Purple（小）	45	37
Red（小）	101	128
Gold（小）	105	113
White（大）	125	132
White（小）	203	209
马铃薯各部位	干燥的（mg/kg）	干燥的（mg/kg）
肉（Red Lasoda）	45.6	51.6
皮（Shepody）	1432	1251
芽（Shepody）	7641	6218
叶	9082	8851
马铃薯加工产品	原始的（mg/kg）	原始的（mg/kg）
法式炸薯条 A	0	1.2
法式炸薯条 B	24.1	22.7
薯片（低脂）	15.2	22.7
薯皮 A	43.3	35.0
薯皮 B	37.2	41.0

打碗花精

打碗花精生物碱

打碗花精生物碱是出现在马铃薯中的一种多羟基莨菪烷生物碱，这种水溶性生物碱首次于1998年从非食用性植物——打碗花的根中发现的。1990年，Goldmann等解释了打碗花精生物碱的结构。从那以后，发现其他几种植物包括茄科类尤其是在茄子（深紫色）和马铃薯中也含有打碗花精生物碱，据报道茄科类植物中有打碗花精 A_3 和打碗花精 B_2，如图6-17所示。其他茄科植物，如曼陀罗属植物（蔓陀罗）中也发现含有打碗花精生物碱。打碗花精的生物合成过程可能是由托烷生物碱和阿托品莨菪碱衍生出来的。

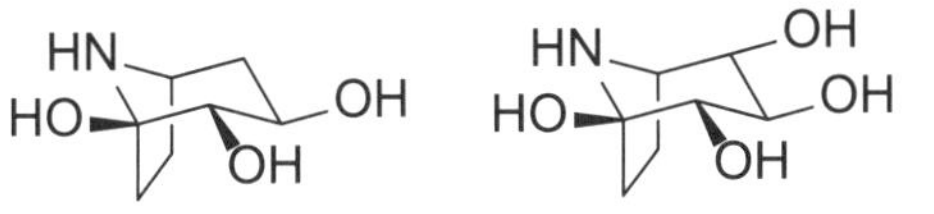

打碗花精A₃   打碗花精B₂

图 6-17 马铃薯打碗花精的结构

目前，已知的至少有八种不同行的打碗花精，大部分存在糖苷酶的抑制作用，糖苷酶是维持细胞正常功能所必须的。这些多羟基生物碱的结构类似于糖，与糖苷酶结合，跟糖分子与糖苷酶的结合形成竞争，从而抑制糖苷酶的活性。

目前还没有关于打碗花精对人类产生毒性的数据报告，另外多羟基生物碱对癌症、糖尿病、细菌性和病毒性感染有一定疗效作用，而且还能刺激免疫系统。

打碗花精含量

八个马铃薯品种中的打碗花精 A_3 和 B_2 含量见表6-4，样品包括肉、皮和整个马铃薯。从表6-4中可以看出皮中的打碗花精含量比肉中的含量高，不同品种马铃薯打碗花精 A_3 的值从最低到最高相差12倍，打碗花精 B_2 最低到最高相差15倍。打碗花精 A_3 和打碗花精 B_2 两者之和的值从最低到最高相差13倍。B_2/A_3 的值从最低到最高相差3倍。

Petersson等分析了瑞典21个马铃薯品种中打碗花精 A_3、打碗花精 B_2 和打碗花精 B_4 的含量，检测结果表明主要打碗花精为 A_3 和 B_2，三种打碗花精的总量为 23 ~ 141 mg/kg（湿基），研究结果还表明机械损伤和光照对打碗花精的含量没什么影响（表6-5）。

打碗花精的毒性机理

从马铃薯中将打碗花精 A_3 和打碗花精 B_2 分离出，研究其对人体小肠麦芽糖

149

表6-4　八个品种马铃薯肉、皮和整个马铃薯中打碗花精的含量（mg/kg）

马铃薯品种		打碗花精			
		打碗花精 A_3	打碗花精 B_2	A_3+B_2	B_2/A_3
Atlantic	肉	1.1	1.5	2.6	1.4
	皮	31.2	141	172	4.5
	整个	3.5	12.9	16.4	3.7
Dark Red Norland	肉	0	1.3	1.3	−
	皮	6.4	33.3	39.7	5.2
	整个	0.7	4.7	5.4	6.7
Ranger Russet	肉	1.1	2.3	3.4	2.1
	皮	87.1	380	467	4.4
	整个	9.6	39.7	49.3	4.1
Red Lasoda	肉	1.4	4.3	5.7	3.1
	皮	10.5	24.83	35.3	2.4
	整个	2.2	6.1	8.3	2.8
Russet Burbank	肉	11.1	56.5	67.6	5.1
	皮	6.6	67.8	74.4	11.8
	整个	10.8	57.3	68.1	5.3
Russet Norkota	肉	0.2	0.8	1	4
	皮	33.6	129	163	3.9
	整个	3	119.9	14.9	4
Shepody	肉	2.2	9.1	11.3	4.1
	皮	44	299	343	6.8
	整个	5.6	33.1	38.7	5.9
Snowden	肉	0.8	0.8	1.7	1
	皮	54.2	96.3	150	1.8
	整个	5.8	10.2	16	1.8

表6-5　二十一个不同马铃薯品种打碗花精含量（mg/kg）

品种	处理	样品量	CA_{A3}	CA_{B2}	CA_{B4}	总 CA	CA 变化
Juliette	对照	1	56	56	17	129	0
	受伤	1	75	57	19	150	21
	光照	1	38	32	16	86	−43
Maris Bard	对照	1	14	18	3	35	0
	受伤	1	26	20	3	49	14
	光照	1	24	23	4	51	16
Princess	对照	2	9 ± 3	13 ± 4	2 ± 2	23 ± 8	0
	受伤	2	9 ± 4	14 ± 8	2 ± 2	24 ± 13	1
	光照	2	10 ± 2	16 ± 5	2 ± 2	27 ± 8	4
King Edward	对照	3	27 ± 13	28 ± 15	1 ± 1	55 ± 29	0
	加热	3	38 ± 8	40 ± 4	3 ± 0	80 ± 12	25
	受伤	3	44 ± 5	44 ± 3	2 ± 1	89 ± 2	34
	光照	3	35 ± 4	37 ± 3	3 ± 0	74 ± 7	19

续表

Bintje	对照	3	60 ± 3	52 ± 3	30 ± 5	141 ± 8	0
	加热	3	63 ± 18	55 ± 9	22 ± 9	140 ± 30	−1
	受伤	3	45 ± 6	45 ± 9	35 ± 18	125 ± 33	−17
	光照		41 ± 7	34 ± 5	17 ± 3	93 ± 13	−49
Marine	对照	1	49	38	3	89	0
	受伤	1	52	39	4	94	5
	光照	1	69	54	3	127	38
Asterix	对照	2	33 ± 6	46 ± 7	4 ± 1	83 ± 13	0
	受伤	2	30 ± 1	33 ± 1	4 ± 0	66 ± 0	−17
	光照	2	24 ± 4	30 ± 7	5 ± 2	58 ± 13	−26
Folva	对照	2	13 ± 1	10 ± 1	2 ± 2	25 ± 4	0
	受伤	2	18 ± 6	13 ± 5	n.d.	31 ± 11	6
	光照	2	9 ± 2	7 ± 2	n.d.	16 ± 4	−9
Sava	对照	2	22 ± 4	30 ± 5	9 ± 1	61 ± 9	0
	受伤	2	23 ± 6	23 ± 7	7 ± 1	52 ± 12	−10
	光照	2	19 ± 3	19 ± 2	8 ± 1	46 ± 6	−16
Terra Gold	对照	1	84	44	n.d.	128	0
	受伤	1	58	32	n.d.	91	−37
	光照	1	72	34	n.d.	106	−22
Melody	对照	1	24	26	n.d.	49	0
	受伤	1	22	20	n.d.	41	−8
	光照	1	50	49	n.d.	99	50
Fontane	对照	1	27	28	23	79	0
	受伤	1	18	21	16	54	−25
	光照	1	23	28	12	62	−17
Desiree	对照	1	15	21	n.d.	36	0
	受伤	1	44	59	3	106	70
	光照	1	39	50	3	92	56
平均值 ± 标准差	对照	13	33 ± 22	32 ± 14	7 ± 9	72 ± 39	0
	受伤	13	36 ± 18	32 ± 15	7 ± 10	75 ± 37	3
	光照	13	35 ± 19	32 ± 13	6 ± 6	72 ± 31	0

n.d.= 未检测到，CA$_{A3}$= 打碗花精 A$_3$，CA$_{B2}$= 打碗花精 B$_2$，CA$_{B4}$= 打碗花精 B$_4$

酶和蔗糖酶两种 α- 葡萄糖苷酶活性的抑制作用，可以阐明打碗花精的致毒机理。打碗花精与麦芽糖酶和蔗糖酶活性中心的对接如图 6-18 所示：红色虚线表示打碗花精的羟基（或氨基）和氨基酸残基相连的氢键。（A）打碗花精 A$_3$ 与麦芽糖酶：5 个氢键连接 C$_1$OH 和 D355，C$_2$OH 与 D571，C$_3$OH 与 D571，NH$_2^+$ 与 D355，NH$_2^+$ 与 D472。（B）打碗花精 A$_3$ 与蔗糖酶：5 个氢键连接 C$_1$OH 与 D355，C$_2$OH 与 D571，C$_3$OH 与 D571，NH$_2^+$ 与 D355，NH$_2^+$ 与 D472。（C）打

151

碗花精 B_2 与麦芽糖酶：3 个氢键连接 C_2OH 与 D327，C_3OH 与 D327，NH_2^+ 与 D443；氢键连接 C_4OH 与 H600，氢键连接 C_1OH 与 NH 和 W406（距离为 2.4 Å）。（D）糖苷生物碱 B_2 与蔗糖酶：4 个氢键连接 C_2OH 与 D355，C_3OH 与 D355，C_4OH 与 D571，NH_2^+ 与 D472；氢键连接 C_1OH 与 NH 和 W435（距离为 2.5 Å）。Jockovíc等（2013）的研究结果表明打碗花精 A_3 的体外酶抑制活力比较低，打碗花精 B_2 主要抑制蔗糖酶的活力。

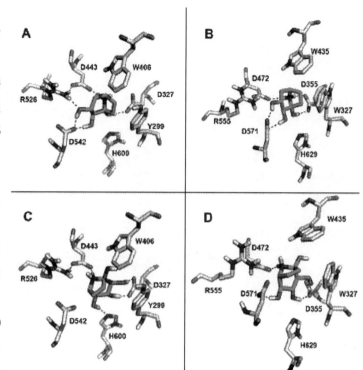

图 6-18　打碗花精与麦芽糖酶和蔗糖酶活性中心的对接

打碗花精 B_2 在预防进食高碳水化合物以后血糖的迅速攀升的作用有待进一步研究。

打碗花精的分析方法

将马铃薯样品冷冻干燥以后，采用 GC-MS 分析打碗花精的含量。

1. 打碗花精生物碱的提取与分离

称取 1.0 g 冷冻脱水干燥马铃薯皮（或肉）粉末样品，在室温条件下，于 25 mL 甲醇和水（4:1，v/v）体系中搅拌 24 小时，将样品用垫有硅藻土的抽滤瓶过滤以去除固体，得到的滤液在 45℃下旋转蒸发浓缩至 3 mL，将浓缩液转移到 10 mL 的烧杯中，用去离子水清洗确保转移干净，并用 HCl 调 pH 值到 4.0。将看起来有点浑浊的溶液直接上样到阳离子交换树脂色谱分离柱，柱子长 150 mm，内径为 12 mm，树脂为 Bio-Rad 公司提供的 Dowex AG 50W × 8，流速约为 1 mL/min，随后用 55 mL（3 倍柱体积）去离子水洗涤，再用 55 mL 0.5% NH_4OH 洗脱，收集碱性洗脱液并在 45℃下旋转蒸发至 2 ~ 6 mL。将浓缩液转移到一个 10 mL 的容量瓶并用去离子水定容，取其中的 1.0 mL 转移到 4 mL 带螺纹的硼硅酸盐玻璃瓶中，用液氮速冻然后冷冻干燥。

2. 三甲基硅烷基（TMS）乙醚衍生

物的制备

在每一瓶待测样品中加入 45 μL 干吡啶（含水量小于 50 mg/kg）和 45 μL MSTFA，再加入在 100℃预热了 1 小时的 10 μL 洋梨醇〔250 μg 用 50 μL 干吡啶和 MSTFA（1/1, v/v）溶解〕作为内标，然后将瓶子置于加热器上加热 1 小时。

3.GC—MS 分析

衍生好的样品用 HP 5890 II 型气相色谱仪（氦作为载气）串联 HP 5971 型质谱仪进行分析：气相色谱柱为 J&W 科学公司的 SE–30 型石英玻璃毛细管柱，长 60 m，直径为 0.32 mm；进样量

为 0.5 μL，进样时间为 0.2 min，进样温度为 105℃；升温程序为 30 ℃ /min（0.5 min），10 ℃ /min（从 120 ℃ 到 300℃），300℃保持 10 min。质谱条件为 EI 模式，70 eV，从 75 到 600 amu，每 1.5s 扫描一次。

4. 结果

图 6-19 的结果为用 GC-MS 分析 Ranger Russet 和 Shepody 两个品种马铃薯的皮和肉中打碗花精 A₃ 和打碗花精 B₂ 含量的结果：（a）Ranger Russet 肉；（b）Shepody 肉；（c）Ranger Russet 皮；（d）Shepody 肉。

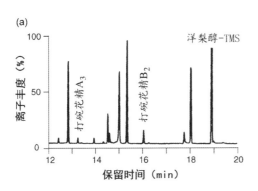
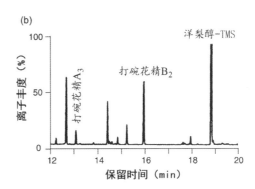
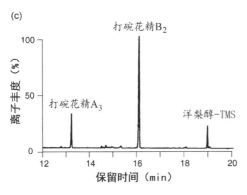
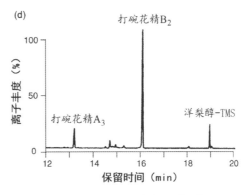

图 6-19　冷冻马铃薯肉和皮中亲水性生物碱提取的 GC-MS 总离子色谱图

糖苷生物碱和打碗花精

153

农药残留与食品安全

农药的分类与毒性

农药

农药是用以防止、消灭、驱赶或减轻任何有害生物的任何物质或物质的混合物，包括消灭杂草和其他有害植物的除草剂，控制各种昆虫的杀虫剂，用来防治霉菌和霉菌生长的杀菌剂，防止细菌传播的消毒剂，以及用来控制老鼠的农药。登记农药的原则为：可在环境中的存在时间不会明显超出其预期使用期限。

杀虫剂

用于预防、消灭或控制害虫的物质或物质的混合物被认为是杀虫剂，主要用于防治农业害虫和城市卫生害虫。杀虫剂使用历史久远、用量大、品种多，但是几乎所有杀虫剂都会严重地改变生态系统，会在食物链中积累，大部分对人体有害，因此必须在农业发展与环境和人类健康中取得平衡。杀虫剂根据作用方式可以分为胃毒剂、触杀剂、熏蒸剂、内吸杀虫剂等；根据毒理作用可分为神经毒剂、呼吸毒剂、物理性毒剂、特异性杀虫剂等；根据来源可分为无机和矿物杀虫剂、植物性杀虫剂、有机合成杀虫剂、昆虫激素类杀虫剂等。

杀菌剂

植物病害对农业可造成巨大损失，全世界的农作物由此平均每年减少产量约 500Mt，而在一定量或一定浓度下能有效地控制由各种病原微生物引起的植物病害的物质或物质混合物一般为杀真菌剂。国际上，杀菌剂指的是能有效地控制或杀死细菌、真菌和藻类等的化学制剂。杀菌剂根据使用方式可分为保护剂、治疗剂、铲除剂，根据传导特性可分为内吸性杀菌剂、非内吸性杀菌剂，按原料来源可分为无机杀菌剂、有机杀菌剂、抗菌素类杀菌剂等。

除草剂

除草剂是一种用来控制杂草的化学物质或物质的混合物。除草剂除了具有多种化学性质外，还可根据使用方法和作用方式加以分类，例如选择性除草剂、广谱除草剂、内吸收性除草剂、触杀性除草剂、苗前除草剂、苗后除草剂、长　残留性除草剂。

农药残留相关概念

农药残留

　　农药残留是在农药使用后，在农产品及环境中存在的农药活性成分及其性质上和数量上有毒理学意义的代谢（降解、转化）产物和杂质的总称。农药残留是使用农药后出现的必然现象，区别仅在于残留的时间长短、数量多少，但农药一旦使用，残留就不可避免。农药及降解产物残留对人类的影响：农药有助于提高作物的质量和数量，但是农药的过度使用和滥用以及许多陈旧、未获得专利、毒性大、环境中不易降解的廉价化学药品的广泛使用，造成人类严重的急性健康问题以及对当地和全球的环境影响，特别是在发展中国家，易导致广泛的环境污染。在高海拔地区还发现了目前使用的农药，这表明其持久性足以将其带入大气数百公里。环境中的农药残留及其代谢产物的残留进入陆生和水生食物链，最终到达人体内。有些农药会残留在农产品的表面或者内部，也会进入人体，未消化的农药残留积聚在器官中，影响人体健康。农药残留中普遍存在的一个更为惊人的现象是，大约一半的检测出的物质早已被淘汰，而另外在 10℃ 至 20℃ 时农药的降解产物很稳定。降解是唯一真正将农药从环境中清除的过程。

农药残留限量

　　世界卫生组织和联合国粮农组织（WHO、FAO）对农药残留限量的定义为，按照良好的农业生产规范（GAP），直接或间接使用农药后，在食品和饲料中形成的农药残留物的最大浓度。

每日允许摄入量

　　人类每日摄入某物质直至终生，而不产生可检测到的对健康产生危害的量，以每千克体重可摄入的量（毫克）表示，单位为 mg/kg 体重。

最大残留限量

　　指在生产或保护商品过程中，按照农药使用的良好的农业生产规范（GAP）使用农药后，允许农药在各种食品和动物饲料中或其表面残留的最大浓度。最大残留限制标准是根据 GAP 和在毒理学上认为可以接受的食品农药残留量制定的。参照每日允许摄入量（ADI），通过对国内外各种饮食中残留量的计算和确定，表明与"最大残留限量标准"相一致的食品对人类消费是安全的。

农药残留的毒性

食品安全事故一般都是通过吸入农药、食用受污染食品引起的。口服接触和直接接触农药引起的皮肤接触而发生的农残导致的中毒可分为急性中毒和慢性中毒。急性毒性作用将在接触农药后立即或几小时或一天内发生。长期接触农药残留将被归类为慢性毒性。

农药残留的降解

农药的降解

据估计，全球每年使用的农药超过56亿磅。食品中农药污染的高发生率已引起人类越来越多的关注。

农药的活性成分用化学的方法或者生物的方法进行降解，产生不同于原活性成分的物质，这个过程叫做农药的降解。农药的降解既涉及由微生物或植物介导的生物转化过程，也涉及化学和光化学反应等非生物过程。农药的转化过程取决于其对特定转化类型的结构亲和力，以及由于其分布和运输行为而所处的环境条件，例如土壤、沉积物或含水层中的氧化还原通常取决于可能发生哪些生物或非生物转化。同样，光化学转化仅限于暴露在阳光下的过程，例如湖泊或河流的表面、植物表面或亚毫米土壤层。

生物降解

生物降解是农药降解的重要途径，是农药质量平衡的重要途径。植物、动物和真菌（真核生物）通常通过广谱酶将农药代谢或者自身排毒代谢。而细菌（原核生物）则更常见地将其代谢为必需养分和能量。这种不同种类生物代谢结果不同的原因是真核生物中的敏感目标范围更广。例如，干扰昆虫神经信号传递的有机磷酯不会影响微生物的过程，因此，如果微生物体内含有能够水解磷酸三酯的酶，有机磷酯就可以作为微生物碳和磷的来源。细菌更可能含有此类酶，因为细菌有易于迅速进化出新酶和代谢途径的倾向，当它们为细胞提供一种或多种必需营养素时，这些细菌易产生此种酶。已知生物降解基因的水平转移发生在微生物种群中，并且在全球范围内传播这种新发展的生物降解途径。一个更令人困惑的问题是，尽管细菌在原则上是大量存在的，即使在地下水中也能检测到微生物降解农药，但为什么农药在地下水中几十年都没有消失，这个悖论与阈值浓度问题密切相关。在像地下水这样的低营养环境中，农药浓度低于阈值浓度，微生物的降解就会停止。

157

非生物降解

农药的非生物降解一般包括水解和光降解。自然状态下，在地表水中，光转化对农药转化有重要作用。光降解包括直接和间接光解，"直接"是指污染物本身吸收太阳能进行分解反应，"间接"是指光敏剂首先吸收太阳能，再将能量转移给污染物后发生分解反应。由于大多数农药的电子吸收光谱与地面太阳光谱几乎没有重叠，因此只有少数农药受到直接光转化的影响。而农药的水解转化结果与光降解存在很大差异，并且此种水解可以根据存在的官能团直接预测其反应。例如，对于有机磷酸酯、羧酸酯、氨基甲酸酯、碳酸盐、某些卤化物（甲基溴，炔丙基）等等，在水溶液中可以发生非生物水解。而相比之下，缺乏合适的反应基团的化合物通常难以发生化学转化，可能需要特殊条件，例如高 pH 值或低氧化还原剂的环境，并结合原位形成合适的非生物催化剂，进行催化降解。

农药残留的分析测试方法

农药残留的预处理方法

由于食物基质的复杂性，所以在去除过程中将考虑几个因素。因此，需要一些清除过程以消除来自食物基质的干扰。

液—液萃取

液—液萃取是一种快速、高效的食品农药残留分析方法。如图 7-1 所示，液—液萃取是将一种不互溶的溶剂进行直接分馏，用于溶液或液体样品中的分析物提取。

固相萃取

固相萃取是一种将样品吸附在固定

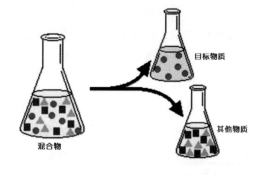

图 7-1　液—液萃取示意图

相上，然后用少量的洗脱溶剂从固体材料中脱附的提取技术（图 7-2）。固相萃取为提取极性范围不同的农药提供了广泛的吸附剂。市面上有很多固相萃取吸附剂，例如 Diol（二醇基键合硅胶）、PSA（丙基乙二胺）、SAX（强阴离子交换）、Al_2O_3（氧化铝）、C18（十八烷基键合二氧化硅）、ExtrelutTM（SiO_{2n}

H2O）、Florisil（硅酸镁）、Envi CarbTM（GCB，石墨化炭黑），还有 Oasis HLB（N- 乙烯基吡咯烷酮和二乙烯基苯的亲水或亲脂平衡共聚物）。

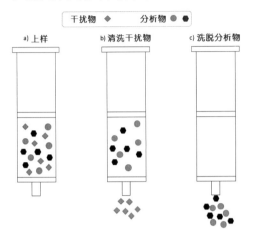

图 7-2　固—液萃取示意图

固相微萃取

固相微萃取根据样品和萃取涂层间的待测物存在非均相平衡性，利用萃取装置，直接在仪器上将待测物从样品中萃取出来，它是一种非常简单、高效、无溶剂的样品制备方法（图 7-3）。固相微萃取将采样、提取、浓缩和样品引入整合到一个无溶剂的步骤中，样品中

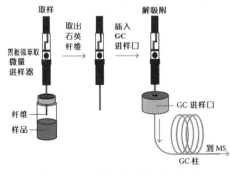

图 7-3　固相微萃取示意图

的分析物被直接提取并浓缩到提取纤维中。该方法节省了准备时间和处置成本，并可以提高检测限。

基质固相分散

基质固相分散是用研钵和研棒以键合相基体物质或涂有聚合物的物质作为固相载体，与样品和萃取材料一起研磨混合的方法，再将其转移到微型柱上（图 7-4）。用少量适当溶剂洗脱分析物，可更有效地消除食品基质的干扰。在分析固体、半固体和高黏滞性基质方面具有广阔的应用前景。

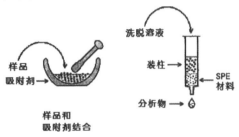

图 7-4　基质固相分散示意图

超临界流体萃取

当一种物质的压力和温度在它的临界点以上，成为单一相态，即非液体，也不同于普通的气体，介于气体和液体之间，这个范围内的流体称之为超临界流体。而此萃取方法是利用在临界点附近发生显著变化的特性进行物质分离和提取，即利用超临界条件下的流体作为萃取剂，从液体和固体中萃取出有效成分，从而进行分离的技术（图 7-5）。

159

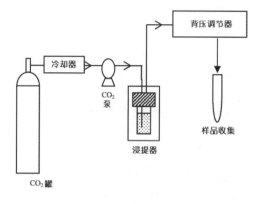

图 7-5　超临界流体萃取示意图

微波萃取

不同物质的介电常数不同，其吸收微波能的程度不同，由此产生的热能及传递给周围环境的热能也不相同。在微波场中，吸收微波能力的差异使得基体物质的某些区域或萃取体系中的某些组分被选择性加热，从而使得被萃取物质从基体或体系中分离，进入到介电常数较小、微波吸收能力相对较差的萃取剂中（图 7-6）。其优点为减少了提取时间，并且环境友好，成本低廉，可以实现自动化或与其他分析程序的在线耦合。MAE 系统中已加入了更新的附件或技术改进，以不断提高提取效率。

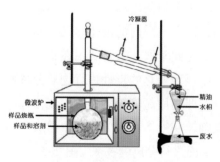

图 7-6　微波萃取示意图

加速溶剂萃取

一种新型的样品提取方法，是在高温高压下用有机溶剂萃取的自动化方法。对于固体样品中的有机化合物萃取具有提取效率高、时间短、所用溶剂少等特点（图 7-7）。

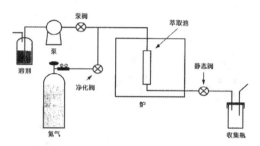

图 7-7　加速溶剂萃取示意图

分散液液微萃取

该方法的基本原理是将与水不混溶的萃取溶剂通过分散剂（水和萃取溶剂均混溶）在水溶液中快速分散。这导致了萃取剂的细小液滴的形成，从而可以从样品溶液中提取分析物。萃取溶剂与水样接触面积大，萃取平衡快（图 7-8）。分散液液微萃取的其他主要优点是操作简单、成本低、提取回收率和富集因子高。它的应用已扩展到不同基质中有机和无

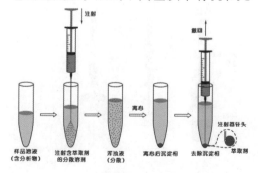

图 7-8　分散液液微萃取示意图

机化合物的预浓缩和测定。尽管分散液液微萃取有许多优点，但它在非常复杂的基质中的直接应用还是会受到限制。

QuEChERS (quick, easy, cheap, effective, rugged and safe)

QuEChERS (quick, easy, cheap, effective, rugged and safe) 是一种用于食品分析的灵敏技术，并且进行了改进。QuEChERS 是食品基质中农药提取物的联合提取和纯化方法。用少量的乙腈，分散固相萃取（d-SPE）的净化（图7-9）。最初，此方法用于分析水果和蔬菜。但是，后期研究人员对 QuEChERS 进行了改良，并将其应用于不同的样品基质，例如动物源性食品、干样品、白面粉、麸皮、蜂蜜、牛奶和土壤沉淀物，该原理是基于缓冲乙腈提取分析物，然后用盐析和 d-SPE 进行分离。这种方法的主要局限性是需要提取样品中的天然成分。

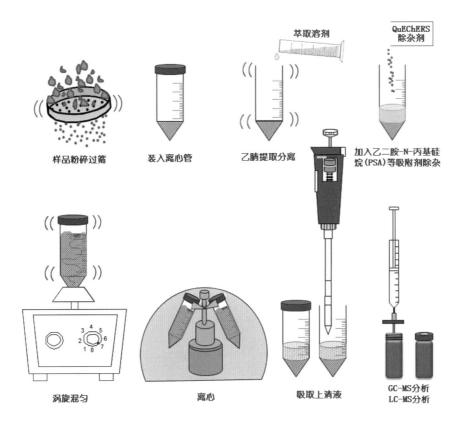

图 7-9　QuEChERS 示意图

农药残留与食品安全

农药残留检测方法

薄层色谱分析法

薄层色谱分析法是在平滑光洁的玻璃、金属、塑料板上（或聚酯薄膜上）把吸附剂铺成薄层作为固定相，用流动相把试样展开，从而进行色谱分离和分析的方法（图7-10）。薄层色谱分析法的分离的选择性主要取决于固定相的化学组成及其表面的化学性质。

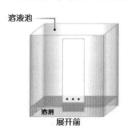

图 7-10　薄层色谱分析法

高效液相色谱法

高效液相色谱仪在农药残留分析方面有广泛的应用（图7-11）。经典色谱柱分离样品过程中流动相流速低、分离速度慢，样品分离时间长达几小时甚至一天以上。为了克服这些缺点，采用高压泵加快流体流动相的流动速率，采用微粒固定相以提高柱效，减少检测器的死体积，从而使高效液相色谱分离模式和方法不断增加，例如离子色谱、亲和

色谱、疏水色谱、手性色谱、各种键合

图 7-11　高效液相色谱仪

相色谱。

液相色谱—质谱法

以液相色谱作为分离系统，质谱为检测系统（图7-12）。液相色谱基于分析物质的物理或化学性质：疏水性、分子大小、官能团种类等。当流出物到达MS离子源时，可以发生电离并在质谱仪中产生具有信号强度的离子，其信号强度与样品中存在的分析物的含量成正

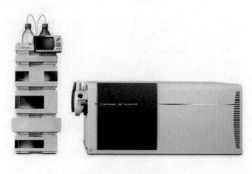

图 7-12　液相色谱—质谱仪

相关。质谱法是利用带电粒子在电场、磁场中的运动规律，按荷比实现分离并分析，它能够给出化合物的分子量、经验式、元素组成、分子结构信息，具有检测快速、定制专属性较强、灵敏度较高的优点，但要求样品纯度较高。

气相色谱法

以气体为流动相（载气），由于气体的黏度小，因而在色谱柱流动的阻力小；同时，气体的扩散系数大，组分在两相间的传质速率快，有利于高效快速分离（图7-13）。然而，许多农药的挥发性不够，或者热不稳定，不能用气相色谱分析，但是在某些情况下，这些问题可以通过在气相色谱注入之前引入一个合适的衍生化步骤来解决，有时候衍生化步骤会很繁琐。气相色谱的检测器一般具有选择性，且具有一定的针对性，使用过程中存在一定的局限性。

图 7-13　气相色谱仪

气相色谱—质谱法

在没有纯标准品的条件下，试样中未知物的定性和定量较为困难，往往需要与质谱联用。气相色谱—质谱法不仅具有气相色谱的高分离性能，还具有质谱的强定性功能，可以进行定性定量分析（图7-14）。同时利用质谱检测器的通用性，对多种类别的化合物进行一次进样就能同时检测，因此对基质复杂的情况尤为适用。

图 7-14　气相色谱—质谱仪

毛细管电泳法

毛细管电泳法可以分离具有高极性和水溶性物质的化合物。毛细管电泳法

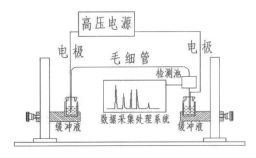

图 7-15　毛细管电泳法

163

分离性能好、速度快、成本低、注销高，仪器操作成本低，自动化程度较高，需少量样品，但灵敏度和重复性较差（图7-15）。在处理高极性、带电或手性分析物时应首先考虑毛细管电泳法，它是一种具有巨大潜力的技术。

酶抑制法

酶抑制法可对有机磷、氨基甲酸酯类农药进行定性检测（图7-16）。有机磷与氨基甲酸酯类农药特异性地抑制昆虫中乙酰胆碱酯酶的活性，破坏神经的正常传导，使昆虫中毒致死。农药残留快速检测技术利用蔬菜样品中农药对乙酰胆碱酯酶活性的抑制作用，影响显色反应的速度来测量其中农药残毒（酶抑制率）大小，可判断出样品中有机磷与氨基甲酸酯类农药是否超标。蔬菜农药残留快速检测技术，因其时间短、一次可检测多个样品、成本较低、对操作员技术水平要求低、在简易实验室就能进行的优点在基层实验室得到广泛应用。

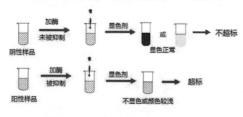

图 7-16 酶抑制法

免疫分析法

免疫分析法是一种以抗体作为生物化学检测器对化合物、酶或蛋白质等物质进行定性和定量分析的分析技术（图7-17）。免疫分析法具有特异性强、灵敏度高（检测极限可达 1 ~ 1000 ng/mL）、方便快捷的特性。用于农药残留免疫分析反应的类型绝大多数是抗体或抗原竞争型反应，其检测方法有两种：一种是抗原捕获法，将已知量的标记抗原与含有未知量的待测抗原混合在一起，然后将该混合液与吸附在固相上的亚饱和量抗体结合，检测液中含量高的抗原将减少标记抗原的结合，这样通过已知标准曲线定量出不同目标检测物的浓度；另一种是"三明治"分析法，是先把抗原吸附在固相上，然后将混有待测抗原的一抗抗体混合液与吸附在固相上的抗原孵育，冲洗掉已结合的抗体，再加入酶标记的二抗抗体与其共同孵育，最后测定标记抗体上酶催化底物产生的光吸收值的大小来确定农药残留的量，也可将一抗抗体直接用酶标记，然后测定结合抗体上的酶所催化底物产生的颜色反应。其特点是容量大、检测成本低、安全可靠。

为了使蔬菜、水果质量分析更加灵活、方便，研究人员需要一种快速、实时、高效的检测技术，这是传统分析方法无法满足的需求。

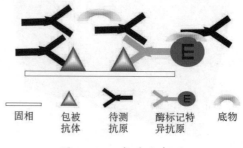

图 7-17 免疫分析法

拉曼光谱法

拉曼散射是光散射现象的一种，单色光束的入射光子与分子相互作用时可发生弹性碰撞和非弹性碰撞，在弹性碰撞过程中不发生能量交换，光子只改变运动方向而不改变频率（瑞利散射），非弹性碰撞过程，光子与分子间发生能量交换，运动方向和频率都会发生改变。拉曼光谱法具有分析速度快、灵敏度高、操作简单、无需样品制备等优点（图7-18）。但随着农残检测标准限量的降低，对于痕量农残成分，需采用表面增强拉曼光谱，使得表征物质分子间的振动与转动信息光谱信号增强100倍左右，进而获得高检测精度。

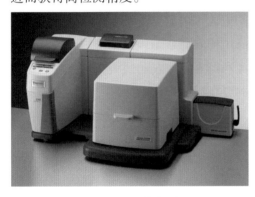

图 7-18　拉曼光谱仪

近红外光谱法

近红外光谱法属于分子振动光谱，产生于共价化学键的非谐能振动，是分子振动的倍频和组合频，源于 X—H 键（X 为 C、O、N、S 等）的吸收。不同的含氢基团所产生的光谱在吸收峰强度和位置上有所不同，根据 Lambert-Beer 定律，

如果样品的成分含量变化，其近红外光谱特征也会随之发生变化。此方法是据物质对红外光谱 780～2526 nm 区域的电磁辐射进行选择性吸收的特点进行检测。近红外光谱技术分析具有方便、快速、高效、准确和成本较低、不污染环境等优点（图7-19）。

图 7-19　近红外光谱仪

高光谱成像技术

高光谱成像系统由三个主要部分组成：光源、光分散装置和成像单元（如眼睛）以及决策组件（如计算机硬件和软件）（图7-20）。光源提供的光与食品样品相互作用，所检测到的包含样品物理和化学信息的部分将被分散并投射到成像光谱仪的二维探测器阵列上，其作用与人眼相同。成像摄谱仪通常覆盖可见和近红外区域的广泛范围，然而，人眼只有红、绿、蓝三种颜色区分。获取的信号将被传送到计算机中进行进一步处理，包括数字化、存储、建模和决策，

农药残留与食品安全

这与大脑的工作方式类似。因此，高光谱成像的原理可以通过整合光谱和计算机视觉的理论来理解。高光谱成像技术具有图像和光谱的双重优势。它的检测过程是无损的、无污染的，而且样品不需要预处理，因此在现代农业检测和分析中得到了广泛的应用。

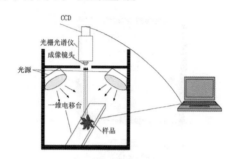

图 7-20　高光谱成像技术

激光诱导荧光技术

　　激光照射样品激发荧光，根据荧光光谱特征和强度进行物质定性定量分析，是毛细管电泳中灵敏度较高的技术之一，可分为直接激发诱导荧光技术和间接激发诱导荧光技术（图 7-21）。直接激光诱导荧光技术要求被测物在激光激发下发射荧光，否则，应在分析前用荧光素标记分析物（即衍生化）。在间接激光诱导荧光技术中，荧光物质被添加到背景电解质溶液中。当非荧光分析物通过分离通道时，在被分析物区域被分析物将取代荧光物质，从而降低了本底荧光，产生了倒置的分析峰。间接激光诱导荧光技术不要求非荧光分析物进行衍生化。因此，如果将激光诱导荧光技术应用于农药残留分析，可以充分发挥毛细管色

谱的优势，将成为检测 strobilurin 农药残留的新方法。然而，背景荧光物质的激发和发射波长必须与激光诱导荧光技术探测器一致。

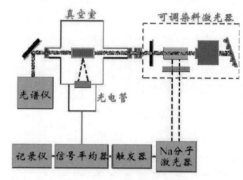

图 7-21　激光诱导荧光技术

减少农药残留的措施

　　农药残留的去除：农产品和农副产品中通常用加工单元操作减少或去除食品中的农药残留，例如清洗、去皮、烫漂和蒸煮等。农药残留在这些程序产生的废弃物中。

　　洗涤：洗涤可以去除一些残留在食物表面的农药和主要的极性化合物，如碳水化合物。洗涤是最常见的加工形式，是家庭和商业准备的第一步。采用不同类型的洗涤程序，以合理的效率去除几种农药残留，且可冲洗性与水溶性无关，与水温有关，热洗和热烫更有效，并且洗涤剂可进一步提高清洗效果。

　　热水烫漂：可增加除害剂的去除率，并可水解大量的非持久性化合物。非极性农药牢牢地附着在水果和蔬菜果皮的蜡质层中。

　　去皮：去皮是加工大部分水果和蔬

菜的重要步骤。化学去皮（多为碱液去皮）、机械去皮（多为磨蚀去皮）、蒸汽去皮、冷冻去皮是果蔬加工中常用的去皮方法。导致几乎，可以完全去除氯化烃。大多数直接施用于作物的杀虫剂或杀菌剂对表皮的移动或渗透非常有限。因此，这些材料的残留物被限制在外表面，在去皮、去壳或修整的过程中可以被去除。

烘焙：在烘烤的过程中，当食物被加热时，残留的农药可能通过一些物理化学过程而损失，如蒸发、共蒸馏和热降解，因农药的化学性质不同，结果也不尽相同。在这一过程中，组织中所含的水会使农药分子内嵌（共蒸馏），而热量会导致蒸发和降解，并且在面包烘焙过程中，农药也会降解。

干燥：干燥是保存食物最古老的方法。与其他方法相比，干燥相当简单。

食物可以通过多种方式晒干，例如，在太阳下晒干，或者在烤箱里烘干，或者在食品烘干机里晒干。干燥可以大大减少农药的残留。

发酵：发酵是酶将大部分蛋白质水解成氨基酸和小分子肽的简单过程；淀粉部分转化为单糖，单糖主要发酵成乳酸、酒精和二氧化碳。为减少农药残留，研究人员对发酵进行了研究，而发酵过程对农药残留的降解与发酵剂的活性等有关，但是其农药残留的减少可能是细菌细胞壁的吸收而不是化学或者生物降解。

浸泡：农药残留在水中浸泡的转移率取决于农药本身溶解度和分配系数。有的农药在水中溶解度极低，对有机物有良好的吸附能力，容易与浸泡液中的悬浮物如蛋白质、碳水化合物、色素等结合。

马铃薯农药残留安全性分析

农药对生态环境的破坏

农药的大量使用对全球的生态环境造成巨大的破坏，引起了全社会的广泛关注，朱建军（2018）对农药的危害进行了分析。在一些发展中国家农药对生态环境的破坏更加严重，我国作为一个全球最大的发展中国家，农药对生态环境污染的现象更加突出。有关研究表明，全球每年使用的几百万吨农药中真正发挥作用的仅仅有 1% 左右，99% 的农药都散落到土壤、空气和水中，其中中国是主要的农药残留污染之处。

农药在我国农业生产过程中的施用量较大，而农药本身又是一种有毒的化学物质，对生态环境和人畜的健康容易造成极大的威胁，我国每年因为环境污染和农药中毒而引发的事故逐年呈上升趋势。美国于 1970 年开始就成立了相对系统完善的农药监管体系，主要负责检测化学农药对环境的污染情况，农药在满足农业发展需求的同时不能对农业生态环境造成破坏。我国农药生产结构极不合理，在整个农药生产过程中杀虫剂就占到农药生产总量的一半以上，而有机磷和氨基甲酸酯类农药又占到杀虫剂农药总量的多半以上。

我国目前生产和使用的有机磷和氨基甲酸酯类农药有几十种，是当前用途最广泛应用的一类杀虫剂，占整个杀虫剂的 70% 以上，这些农药在一定条件下会长期存在土壤、水及农产品中，同时在动物体内也会富集。水中的一些无脊椎动物对农药很敏感，如果水体被农药污染严重，就会使这些动物大量的死亡，这些无脊椎的浮游动物及甲壳动物是水生生态系统的重要组成部分，对水体中生命与非生命物质进行消化、排泄及维持水中营养物质的循环利用作用，如果水生系统中缺少它们这一环，将对整个水生态系统的结构与功能产生严重的影响。

当农药喷施在作物上之后，一部分农药被植株吸收，在植物体内转化为毒性更强的化合物，有的落到土壤中，有的散发到空气中，有的随雨水流入到河中，最终导致土壤、空气及水体的污染。据有关研究表明：在农业生产中使用的农药只有 1% ~ 2% 的用于病虫害防治，10% ~ 20% 的吸附在作物体表面，而剩余的 80% ~ 90% 的农药被散逸在周围的环境中。农药如果直接喷洒在土壤中就会杀死土壤表面的有益微生物，同时

影响土壤的团粒结构等理化性质，而飘移在大气中的农药会通过呼吸道及皮肤，或者通过食物链或食物网富集作用，在人畜体内积聚起来，影响人畜的健康。

土壤农药污染是一个备受世界关注的问题，而我国由于特殊的历史原因、施药技术及农药品种等多方面的因素的影响，导致我国目前农田土壤的农药污染现象相当严重。据有关研究表明，我国比一些发达国家在土地单位面积上农药的施药量要高出平均 2 ~ 3 倍左右，而且每年以 10% ~ 15% 的速度快速增长。

农药残留对人体的危害

农药和化肥是现代农业的三大支柱之一，据有关研究表明，农药的应用可以挽回作物病虫害损失的三分之一以上，由此可知，农药在保证国家粮食安全、维持世界农产品的供需平衡、解决欠发达国家的饥荒问题及维护社会安定等方面起着非常重要的作用。但是，由于农药的广泛而过量的使用所造成的一些负面影响也不可忽视，如农产品中农药残留、病虫害抗药性及生态环境破坏等全球性问题需要急需解决，刻不容缓，而农产品中的农药残留对食品安全的危胁是首当其冲的主要问题。

我国每年的农药使用量大约 100 万吨左右，越居全球首位，其中高度剧毒的有机磷和氨基甲酸酯类农药占到年使用量的 70% 以上，而吸收毫克级的有机

磷农药可以导致人畜丧生。据统计，在全球每年由于食用含有农药残留的食品而导致患病的大约有 200 万人左右，而食用含高农药残留而造成死亡的人大约有 4 ~ 22 万左右。

食用含有少量农药残留的农产品不会对人体造成急性的毒害作用，然而绝大多数农药的分子结构是相对稳定的，在生物体内不易被分解代谢掉，而且很难被机体排泄掉。人类的癌症，精神系统功能失调，不孕症状及内分泌功能失调等疾病均与人体吸收的农药有关。有研究表明，人体内约 90% 的农药是通过被污染的食品摄入而造成的。我们生产上所使用的农药对人类胚胎及胎儿的正常发育有一定的毒副作用。同时，将多种农药同时混合使用将会产生交互作用，对胎儿的正常发育造成不良的联合效应。有研究表明，白血病、前列腺癌等病的发生与接触有机磷及氨基甲酸酯类农药的混合物关系密切。有机磷及氨基甲酸酯类农药在农业生产中被广泛使用，已经占到我国农药使用总量的 80% 以上，如果多种这类农药在人体共同存在，就会产生联合毒性，对人体会造成致癌、出生缺陷、生殖毒害、神经毒害等严重的健康危害之一。

通过对 600 多种生产有机磷农药车间的女工人的生殖功能及其子女的健康进行调查发现，接触有机磷农药女工生殖功能出现异常，新生儿出现缺陷、流产、妊娠贫血等发生率高于普通人。大多数有机磷农药中毒为急性中毒，但如果长期接触少剂量农药就会发生慢性中毒，据国外有关研究报道：通过对长期接触有机磷农药的 30 名工人调查研究发现，有 8 人记忆力下降，7 人产生精神抑郁症，6 人精神不集中，4 人情绪不稳定，5 人有精神分裂症。DNA、染色体等遗传物质是农药毒害的主要目标，这个受损的遗传特性会传递给后代。据有关研究表明，多种有机磷农药分别单独染毒人肝肿瘤细胞，结果表明，多种有机磷农药单独作用时均可导致 DNA 损伤。

农产品中农药残留是普通存在的现象，在水果及蔬菜等农产品中有机磷与氨基甲酸酯类农药残留现象比较严重，人畜往往通过食物摄入体内的并不是单一的有机磷和氨基甲酸酯类化合物，而是它们的混合物，这些混合物比单一化合物对人畜的危害性更大。农药残留一般会对人体造成急性及亚急性中毒，急性中毒一般表现为头痛、头昏等症状，而亚急性中毒一般会影响人体的遗传机能，导致不可逆的后果，表现为致癌、致畸，损伤人体的重要脏腑器官。有机磷和氨基甲酸酯类农药被人吸收之后会抑制血液及组织中的乙酰胆碱酯酶的活性，造成精神异常，引起神经炎症，同时对人的视觉、生殖机能及免疫功能造成不良的严重影响。

有关研究表明：食用含有杀虫剂残留的食物会导致一些疾病的发生，如消化道黏膜炎症及相关形态方面的病变等。有关部门统计，我国每年因为食物而中毒的 30 万的人群中，大约有 20% 的是

农药残留与食品安全

由农产品中农药残留的超标引起的其中因农产品中农（兽）药残留超标而引起的中毒人数大约占 20% 左右。相关研究显示：人体内的抗氧化能力与接触农药的时间长短有较大地关系，我们的身体长期接触有机磷农药会导致一些疑难怪病的发生。我们食用的农产品即使在国家制定的标准下没有超标，如果经常食用这种含有较低农药残留但农残未超标的农产品，可能会引起体内一些慢性疾病的产生。农药喷施后大约 30% 的附在农作物表面，其余 70% 的则落在土壤、水源及大气中，这些农药通过对作物的直接污染或通过食物链与生物富集效应积累到人体影响人体健康。

马铃薯农药最大残留限量标准

罗晓妙（2015）对马铃薯农药残留安全性分析进行了综述。GB 2763-2014《食品安全国家标准》中规定了食品中 387 种农药 3650 项最大残留限量，其中涉及大米、小麦、玉米三大主粮的相关农药分别有 148 种、125 种、94 种，涉及马铃薯的相关农药有 102 种，见表7-1。这 102 种与马铃薯相关且在国标中规定了最大残留限量的农药包括除草剂、杀虫剂、杀菌剂、杀软体动物剂、杀线虫剂、植物生长调节剂、熏蒸剂、增效剂等，其中有 20 多种农药是国家禁止使用或限制使用的农药品种。另外，在农业部、工信部、国家质监局联合发布的 1745 号公告中规定，百草枯水剂已于 2016 年 7 月 1 日起禁用。这些农药之所以被禁止使用或限制使用是因为它们毒性强或者半衰期长或对生态环境影响大，所以在监管时应该特别注意这些农药品种在马铃薯中的残留量，特别是目前允许销售使用但限制在蔬菜中不能使用的农药。

在表 7-1 列出的 102 种农药最大残留限量中，50% 的限量标准值低于或等于其他主粮，10% 高于其他主粮，40%是其他主粮没有规定的，这体现了马铃薯种植贮藏中用药与其他主粮有较大差异。马铃薯农药最大残留限量从高到低的前几名分别是抑芽丹（50 mg/kg）、氯苯胺灵（30 mg/kg）、四氯硝基苯（20 mg/kg）、噻菌灵（15 mg/kg）、抑霉唑（5 mg/kg）和溴甲烷（5 mg/kg），这 6 种农药都是马铃薯贮藏中常用的抑制发芽剂和抑菌剂，属于低毒性农药，限量相对其他农药较高，但当马铃薯作为主食、消费量增大时，也需考虑这些低毒性农药导致的安全性问题，因此应引导农户和企业避免过度使用和加强监管。

表7-1　马铃薯中的农药最大残留限量标准

农药名称	用途	最大残留限量 / mg·kg⁻¹	农药名称	用途	最大残留限量 / mg·kg⁻¹
艾氏剂	杀虫剂	0.05	抑芽丹	植物生长调节剂 / 除草剂	50
百草枯	除草剂	0.05	氯苯胺灵	植物生长调节剂	30

续表

苯线磷	杀虫剂	0.02	四氯硝基苯	杀菌剂/植物生长调节剂	20
滴滴涕	杀虫剂	0.05	噻菌灵	杀菌剂	15
狄氏剂	杀虫剂	0.05	溴甲烷	熏蒸剂	552
地虫硫磷	杀虫剂	0.01	抑霉唑	杀菌剂	11
毒杀芬	杀虫剂	0.05*	噻呋酰胺	杀菌剂	0.5
对硫磷	杀虫剂	0.01	甲萘威	杀虫剂	0.5
甲胺磷	杀虫剂	0.05	乙酰甲胺磷	杀虫剂	0.5
甲拌磷	杀虫剂	0.01	代森联	杀菌剂	0.5
甲基对硫磷	杀虫剂	0.02	代森锰锌	杀菌剂	0.5
甲基硫环磷	杀虫剂	0.03*	代森锌	杀菌剂	0.5
甲基异柳磷	杀虫剂	0.01*	马拉硫磷	杀虫剂	0.5
久效磷	杀虫剂	0.03	霜脲氰	杀菌剂	0.3
克百威	杀虫剂	0.1	烯草酮	除草剂	0.2
磷胺	杀虫剂	0.05	增效醚	增效剂	0.2
硫环磷	杀虫剂	0.03*	霜霉威和霜霉威盐酸盐	杀菌剂	0.2
六六六（HCB）	杀虫剂	0.05	2，4-滴（2，4-D）	除草剂	0.2
氯唑磷	杀虫剂	0.01*	敌百虫	杀虫剂	0.2
灭线磷	杀线虫剂	0.02	敌敌畏	杀虫剂	0.1
内吸磷	杀虫/杀螨剂	0.02	甲基立枯磷	杀菌剂	0.1
杀虫脒	杀虫剂	0.01*	五氯硝基苯	杀菌剂	0.1
特丁硫磷	杀虫剂	0.01	苯氟磺胺	杀菌剂	0.1
涕灭威	杀虫剂	0.1	氯化苦	熏蒸剂	0.1
蝇毒磷	杀虫剂	0.05	嘧菌酯	杀菌剂	0.05
治螟磷	杀虫剂	0.01	灭菌丹	杀菌剂	0.05
螺虫乙酯	杀虫剂	0.8*	杀线威	杀虫剂	0.05
乐果	杀虫剂	0.5*	保棉磷	杀虫剂	0.05
杀螟硫磷	杀虫剂	0.5*	倍硫磷	杀虫剂	0.05
氟啶虫酰胺	杀虫剂	0.2*	丙溴磷	杀虫剂	0.05

171

三苯基氢氧化锡	杀菌剂	0.1*	敌草快	除草剂	0.05
氟吡菌胺	杀菌剂	0.05*	氟苯脲	杀虫剂	0.05
克菌丹	杀菌剂	0.05*	氟氰戊菊酯	杀虫剂	0.05
硫丹	杀虫剂	0.05*	甲硫威	杀软体动物剂	0.05
丙炔噁草酮	除草剂	0.02*	甲霜灵和精甲霜灵	杀菌剂	0.05
氯虫苯甲酰胺	杀虫剂	0.02*	抗蚜威	杀虫剂	0.05
氰霜唑	杀菌剂	0.02*	联苯菊酯	杀虫 / 杀螨剂	0.05
双炔酰菌胺	杀菌剂	0.01*	磷化铝	杀虫剂	0.05
氯丹（chlordane）	杀虫剂	0.02	氯菊酯	杀虫剂	0.05
七氯（heptachlor）	杀虫剂	0.02	嘧霉胺	杀菌剂	0.05
氧乐果	杀虫剂	0.02	氰戊菊酯和 S- 氰戊菊酯	杀虫剂	0.05
多杀霉素	杀虫剂	0.01	噻节因	调节剂	0.05
二嗪磷	杀虫剂	0.01	烯酰吗啉	杀菌剂	0.05
氟氯氰菊酯和高效氟氯氰菊酯	杀虫剂	0.01	辛硫磷	杀虫剂	0.02
氟酰脲	杀虫剂	0.01	亚胺硫磷	杀虫剂	0.02
精二甲吩草胺	除草剂	0.01	异狄氏剂（endrin）	杀虫剂	0.02
氯氟氰菊酯和高效氯氟氰菊酯	杀虫剂	0.01	苯醚甲环唑	杀菌剂	0.02
氯氰菊酯和高效氯氰菊酯	杀虫剂	0.01	苯霜灵	杀菌剂	0.02
灭蚁灵（mirex）	杀虫剂	0.01	苯酰菌胺	杀菌剂	
溴氰菊酯	杀虫剂	0.01	吡唑醚菌酯	杀菌剂	
亚砜磷	杀虫剂	0.01	噻虫啉	杀虫剂	

* 该限量为临时限量

马铃薯种植贮藏中使用农药制剂概况

马铃薯在种植、贮藏期间可能发生多种病虫害，有报道的病害包括干腐病、晚疫病、早疫病、环腐病、软腐病、疮痂病、黑痣病、生理性叶斑病、潜隐花叶病毒病、青枯病、炭疽病等，这些病害由真菌、细菌、病毒等引起；主要虫害有蚜虫、瓢虫和地下害虫，地下害虫包括蝼蝼、蛴螬、金针虫、地老虎等。为了确保马铃薯产量的提高和贮藏效果，对马铃薯病虫害的防治可以采取"预防为主，综合防治"的植保方针，在关键时期、关键环节采取关键措施防治病虫害。防治马铃薯病虫害的方法有很多种，除选择抗逆性强的种薯外，还有生物防治、药剂防治等，其中药剂防治是目前最常用的方法。

目前，文献中有很多用药剂防治马铃薯病虫害的报道，报道中提及的在种植中防治马铃薯微生物病害的农药主要有：矮壮素、苯菌灵、多菌灵、百菌清、百菌灵、甲霜灵、杀毒矾、代森锰锌、代森锌、安泰生（丙森锌）、波尔多液、可杀得（有效成分是氢氧化铜）、多抗福美双、霜脲锰锌、银法利（氟吡菌胺和霜霉威盐酸盐的复配制剂）等；植物生长调节剂有：矮壮素、比久（丁酰肼）、多效唑、缩节胺、保丰素（氯化胆碱和萘乙酸钠的复配试剂）、抑芽丹（马来酰肼）；杀虫剂有：吡虫啉、抗蚜威、高效氯氟氰菊酯、氯氰菊酯、氰戊菊酯、敌敌畏、杀螟松、辛硫磷等。

重金属和非金属

重金属含量的危害性

研究食品中重金属特别是有毒金属含量是食品安全风险评估的重要内容之一。食品中的铝（Al）、镉（Cd）、铅（Pb）、汞（Hg）等有毒金属主要来源于自然（周围土壤）、环境污染物（不加控制地使用农药、食品添加剂等）。根据联合国儿童基金会的一项调查，重金属污染导致了糖尿病、心脏病、血管疾病和各种癌症的发病。

砷（As）

砷是一种非金属元素通过抵抗磷、硅、锌、硒和镁的吸收和代谢来限制植物吸收营养的能力。它还通过氧化损伤破坏细胞膜来改变光合作用，导致 DNA 损伤。砷是从植物的根部获得的。在被砷污染的土壤中，块茎作物比其他作物积累了更多的砷。砷是环境的主要污染物，对世界许多国家的公众健康构成严重威胁。由于砷在饮用水源中的浓度升高，全世界超过 1.5 亿人受到砷的影响（2009 年）。砷或高暴露微量砷均对人体有毒，无机砷(iAs) 是砷的化合物之一，两者对人类都有致癌作用。根据第五届中国食源性营养调查 (TDS)，膳食中砷的主要来源为谷类、水产类食品和蔬菜，总摄入量为 86.46%。上海、福建、江苏、浙江和广东的水产类食品摄入比例高于其他类型食品，其余省份谷类是砷的主要食物来源。此外，无机砷在 20 个地区之间的平均摄入量为 27.7μg/d；在这些地区中，东北地区（吉林、辽宁）和沿海地区（广西、江西）的污染水平超过全国平均水平。

镉（Cd）

从 20 世纪 50 年代开始，镉污染一直是全世界关注的问题。镉半衰期长，且有生物蓄积性，因此具有毒性。导致镉毒性的因素包括磷肥和农药的过量使用、污水污泥积累、铅锌矿的开采、热力设施和钢铁行业的污水排放以及燃料燃烧等。在中国，土壤中普遍存在镉。根据中国政府 2014 年发布的调查报告，耕地、林地、草地和荒地的镉污染水平不同。镉可以被植物的根吸收，并很容易运输到芽中。关于人类中的镉积累，据估计，人体中超过 80% 的镉积累是通过食用被污染了镉的土壤中的蔬菜而导致。通过食物摄取的镉最多的是日本，其次是中国和智利。据报道，成年人摄入 25% ~ 55% 的镉是通过马铃薯摄入的。镉被联合国环境规划署（UNEP）列为全球首例有害物质，还可导致人类和实验动物患肺癌和前列腺癌。癌症研究机构（IARC）以及美国将镉称为危害人类健康的第六种有毒化学物质。内蒙古自治区居民食用马铃薯，占膳食总镉来源的 24%。

汞（Hg）

汞具有高毒性，并且在生物链中有明显的积累和生物放大的趋势。它会干扰神经系统细胞的各种过程，干扰神经递质的产生，降低甲状腺和睾酮等激素的分泌。即使在低浓度的汞的环境中，时间长了也可能导致肺炎和支气管刺激等疾病。该元素的毒性作用与发现它的化学形式和进入人体的方式有关，例如，当通过消化道甲基汞（MeHg）进入人体时，甲基汞是影响最大的汞化合物，甲基汞主要存在于鱼类和其他海洋产品中，它们很容易进入人的胎盘保护和血脑屏障，损害胎儿和婴儿发育中的大脑。汞的全国平均摄入量为 4.52μg/d。汞的主要膳食来源为谷类和水产食品，占总膳食摄入的 66.90%。

铅（Pb）

铅中毒可破坏儿童正常的生理过程和神经发育，损害肾脏和生殖系统，严重的造成不可逆损害。铅的平均摄入量约为 35.1μg/d，并且铅的饮食来源复杂。总的来说，谷类、肉类、蔬菜、饮料和水是铅的主要来源，占总膳食来源的 73.26%。但在不同地区之间仍存在许多差异：黑龙江省和辽宁省铅的主要膳食来源分别为蔬菜和谷类，北京市和青海省是肉类和谷物，上海市是肉和蛋，福建省是水产食品，江西省是豆类和谷类，浙江省是水生食品，等等。上述差异与不同地区居民的饮食结构有关，因为食物中铅的浓度高于镉、砷、无机砷、汞、甲基汞的浓度。

铝（Al）

铝是一种在人体内没有功能的神经毒性金属，可在大脑、骨骼、肝脏和肾脏中积累，并且长时间在体内积累容易得神经退行性疾病（例如阿尔茨海默氏病）。马铃薯是陕西、宁夏和内蒙古自治区居民铝的主要来源。水产食品、肉类和蔬菜分别是福建、四川和广东居民铝的主要来源。

铁（Fe）

铁是正常生长所必需的基本元素，但接触高浓度的铁会引发心脏病、癌症、肝脏疾病和神经退行性疾病、糖尿病。

钴（Co）

钴是一种常见的重金属，是主要的环境污染物之一。在低浓度下，钴是一种必需的微量营养素，但过量摄入会影响人体的健康。虽然与其他重金属相比，钴对生物体的毒性较低，但高浓度的钴会对人体健康产生各种影响。工人在吸入高浓度钴的空气时，会出现哮喘、肺炎和喘息等问题。

锰（Mn）

锰是一种重要的微量元素，但过量摄入会导致神经系统紊乱和永久性神经紊乱等健康问题。过度暴露于锰的环境中会干扰膳食铁的吸收。因此，长期暴露于高浓度的锰环境中可能导致缺铁性贫血。

镍（Ni）

镍是一种有毒的环境污染物，一旦超过其阈值，可能会导致严重的健康问题。暴露于高浓度的镍环境中会导致各种复杂的健康问题，如肺纤维化、心血管疾病、肾脏疾病、镍过敏和呼吸道癌症。

铬（Cr）

铬是地壳和水中最常见的重金属之一。铬在体内碳水化合物的代谢中起着重要的作用，但有些铬化合物会引起各种健康问题，如皮肤病、癌症以及与消化、排泄、呼吸和生殖系统有关的疾病。铬还与人体过敏性皮炎有关。

锌（Zn）

锌的浓度过量对人类健康也是有害的。锌可以通过皮肤进入体内。吸入锌可引起金属烟雾热（如黄铜病），症状为发热、恶心、疲劳和咳嗽。

铜（Cu）

铜的危险风险评估显示，它不会通过其他媒介对人类构成任何威胁，只有4%的情况下是通过水。短时间接触铜可能会引起感冒、寒颤、头痛、眼睛刺激等健康问题。反复接触铜会刺激皮肤，使皮肤和头发变色。同样，暴露在高浓度的铜环境下会导致眼睛出现问题，如白内障等。

中国马铃薯主产区重金属污染来源

重金属是密度高（4.5g/cm³以上）的某些金属元素或金属类物质，是有毒有害的。植物和人体所需的许多重金属（如铜、镍、锌、锰）都是必需元素，它们参与了许多生理过程，但是过量会对人的身体健康产生影响。

马铃薯产品重金属污染程度受生长区域地理环境的影响显著。产地土壤、灌溉水、化肥和农药带来的重金属是马铃薯产品中重要的重金属来源之一。土壤污染的主要来源是未经处理的灌溉用水、污泥的添加及一些工业污染，而最重要的来源是煤矿行业。这类垃圾不仅破坏了土地、森林、大气和水圈，而且是人类健康、环境和食物链的重大威胁。此外，农药、化肥特别是颗粒磷肥的大量使用，不仅会使土壤重金属含量大量蓄积，还通过径流和淋洗作用污染地表水和地下水，最终影响人类健康。

内蒙古、黑龙江、宁夏、河北北部以及甘肃等地区是马铃薯主要生产地区。

内蒙古对4个市11个县（旗）的马铃薯样品进行重金属监测，不同采样区域的重金属污染状况（As、Hg、Cd、Pb、Cr、Ni、Cu）不同，主要来源于污水和污泥、磷肥的使用、采矿和工业活动。

甘肃省的白银是我国重要的有色金属开采和冶炼基地，在开采和冶炼带来经济效益的同时，工业污水灌溉也造成了土壤重金属（Cd、Cu、Pb、Zn、Mn、Ni）污染。

贵州六盘水矿产资源丰富，是西南地区重要的煤炭钢铁工业基地，镉较易超标。

主要参考文献

中文部分

[1] 董攀，赵燕，杨有仙等．食品加工过程中有害物质——赖丙氨酸研究进展．食品科学，2011. 32(15).

[2] 高丹丹，孙青青，郭鹏辉等．发酵马铃薯蛋白制备抗氧化肽．食品工业科技，2015, 36(7).

[3] 公营，王庆国，孟庆昌等．鲜切马铃薯褐变控制技术研究进展．食品安全质量检测学报，2019, 10(19).

[4] 刘素军，蒙美莲，陈有君．干旱胁迫及复水对马铃薯类黄酮合成途径中关键酶及基因表达的影响．植物生理学报，2018, 54(1).

[5] 罗晓妙．马铃薯农药残留安全性分析．粮食科技与经济，2015,40(5).

[6] 邱家山．扩张床吸附层析技术的进展．天然产物分离，2005(3).

[7] 王颖，李燕山，桑月秋等．云南省马铃薯品种（系）矿物质元素含量研究．中国食物与营养，2014, 20(9).

[8] 张静，赵昶灵，郭华春．"彩色马铃薯"块茎花色苷分子结构研究进展．天然产物研究与开发，2009, 21(4).

[9] 张新永，郭华春，赵昶灵．彩色马铃薯花色苷生物合成相关基因的研究进展．中国马铃薯，2012, 26(3).

[10] 赵晶，陈玲玲．利用马铃薯蛋白的酶水解物制备肉味香精的研究．中国调味品，2008(9).

英文部分

[1] Andlauer W., Stumpf C., Hubert M., et al. Influence of cooking process on phenolic marker compounds of vegetables. *International Journal for Vitamin and Nutrition Research,* 2003, 73(2).

[2] AndreC. M., GhislainM., BertinP., et al. Andean potato cultivars (*Solanumtuberosum* L.) as a source of antioxidant and mineral micronutrients. *Journal of agricultural and food chemistry,* 2007, 55(2).

[3] AndreC.M., OufirM., GuignardC., et al. Antioxidant profiling of native Andean potato tubers (*Solanumtuberosum* L.) reveals cultivars with high levels of β−carotene, α-tocopherol, chlorogenic acid, and petanin. *Journal of Agricultural and Food Chemistry,* 2007, 55(26).

[4] AnspachF.B.,Curbelo D., Hartmann R. et al., Expanded−bed chromatography in primary protein purification. *Journal of Chromatography A,* 1999. 865(1−2).

[5] ArkhypovaV.N., DzyadevychS.V., Jaffrezic-RenaultN., et al. Biosensors for assay of glycoalkaloids in potato tubers. *Applied Biochemistry and Microbiology,* 2008, 44.

[6] AugustinJ., JohnsonS., TeitzelC., et al. Vitamin composition of freshly harvested and stored potatoes. *Journal of Food science,* 1978, 43(5).

[7] BártováV., Bárta J., Chemical composition and nutritional value of protein concentrates isolated from potato (*Solanumtuberosum* L.) fruit juice by precipitation with ethanol or ferric chloride. *Journal of Agricultural and Food Chemistry,* 2009.57(19).

[8] BauwG., NielsenH.V., EmmersenJ., et al. Patatins, Kunitz protease inhibitors and other major proteins in tuber of potato cv. Kuras. *FEBS Journal,* 2006, 273(15).

[9] Blanco−AparicioC., MolinaM.A., Fernandez-SalasE.et al. Potato carboxypeptidase inhibitor, a T−knot protein, is an epidermal growth factor antagonist that inhibits tumor cell growth. *Journal of Biological Chemistry,* 1998.273(20).

[10] BrownC., CulleyD., YangC.−P., et al. Variation of anthocyanin and carotenoid contents and associated antioxidant values in potato breeding lines. *Journal of the American Society for Horticultural Science,* 2005, 130(2).

[11] BrownC.R., EdwardsC.G., YangC.P., et al. Orange flesh trait in potato: inheritance and carotenoid content.*Journal of the American Society for Horticultural Science,* 1993, 118(1).

[12] BrussaardJ., LöwikM., Brants, H. et al. Folate intake and status among adults in the Netherlands. *European journal of clinical nutrition*, 1997, 51(3).

[13] BulkinB.J., KwakY., DeaI.C.M. Retrogradation kinetics of waxy−corn and potato starches−a rapid, raman−spectroscopic study. *Carbohydrate Research*, 1987. 160.

[14] Calero N., Munoz J., Cox P.W. et al. Influence of chitosan concentration on the stability, microstructure andrheological properties of O/W emulsions formulated with high−oleicsunflower oil and potato protein.*Food Hydrocolloids*, 2013, 30(1).

[15] CesariA., Falcinelli A.L. Mendieta J.R. et al., Potato aspartic proteases (StAPs) exert cytotoxic activity on bovine and human spermatozoa.*Fertility and sterility*, 2007, 88(4).

[16] CharepalliV., ReddivariL., RadhakrishnanS., et al. Anthocyanin−containing purple−fleshed potatoes suppress colon tumorigenesis via elimination of colon cancer stem cells. *The Journal of nutritional biochemistry*, 2015, 26(12).

[17] ChaseH.A., DraegerN.M., Expanded−bed adsorption of proteins using ion−exchangers. *Separation science and technology*, 1992.27(14).

[18] ClaussenI.C., Strommen I., Egelandsdal B. et al. Effects of drying methods on functionality of a native potato protein concentrate.*Drying technology*, 2007.25(6).

[19] CookeD., GidleyM.J. Loss of crystalline and molecular order during starch gelatinisation: origin of the enthalpic transition. *Carbohydrate research*, 1992.227(6).

[20] DaleM.F.B., GriffithD.W.,ToddD.T. Effects of genotype, environment, and postharvest storage on the total ascorbate content of potato (Solanumtuberosum) tubers. *Journal of Agricultural and Food Chemistry*, 2003, 51(1).

[21] DaoL.,FriedmanM. Chlorophyll, chlorogenic acid, glycoalkaloid, and protease inhibitor content of fresh and green potatoes. *Journal of Agricultural and Food Chemistry*, 1994, 42(3).

[22] de La GarzaR.I.D., GregoryJ.F.,HansonA.D. Folatebiofortification of tomato fruit. *Proceedings of the National Academy of Sciences*, 2007, 104(10).

[23] De SwertL.F., CadotP.,CeuppensJ.L. Allergy to cooked white potatoes in infants and young children: a cause of severe, chronic allergic disease. *Journal of allergy and clinical immunology*, 2002.110(3).

[24] del Mar Verde MéndezC., Rodríguez DelgadoM.Á., Rodríguez RodríguezE.M. et al. Content of free phenolic compounds in cultivars of potatoes harvested in Tenerife (Canary Islands). *Journal of Agricultural and Food Chemistry*, 52(5).

[25] DirettoG., Al–BabiliS., TavazzaR., et al. (2007). Metabolic engineering of potato carotenoid content through tuber–specific overexpression of a bacterial mini–pathway.*PloS ONE,* 2007, 2(4).

[26] DucreuxL.J., MorrisW.L., HedleyP.E., et al. Metabolic engineering of high carotenoid potato tubers containing enhanced levels of β–carotene and lutein. *Journal of experimental botany,* 2005, 56(409).

[27] DugoG., La PeraL., Lo TurcoV., et al. Determination of copper, zinc, selenium, lead and cadmium in potatoes (*Solanumtuberosum* L.) using potentiometric stripping methods. *Food additives and contaminants,* 2004, 21(7).

[28] Edmondson B., Jiang H., Radosevich J. Potato proteinase inhibitor II exhibits activity in elevating fasting plasma cholecystokinin concentrations.United States Patent, US20060204567 A1, 2007.

[29] EnglystH.N., KingmanS.,CummingsJ., Classification and measurement of nutritionally important starch fractions. *European journal of clinical nutrition,* 1992. 46.

[30] FernandesJ.B., GriffithsD.W., BainH., et al.The development and evaluation of capillary electrophoretic methods for the determination of the major phenolic constituents of potato (*Solanumtuberosum*) tubers.*Phytochemical Analysis,* 1996, 7(5).

[31] FossenT., AndersenØ.M.Anthocyanins from tubers and shoots of the purple potato, Solanumtuberosum. *The Journal of Horticultural Science and Biotechnology,* 2000, 75(3).

[32] FriedmanM. Chemistry, biochemistry, and dietary role of potato polyphenols. A review.*Journal of Agricultural and Food Chemistry,* 1997, 45(5).

[33] FriedmanM., LevinC.E. Review of methods for the reduction of dietary content and toxicity of acrylamide. *Journal of Agricultural and Food Chemistry,* 2008, 56(15).

[34] FriedmanM., RoitmanJ.N., KozukueN.Glycoalkaloid and calystegine contents of eight potato cultivars. *Journal of Agricultural and Food Chemistry.* 2003, 51(10).

[35] FrohbergC., QuanzM.Use of linear poly-alpha-1, 4-glucans as resistant starch. United States Patent, US 20080249297A1, 2008.

[36] GambutiA., RinaldiA.,MoioL., Use of patatin, a protein extracted from potato, as alternative to animal proteins in fining of red wine. *European Food Research and Technology,* 2012, 235(4).

[37] GiuseppinM.L.F., van der Sluis C. Laus M.C. Native potato protein isolates. United States Paten, US 2010004059A1,2010.

[38] GiustiM.M., PolitM.F., AyvazH., et al. Characterization and quantitation of

anthocyanins and other phenolics in native Andean potatoes. *Journal of Agricultural and Food Chemistry,* 2014, 62(19).

[39] GiustiM.M., Rodríguez–SaonaL.E.,WrolstadR.E. Molar absorptivity and color characteristics of acylated and non–acylatedpelargonidin–based anthocyanins. *Journal of Agricultural and Food Chemistry,* 1999, 47(11).

[40] GoldmannA., MilatM.–L., DucrotP.-H., et al.Tropane derivatives from Calystegiasepium. *Phytochemistry,* 1990, 29(7).

[41] GonzalezJ., LindamoodJ.,DesaiN. Recovery of protein from potato plant waste effluents by complexation with carboxymethylcellulose. *Food Hydrocolloids,* 1991.4(5).

[42] GoyerA., NavarreD.A. Determination of folate concentrations in diverse potato germplasm using a trienzyme extraction and a microbiological assay. *Journal of Agricultural and Food Chemistry,* 2007, 55(9).

[43] GrafA.M., Steinhof R., Lotz M. et al., Downstream-Processing mitMembranadsorb ernzurIsolierungnativerProteinfraktionenausKartoffelfruchtwasser. *ChemieIngenieurTechnik,* 2009. 81(3).

[44] GriffithsD.W., BainH.,DaleM. Photo–induced changes in the total chlorogenic acid content of potato (Solanumtuberosum) Tubers. *Journal of the Science of Food and Agriculture,* 1995, 68(1).

[45] HanK.H., HashimotoN., HashimotoM., et al. Red potato extract protects from D-galactosamine-induced liver injury in rats. Bioscience, Biotechnology, Biochemistry.2006, 70(9).

[46] HanK.H., MatsumotoA., ShimadaK.I., et al. Effects of anthocyanin–rich purple potato flakes on antioxidant status in F344 rats fed a cholesterol-rich diet. *British Journal of Nutrition,* 2007, 98(5).

[47] HanK.H., ShimadaK.I., SekikawaM., et al. Anthocyanin-rich red potato flakes affect serum lipid peroxidation and hepatic SOD mRNA level in rats. *Bioscience, Biotechnology, Biochemistry* 2007, 71(5).

[48] HatzisC.M., BertsiasG.K., LinardakisM., et al. Dietary and other lifestyle correlates of serum folate concentrations in a healthy adult population in Crete, Greece: a cross–sectional study.*Nutrition Journal,* 2006, 5(1).

[49] HayashiK., MoriM., KnoxY.M., et al. Anti influenza virus activity of a red–fleshed potato anthocyanin. *Food science and technology research,* 2003, 9(3).

[50] HenryC.J.K., Lightowler H.J. Kendall F.L., et al., The impact of the addition of

toppings/fillings on the glycaemic response to commonly consumed carbohydrate foods. *European journal of clinical nutrition,* 2006.60(6).

[51] HillA.J., Peikin S.R., Ryan C.A., et al. Oral administration of proteinase inhibitor II from potatoes reduces energy intake in man. *Physiology & behavior,* 1990.48(2).

[52] JansenG.,FlammeW. Coloured potatoes (Solanumtuberosum L.)–anthocyanin content and tuber quality.*Genetic Resources and Crop Evolution,* 2006, 53(7).

[53] JenkinsD., Wolever T.M., Taylor R.H., et al. Glycemic index of foods: a physiological basis for carbohydrate exchange. *The American Journal of Clinical Nutrition,* 1981, 34(3).

[54] JenkinsD., Wesson V., Wolever T.M., et al. Wholemeal versus wholegrain breads: proportion of whole or cracked grain and the glycaemic response.*British Medical Journal,* 1988, 297(6654).

[55] JinC.–Y., ZengF.–K.,LiuG. Recovery of Protease Inhibitors from Potato Fruit Water by Expanded Bed Adsorption Chromatography in Pilot Scale. *American Journal of Potato Research,* 2017.95(1).

[56] JockovićN., FischerW., BrandschM., et al. Inhibition of human intestinal α–glucosidases by calystegines. *Journal of Agricultural and Food Chemistry*2013, 61(23).

[57] KamnerdpetchC., Weiss M., Kasper C., et al. An improvement of potato pulp protein hydrolyzation process by the combination of protease enzyme systems.*Enzyme and Microbial Technology,* 2007.40(4).

[58] KitaA., Bakowska-BarczakA., Lisiń skaG., et al. Antioxidant activity and quality of red and purple flesh potato chips. *LWT–Food Science and Technology,* 2015, 62(1).

[59] KnorrD., KohlerG.,BetschartA., Potato protein concentrates: the influence of various methods of recovery upon yield, compositional and functional characteristics. *Journal of Food Processing and Preservation,* 1977.1(3).

[60] Knuthsen P.,Jensen U.,Schmidt B., et al. Glycoalkaloids in potatoes: Content of glycoalkaloids in potatoes for consumption. *Journal of Food Composition & Analysis,* 2009, 22(6).

[61] Konings E.J., RoomansH.H., DorantE., et al. Folate intake of the Dutch population according to newly established liquid chromatography data for foods. *The American Journal of Clinical Nutrition,* 2001, 73(4).

[62] LehesrantaS.J., Davies H.V., Shepherd L.V.T., et al., Comparison of tuber proteomes of potato varieties, landraces, and genetically modified lines. *Plant Physiology,*

2005.138(3).

[63] Lehesranta, S.J., Davies H.V., Shepherd L.V.T., et al. Proteomic analysis of the potato tuber life cycle. *Proteomics,* 2006, 6(22).

[64] LehesrantaS.J., Koistinen K.M., Massat N., et al. Effects of agricultural production systems and their components on protein profiles of potato tubers. *Proteomics,* 2007.7(4).

[65] LewisC.E., WalkerJ.R., LancasterJ.E., et al. Determination of anthocyanins, flavonoids and phenolic acids in potatoes. I: Coloured cultivars of Solanumtuberosum L. *Journal of the Science of Food and Agriculture,* 1998, 77(1).

[66] LisinskaG.,LeszczynskiW.Potato Science and Technology. *Springer Netherlands,* 1989.

[67] Liu Y.W., Han C.H., Lee M.H., et al. Patatin, the tuber storage protein of potato (Solanumtuberosum L.), exhibits antioxidant activity in vitro.*Journal of Agricultural and Food Chemistry,* 2003, 51(15).

[68] LiuZ., Wu Z., Rui L., et al. Two-stage foam separation technology for recovering potato protein from potato processing wastewater using the column with the spiral internal component. *Journal of Food Engineering,* 2013.114(2).

[69] LomolinoG., Vincenzi S., Gazzola D., et al. Foaming properties of potato (*Solanumtuberosum*) proteins: A study by the gas sparging method. *Colloids & Surfaces A Physicochemical & Engineering Aspects,* 2015, 475(1).

[70] LopezA.B., Van EckJ., ConlinB.J., et al. Effect of the cauliflower Or transgene on carotenoid accumulation and chromoplast formation in transgenic potato tubers. *Journal of experimental botany,* 2008, 59(2).

[71] LøkraS.,Helland M.H., Claussen I.C., et al., Chemical characterization and functional properties of a potato protein concentrate prepared by large–scale expanded bed adsorption chromatography. *LWT–Food science and Technology,* 2008.41(6).

[72] LøkraS., Schuller R.B., Egelandsdal B., et al. Comparison of composition, enzyme activity and selected functional properties of potato proteins isolated from potato juice with two different expanded bed resins. *LWT-Food Science and Technology,* 2009.42(4).

[73] López–CoboA., Gómez–CaravacaA.M., CerretaniL., et al. Distribution of phenolic compounds and other polar compounds in the tuber of Solanumtuberosum L. by HPLC–DAD–q–TOF and study of their antioxidant activity. *Journal of Food Composition and Analysis,* 2014, 36(1–2).

[74] LoveS.L., SalaizT., ShafiiB., et al. Stability of expression and concentration of

ascorbic acid in North American potato germplasm. *HortScience,* 2004, 39(1).

[75] MaderP.Carotenoids in potato tubers of selected varieties of the Czech assortment. *Symposium on New Trends of Production and Evaluation of Foods.*SkalskýDvůr, Czech Republic, 1998.

[76] MattilaP.,HellströmJ. Phenolic acids in potatoes, vegetables, and some of their products. *Journal of Food Composition and Analysis,* 2007, 20(3–4).

[77] MayT.PohlmeyerK. Improving process economy with expanded-bed adsorption technology. *BioProcess International,* 2011. 9(1).

[78] McKillopD.J., PentievaK., DalyD., et al. The effect of different cooking methods on folate retention in various foods that are amongst the major contributors to folate intake in the UK diet.*British Journal of Nutrition,* 2002, 88(6).

[79] MehtaA.,SinghS.Biochemical composition and chipping quality of potato tubers during storage as influenced by fertilizer application. *Journal of Food Science and Technology–mysore,* 2004, 41(5).

[80] MermelsteinN.H., Laboratory: analyzing for resistant starch. *Food Technology (Chicago),* 2009.63(4).

[81] Meulenbroek E.M., Thomassen E.A.J., Pouvreau L. et al. Structure of a post–translationally processed heterodimeric double–headed Kunitz–type serine protease inhibitor from potato. *ActaCrystallographica,* 2012, 68(7).

[82] MiedziankaJ., PęksaA.,AniołowskaM.Properties of acetylated potato protein preparations. *Food Chemistry,* 2012.133(4).

[83] MishraS., MonroJ.,HedderleyD. Effect of processing on slowly digestible starch and resistant starch in potato. *Starch-Stärke,* 2008.60(9).

[84] MitaT. Structure of potato starch pastes in the ageing process by the measurement of their dynamic moduli. *Carbohydrate polymers,* 1992.17(4).

[85] MondyN.I.,LejaM.Effect of mechanical injury on the ascorbic acid content of potatoes. *Journal of Food science,* 1986, 51(2).

[86] MorrisW., DucreuxL., GriffithsD., et al. Carotenogenesis during tuber development and storage in potato. *Journal of experimental botany,* 2004, 55(399).

[87] NavarreD.A., GoyerA.,ShakyaR.Nutritional value of potatoes: Vitamin, phytonutrient, and mineral content. In: *Advances in potato chemistry and technology:* Elsevier, 2009.

[88] NayakB., BerriosJ.D.J., PowersJ.R., et al. Thermal degradation of anthocyanins

from purple potato (Cv. Purple Majesty) and impact on antioxidant capacity. *Journal of Agricultural and Food Chemistry,* 2011, 59(20).

[89] Nemś A, Pęksa A. Polyphenols of coloured-flesh potatoes as native antioxidants in stored fried snacks.*LWT-Food Science and Technology,* 2018, 97.

[90] Nenaah G.E. Toxic and antifeedant activities of potato glycoalkaloids against Trogodermagranarium (Coleoptera: Dermestidae). *Journal of Stored Products Research,* 2011, 47(3).

[91] OrphanosP.Dry matter content and mineral composition of potatoes grown in Cyprus. *Potato research,* 1980, 23(3).

[92] PalazogluT.K., SavranD., GokmenV. Effect of cooking method (Baking compared with frying) on acrylamide level of potato chips. *Journal of Food Science,* 2010, 75.

[93] ParrA.J., MellonF.A., ColquhounI.J., et al. Dihydrocaffeoyl polyamines (kukoamine and allies) in potato (Solanumtuberosum) tubers detected during metabolite profiling. *Journal of Agricultural and Food Chemistry,* 2005, 53(13).

[94] PercivalG.C.,BairdL. Influence of storage upon light−induced chlorogenic acid accumulation in potato tubers (*Solanumtuberosum* L.).*Journal of Agricultural and Food Chemistry,* 2000, 48(6).

[95] PeterssonE.V., ArifU., SchulzovaV., et al. Glycoalkaloid and calystegine levels in table potato cultivars subjected to wounding, light, and heat treatments. *Journal of Agricultural and Food Chemistry,* 2013, 61(24).

[96] Phillips L.G., German J.B., O'neill T.E., et al. Standardized procedure for measuring foaming properties of three proteins, a collaborative study. *Journal of Food Science,* 1990.55(5).

[97] PouvreauL.,Gruppen H., PiersmaS.R., et al. Relative abundance and inhibitory distribution of protease inhibitors in potato juice from cv. Elkana.*Journal of Agricultural & Food Chemistry,* 2001.49(6).

[98] Pouvreau L. Occurrence and physico−chemical properties of protease inhibitors from potato tuber (*Solanumtuberosum*), Ph.D. thesis, WageningenUnibersity, 2004.

[99] Powers S.J., Mottram D.S., Curtis A., et al. Acrylamide concentrations in potato crisps in Europe from 2002 to 2011. *Food Additives and Contaminants−Part A Chemistry, Analysis, Control, Exposure and Risk Assessment,* 2013, 30(9).

[100] PramodS., Venkatesh Y.,MaheshP.Potato lectin activates basophils and mast cells of atopic subjects by its interaction with core chitobiose of cell−bound non−specific

主要参考文献

immunoglobulin E. *Clinical & Experimental Immunology,* 2007. 148(3).

[101] RaletM.−C.GuéguenJ.Foaming properties of potato raw proteins and isolated fractions.*LWT-Food Science and Technology,* 2001.34(4).

[102] RaletM.C., GuéguenJ.Fractionation of Potato Proteins: Solubility, Thermal Coagulation and Emulsifying Properties. *LWT-Food Science and Technology,* 2000.33(5).

[103] Ralla, K., Sohling U., Suck K.et al., Separation of patatins and protease inhibitors from potato fruit juice with clay minerals as cation exchangers.*Journal of Separation Science,* 2012, 35(13).

[104] RandhawaK., SandhuK., KaurG., et al. Studies of the evaluation of different genotypes of potato (*Solanumtuberosum* L.) for yield and mineral contents. *Plant Foods for Human Nutrition,* 1984, 34(4).

[105] ReddivariL., HaleA.L.,MillerJ.C.Determination of phenolic content, composition and their contribution to antioxidant activity in specialty potato selections. *American Journal of Potato Research,* 2007, 84(4).

[106] RefstieS., TiekstraH.A. Potato protein concentrate with low content of solanidineglycoalkaloids in diets for Atlantic salmon (*Salmosalar*). *Aquaculture,* 2003. 216(1−4).

[107] RiveroR.C., HernándezP.S., RodrıguezE.M.R., et al. Mineral concentrations in cultivars of potatoes.*Food Chemistry,* 2003, 83(2).

[108] Rodriguez−SaonaL.E., GiustiM.M., WrolstadR.E. Anthocyanin pigment composition of red−fleshed potatoes. *Journal of Food science,* 1998, 63(3).

[109] Rodriguez−SaonaL., WrolstadR.,PereiraC.Glycoalkaloid Content and Anthocyanin Stability to Alkaline Treatment of Red−Fleshed Potato Extracts.*Journal of Food science,* 1999, 64(3).

[110] RoganG.J., BookoutJ.T., DuncanD.R., et al. Compositional analysis of tubers from insect and virus resistant potato plants.*Journal of Agricultural and Food Chemistry,* 2000, 48(12).

[111] RomeroA., Beaumal V., David-Briand E., et al. Interfacial and oil/water emulsions characterization of potato protein isolates.*Journal of Agricultural and Food Chemistry,* 2011, 59(17).

[112] RommensC.M., YanH., SwordsK., etal. Low-acrylamide french fries and potato chips. *Plant Biotechnology Journal,*2008, 6(8).

[113] RommensC.M., YeJ., RichaelC., SwordsK.Improving potato storage and

processing characteristics through all-native DNA transformation. *Journal of Agricultural and Food Chemistry,*2006, 54(26).

[114] RydelT.J., Williams J.M., Krieger E., et al., The crystal structure, mutagenesis, and activity studies reveal that patatin is a lipid acyl hydrolase with a Ser−Asp catalytic dyad.*Biochemistry,* 2003.42(22).

[115] SchoenbeckI., Graf A.M., Leuthold M., et al. Purification of high value proteins from particle containing potato fruit juice via direct capture membrane adsorption chromatography. *Journal of biotechnology,* 2013, 168(4).

[116] Singh J.,Kaur L. Advances in Potato Chemistry and Technology.Academic Press, 2009.

[117] Singh J.,Kaur L. Advances in Potato Chemistry and Technology (Second Edition). Academic Press, 2016.

[118] SinghP.P.,SaldañaM.D. Subcritical water extraction of phenolic compounds from potato peel.*Food research international,* 2011, 44(8).

[119] StorozhenkoS., De BrouwerV., VolckaertM., et al. Folate fortification of rice by metabolic engineering.*Nature biotechnology,*2007, 25(11).

[120] StrætkvernK.O. Recovery of Native Potato Protein Comparing Expanded Bed Adsorption and Ultrafiltration.Food & *Bioprocess Technology,* 2012.5(5).

[121] Strætkvern, K.O., Schwarz J.G., Wiesenborn D.P., et al. Expanded bed adsorption for recovery of patatin from crude potato juice.*Bioseparation,* 1999.7(6).

[122] StrætkvernK.O., Løkra S., Olander M.A., et al. Food−grade protein from industrial potato starch effluent recovered by an expanded bed adsorption process.*Journal of Biotechnology,* 2005, 118(1).

[123] StrolleE.O., Cording JrJ., AcetoN.C. Recovering potato proteins coagulated by steam injection heating.*Journal of Agricultural and Food Chemistry,* 1973, 21(6).

[124] ThomassenE.A., PouvreauL., GruppenH., et al. Crystallization and preliminary X−ray crystallographic studies on a Kunitz−type potato serine protease inhibitor. *ActaCrystallographica,* 2004, 60(8).

[125] TiernoR., Hornero−MéndezD., Gallardo−GuerreroL., et al. Effect of boiling on the total phenolic, anthocyanin and carotenoid concentrations of potato tubers from selected cultivars and introgressed breeding lines from native potato species. *Journal of Food Composition and Analysis,* 2015, 41.

[126] TosunB.N.,Yücecan S. Influence of commercial freezing and storage on vitamin

C content of some vegetables.*International journal of food science & technology,* 2008, 43(2).

[127] Tusche K., Berends K., Wuertz S., et al. Evaluation of feed attractants in potato protein concentrate based diets for rainbow trout *(Oncorhynchusmykiss). Aquaculture,* 2011, 321(1–2).

[128] Urbančič S., Kolar M.H., Dimitrijević D. et al. Stabilisation of sunflower oil and reduction of acrylamide formation of potato with rosemary extract during deep–fat frying. *LWT–Food Science & Technology,* 2014, 57(2).

[129] van DokkumW., de VosR.H., SchrijverJ.Retinol, total carotenoids, beta-carotene, and tocopherols in total diets of male adolescents in the Netherlands. *Journal of Agricultural and Food Chemistry,*1990, 38(1).

[130] VahteristoL., LehikoinenK., OllilainenV., et al. Application of an HPLC assay for the determination of folate derivatives in some vegetables, fruits and berries consumed in Finland. *Food Chemistry,* 1997, 59(4).

[131] van KoningsveldG.A., Walstra P., Gruppen H., et al., Formation and stability of foam made with various potato protein preparations. *Journal of agricultural and food chemistry,* 2002, 50(26).

[132] van KoningsveldG.A., Walstra P., Voragen A.G.J., et al., Effects of protein composition and enzymatic activity on formation and properties of potato protein stabilized emulsions. *Journal of agricultural and food chemistry,* 2006.54(17).

[133] van Koningsveld, G.A., Gruppen H., de Jongh H.H.J., et al., Effects of pH and heat treatments on the structure and solubility of potato proteins in different preparations. *Journal of Agricultural and Food Chemistry,* 2001.49(10).

[134] van KoningsveldG.A., Gruppen H., de Jongh H.H.J., et al. The solubility of potato proteins from industrial potato fruit juice as influenced by pH and various additives. *Journal of the Science of Food and Agriculture,* 2002.82(1).

[135] VikeloudaM., KiosseoglouV.The use of carboxymethylcellulose to recover potato proteins and control their functional properties.*Food hydrocolloids,* 2004, 18(1).

[136] WaglayA., KarbouneS.,AlliI. Potato protein isolates: Recovery and characterization of their properties. *Food Chemistry,* 2014.142(1).

[137] WaighT.A., Gidley M.J., Komanshek B.U., et al., The phase transformations in starch during gelatinisation: a liquid crystalline approach. *Carbohydrate Research,* 2000.328(2).

[138] WangL.L., XiongY.L. Inhibition of lipid oxidation in cooked beef patties by hydrolyzed potato protein is related to its reducing and radical scavenging ability. *Journal of Agricultural and Food Chemistry,* 2005, 53(23).

[139] WillsR.B., Lim, J.S.,Greenfield, H. Variation in nutrient composition of Australian retail potatoes over a 12−month period.*Journal of the Science of Food and Agriculture,* 1984, 35(9).

[140] WojnowskaI., PoznanskiS.,BednarskiW., Processing of Potato Protein Concentrates and Their Properties.*Journal of Food Science,* 2010.47(1).

[141] WuZ.−G., XuH.−Y., MaQ., et al. Isolation, identification and quantification of unsaturated fatty acids, amides, phenolic compounds and glycoalkaloids from potato peel. *Food Chemistry,* 2012, 135(4).

[142] Yagua C.V.,Moreira R.G. Physical and thermal properties of potato chips during vacuum frying.*Journal of Food Engineering,* 2011, 104(2).

[143] Zeng, F.−K., Liu H., Ma P.-J., et al. Recovery of native protein from potato root water by expanded bed adsorption with amberlite XAD7HP.*Biotechnology and Bioprocess Engineering,* 2013, 18(5).

[144] Zwijnenberg H.J., Kemperman A., Boerrigter M.E., et al. Native protein recovery from potato fruit juice by ultrafiltration. *Desalination,* 2002, 144(1).

主要参考文献